春だから

めおと相談屋奮闘記

野口　卓

集英社文庫

目次

春だから

めおと相談屋奮闘記

主な登場人物

信吾　黒船町で将棋会所「駒形」と「めおと相談屋」を営む
波乃　楽器商「春秋堂」の次女　信吾の妻
甚兵衛　向島の商家・豊島屋のご隠居　「駒形」の家主
常吉　「駒形」の小僧
ハツ　「駒形」の客で天才的将棋少女
権六　「マムシ」の異名を持つ岡っ引
誠　猿曳き
三吉　芸達者な猿
正右衛門　信吾の父　浅草東仲町の老舗料理屋「宮戸屋」主人
繁　信吾の母
正吾　信吾の弟
咲江　信吾の祖母

御破算で願いましては

一

「相談にはちがいないのですが、てまえの悩みに関してではありませんでね」

本町《ほんちょう》三丁目の薬種を扱う大西八郎兵衛《おおにしはちろべえ》の番頭だと名乗った龍造《りゅうぞう》は、信吾《しんご》よりは少し上の二十代の半ばだろうか。口調は柔らかく如才《じょさい》ないし、笑みを絶やさないところはいかにも商人である。何人かいる番頭の下っ端だとしても、その年齢からすれば主人にかなり期待されているようだ。

本人の悩みでないとわかったものの、となるとどういう相談なのか見当も付かなかった。身内や友人知人のことで相談に来る人も、たまにだがいないことはない。信吾は黙って先をうながした。

「こちらではさまざまな方の悩み事や迷いの相談に乗られ、解決してあげておられるそうですね。医者は体の具合の良くない方を治してあげるのが仕事です。という点から申しますと、お医者と相談屋さんはかなり似通っていると思いますが」

極端だし、決め付けすぎるきらいがなきにしもあらずと思いはしたが、初対面の相手に対して指摘する訳にもいかない。信吾はうなずいてから、わずかに首を傾《かし》げた。

「似通っているところはあるかもしれませんが、だとしてもごく一部だろうと思いますけれど」

「そうとも言い切れませんよ。てまえの見世では小売りもやっておりますので、お医者さまがよくお見えになります。話を伺っておりますと、患者さんの悩みは体だけではないようでしてね」

「と申されますと」

「心に問題をお持ちの方が、考えている以上に多いのではないかと、そんな気がするのです。体より心に関わることでお悩みの方が」

「お医者さんにはそうなった原因や理由がおわかりでしょうから、取り除いてあげられるのではないですか」

「もちろん、それが仕事ですのでね。ですがいろいろと話を聞いておりますと、病人によって悩みの原因が異なりますので、どうも一筋縄ではいかないようでして。むしろこちらさんで相談に乗っていただいたほうが、いい場合もあると思われます」とそこで間を取ったものの、信吾が黙ったままなので龍造は続けた。「そしてこちらに相談に見えた方の中には、医者に任せたほうがいいお方もおられるのではないかと」

龍造個人の悩みでないと言ったのは、そういうことだったのかと信吾は納得した。相談客と患者を、紹介しあったほうがいい場合があると思うので、協力しあえないだろうかと言いたいのだ。

信吾は二年ほど相談屋の仕事をやってきたが、自分より医者に任せたほうがよさそうだと思ったことは、これまで一度もなかった。もっとも、今後そういう相談客が現れることは考えられなくもない。

「具体的にはどのように」

「そのことで相談にまいりましたが、ある方に会っていただきたいと思いまして」

「お医者さんですか」

わかっていただけましたね、というふうに龍造は笑いを浮かべた。

「高山望洋《たかやまぼうよう》さんとおっしゃるお医者、いえまだ卵ですが。随分と熱心な方で、今はある先生に弟子入りして学んでおられます。てまえどもの見世に調合のための生薬を求めに来られますが、主人や大番頭と話すのを聞いておりましても、要領がよくてむだがありません。よほど勉強なさっているのでしょう。ということで、あるじさん」

「信吾と申します」

「信吾さん。一度、望洋さんに会っていただけませんか」

畳の上を動く気配があり、襖《ふすま》の向こうで波乃《なみの》の声がした。

「失礼します。お茶をお持ちいたしました」

襖が開けられ、波乃が龍造と信吾のまえに湯呑茶碗《ゆのみぢゃわん》を置いた。「家内の波乃です」

「本町の薬種問屋の龍造さんとおっしゃる」と言ってから、信吾は引きあわせた。

「大西八郎兵衛の番頭で龍造と申します。もし差し支えなければ、奥さんもいっしょに聞いていただけませんか。ご夫婦で相談屋をやってらっしゃるのですから、そのほうがてまえにはありがたいのです」

ちらりと見たのでうなずくと、波乃は少し控えて信吾の斜めうしろに坐《すわ》った。訪問の意図を掻《か》い摘《つま》んで話してから、信吾は龍造に向き直った。

「お医者さんと相談屋には、ともに相手の悩みを解決するという点で似通ったところがある。であれば、協力できるのではないかとのことですが」

「やり方次第では、かなりよい方向に持っていけるのではないかと、てまえは思っております」

「医術を学んでらっしゃる望洋さんと会うのは吝《やぶさ》かではありませんが、龍造さんがお考えのような成果は得られないかもしれませんよ」

「てまえの感触では、お二人は意気投合しそうな気がしてならないのです。と申しますのは、信吾さんと望洋さんには相通じるものがある気がしましてね。信吾さんは物静かな方ですが、望洋さんはどちらかと言えば、というより武骨そのものです」と、そこで切ってから龍造は続けた。「愛嬌《あいきょう》も世辞も加味して流行《はやり》医者、との川柳があります。もちろん腕がよくなければなりませんが、医者には人当たりの良さが、いかに大事かということですね。そこまでゆかなくても、望洋さんにつきましては、もう少しなんとかならぬだろうかと思わぬこともありません。しかし固さやぶっきらぼうさも、望洋さんの良いところだとてまえは思っております。無愛想ですが考え方はしっかりしていますし、医者とはそもそもなんであるかを心得ておられますから」

龍造は言い切って何度もうなずいたが、そう言われても信吾には、いや波乃にも訳がわからない。それに気付いたらしく、龍造は掌《てのひら》で額を叩《たた》いて苦笑した。

「失礼しました。てまえ一人が合点しても、お二人にはわかりませんですね。望洋さんは望月三英《もちづきさんえい》というお医者を、理想と仰いでおられまして」

医者や生薬を扱う者には知られた話だそうだが、将軍家御典医の望月三英が市川団《いちかわだん》十郎《じゅうろう》の病を治療したことがあった。歌舞伎役者はなにかと差別され、住む土地も制限されているほどだ。外出には編笠《あみがさ》を被《かぶ》らねばならないし、一般の町人との交際も禁じられていた。

五世市川団十郎は「錦着て畳の上の乞食かな」と、自虐とも自嘲とも取れる句を詠んでいるほどである。

医師仲間からも、将軍の脈を取る者のすべきことではないと面詰されたらしい。だが三英は、「医治の事においては、乞食《こつじき》というとも、求むる者あるときは薬を与え候心得のよし」と答えた。

「医者とすれば当然のことだと思いますが」

信吾がそう言うと、視野の片隅で波乃が何度もうなずくのがわかった。

「信吾さんのおっしゃるとおりで、てまえもそう思います。ところが医者ばかりかほとんどの人が、三英さんを詰《なじ》った御典医たちの考え方を当然だと見ているのです。将軍家や大名家の脈を取るほどの医者が、芸人風情をおなじように扱うなんてとんでもないことだと、多くの人が思っているのですね」

「だから三英さんはとんでもない医者だと、口から口へ広まったということですか」

「とんでもないというよりも、近ごろ稀《まれ》なまともなお医者だと、多くの人が驚いたということです」

「近ごろ稀な、でしょうか。医は仁術だと教えられましたけれど」

思わずというふうに波乃が口を挟むと、龍造はおおきくうなずいた。

「ですが実際は、仁術とはほど遠いということですよ。薬代だけでも相当なものになりますからね。自腹を切って高価な薬を買ってまで、貧しい患者の面倒を見ようという奇特な医者はいません。三英さんにしても、千両役者なら大金を払えるだろうから治療をしたのではないでしょうか。稲荷町《いなりまち》の役者では相手にしなかったと思います。望洋さんは三英さんが語った、患者に対する医者の姿勢のあるべき形を、高く評価されているのでしょうね」

　ということは龍造は望洋とはちがって、三英を全面的に認めている訳ではないのかもしれない。

「三英さんは極端だとしても、病に苦しんでいる人を少しでも楽にしてあげるのが、医者であり医術だと思いますけれど」

「望洋さんも、いつもそう言ってらっしゃいます。洩《も》れ聞いたところでは、信吾さんは世の困っている人、悩んでいる人を少しでも楽にしてあげたいとの考えで、相談屋を開かれたとのことですね。老舗《しにせ》料理屋の跡取りでありながら、見世を弟さんに譲ったと伺っております。それにしても、その若さでよくも踏ん切ることができたものだと、感心するやら驚かされるやら」

　社交的な辞令だとわかってはいても、そのような言い方をされると、信吾はこそばゆくなってしまう。

「もちろん随分と迷いましたし、いろいろと事情もありまして」

「詳しくは存じあげませんが、子供のころに患われた大病のことでしょうか」

二

自分のことをどこまで知っているのだろうと思いながら、信吾は龍造の問いに答えた。

「三歳の折に三日三晩高熱に苦しめられまして、両親は医者から助からないだろうと引導を渡されたそうです」

「ところが快復なさった」

「医者に言わせると、奇蹟《きせき》としか考えられないとのことでしてね。年を重ねるにつれてそのことについて考えざるを得なくなりましたが、あるとき天啓のごとく閃《ひらめ》いたのです。自分には、なにかしなければならないことがあるはずだ。だから神さまか仏さまかはわかりませんが、途方もなくおおきな力によって、生かされたにちがいないと」

「それで相談屋を始められたのですね」

「閃きはしたものの、なにをやるべしとの天の声は聞こえませんでした。自分で考えろとのことだと思ったのですが、なにをすればいいのかわかりません。そこで少しでも悩んでいる人、迷っている人、困っている人の相談に乗ってあげられないかと」

「望洋さんと似通ったところがあるとのてまえの勘は、外れていなかったようです。前向きなところと、目の輝きがお二人はそっくりですもの」

「ですがわたしはとても及びません。望洋さんはお医者さんのもとで、ちゃんと医術を学んでらっしゃるそうですが、こちらは相談にお見えの方を待ちながら、ただ漠然と日々をすごしているだけですから」

「お戯れを。だって、もう二年も相談屋を続けてらっしゃるではありませんか」

「龍造さんは、真《ま》っ直《す》ぐこちらにいらしたのでしょう」

なにを言いたいのだとでもいうふうに、龍造は怪訝《けげん》な表情になった。

「ええ、そうですが」

「お帰りのときに、隣家をご覧になってください」

「と申されますと」

「めおと相談屋だけでなく、将棋会所の看板も掲げてありますから。隣で将棋会所をやっておりまして」

「えッ。するとそのお齢《とし》で、二つのお仕事をなさっているのですか」

「そうじゃありません。知識も経験もない若造ですから、すぐには相談に見えるお客さんがいるとは思えませんでした。それでは生計が立ちゆきませんので、日銭を得るために将棋会所をやろうと思ったのですよ。相談屋だけでやってゆけるまで十年、早くても五年は掛かるでしょうから」

「それにしても遠大ですね。しかし、相談の仕事は増えているのでしょう」

「少しずつは。ですが、とても相談屋だけでやってゆける状態ではありません」

黙って遣《や》り取《と》りを聞いていた波乃が、信吾の着物の袖をわずかに引いた。

「龍造さんがせっかく声を掛けてくださったのだから、望洋さんとお会いしたらどうかしら。考え方もしっかりなさったお方のようですし」

「ああ、そうするつもりです。なにはともあれ会ってみないことにはね」

「それに、めおと相談屋はほとんど知られていないでしょう。少しでも紹介していただけるのは、とてもありがたいことですもの」

「望洋さんは、わたしたちの相談屋のことをご存じなのでしょうか」

信吾が訊《き》くと龍造はにこりと笑ったが、答は意外なものであった。「おそらく」と言ったのである。

「おそらく……ですか。ということはまだ話しては」

「信吾さんのご都合を聞いてからでなければ、話せないですからね。望洋さんがその気になられても、信吾さんにそれはちょっと、と言われたらそれまでですから」

「たしかに。それに望洋さんは修業中ですから、簡単に時間を作ることが難しいですものね」

「必ず説得して連れて来ますので、ご心配なく。それに先ほど伺った、信吾さんがどうして相談屋を開くことになったかを話せば、本人から是非会いたいと言うに決まっています。望洋さんのご都合を伺ってから、連絡させていただくということでいかがでしょう」

龍造にはかなり強引なところもあるようだが、ともかく望洋に会ってみなければ始まらない。

「もちろん、かまいませんが」

信吾がそう言うと、龍造は満面に笑みを浮かべた。

「なんだかいい方向に進みそうな、おもしろいこと、楽しみなことができそうな気がしてなりません」

「あたしも、なんだかそんな気がします。そうなればいいですね」

「波乃さんもそう思われますか。ともかく、付きあって絶対に損のない男ですよ。望洋さんはこれからの医学の世界を背負って立つ男だと、てまえは確信しているのですがね」

商人の言うことは話半分として聞かねばならないが、それにしても龍造はおおきく出たものだ。

「今の世の中、インチキ医者や藪《やぶ》医者が多すぎるのです。望洋さんはまずそれを一掃はむりとしても、なんとか減らしたいと考えておられます」

「放っておいても、自然と減るのではないですか。医者の看板を掲げても患者が来なければ、続けられないでしょう」

「名医か藪医者かは、簡単にはわからないものなのですよ」

そんな馬鹿なとは思うが、龍造がそう言うにはそれなりの根拠があるのだろう。

「たまたま診た患者が医者の指示に従って快癒《かいゆ》すれば、あの先生は腕がいいと評判になります。ところが紹介された患者がよくならないとか、次々と亡くなったりすれば藪医者だとわかりますが、まぐれで治る人もいますからね。名医か藪医者かの評価がくだるまでには、けっこうな月日が掛かることが多いのです」

「全快した人は、あの先生は名医だと喧伝《けんでん》するということですね」

信吾がそう言うと、龍造はおおきくうなずいた。

「名医だ、流行医者だとの評判を、自分から立てるというか、立つように細工する医者もいますから」

「えッ、そんな医者がいるのですか。というより、そんなことができるのですか」

「薬の袋は用意できているのに、取りに来ても渡さずに待たせるのです。玄関で薬取りが何人も待っておれば、流行《はや》っている医者だとだれもが思うし、噂《うわさ》にもなりますからね。人を雇って、薬取りのサクラをやらせる医者もいます。いるだけでなく、どこそこのだれそれは、何人もの医者に診てもらってもどうにもならなかったのに、ここの先生の手当てですっかりよくなった、などと言わせるのです。あるいは、自分は評判を聞いて遠くの町から薬をもらいに来ました、なんてね」

「なるほど。医者の看板を掲げても、患者が来なければ商売になりませんものね」と、信吾はあわてて弁解した。「お医者さんを商売なんて言っては叱られますが」

「商売です。揉《も》み手《で》こそしませんが、仕事して金を得るのですから、商人となんら変わることはありません。もっともほとんどの医者は、難しい顔をしてふんぞり返っていますがね」と辛辣に言ってから、龍造は悪戯《いたずら》っぽく信吾と波乃を見た。「お二人は『本草《ほんぞう》綱目《こうもく》』とか『傷寒論《しょうかんろん》』をご存じでしょうか」

「聞いたことはありますが、どういうものかまでは知りません」

信吾はそう答えたが波乃は首を傾げた。

「医学の基本と言ってもいい本なのですが、それらに目を通したくらいで医者の看板を掲げる者がいるのです。蒲鉾《かまぼこ》板の裏に『いしや』と書いて看板にしたので、医者か石屋かわからない、などという笑い話がありますがね。人の生死《いきしに》に関わることですから、望洋さんはまずそういう、藪医者という輩《やから》を排除したいとのお考えでして」

「当然でしょう」

「そのためには医者個人が弟子に教えるだけでなく、一貫して医術を教える学問の場が必要だと望洋さんは唱えておられるし、てまえもまさにそのとおりだと思います。いけません、話が逸《そ》れてしまいました。藪医者のことでしたね。見立ての下手な医者のことを藪医者と言いますが、お二人はなぜそう言われるかご存じでしょうか」

龍造に真顔で訊かれて信吾と波乃は顔を見あわせたが、やはりここは信吾の出番ということだろう。といって、まともに答えられる訳ではない。

「落とし噺《ばなし》では、少しの風にも騒ぐからだと言われています。竹藪はそれほど強くない風が吹いても、揺れ動いてざわざわと騒がしい音を立てるし、藪医者はちょっと風邪を引いただけの患者が来ても大騒ぎするからだと。あるいは風邪が流行るとまともな医者は忙しくて患者を捌《さば》きされないので、普段は暇な医者の所にも患者がやって来る。風邪で患者が動く医者だから藪だ、と落としています」

「藪医者は風の神など祈るなり、との川柳もありますね」

龍造がそう言ったので波乃は目を丸くした。この番頭は川柳に詳しいようだが、医者や薬に関する句だけなのだろうか。

「風邪は神さまのせいなのですか。困った神さまですね」

三

「人はなぜか、良くても悪くても神さまのせいにしてしまうようですよ、波乃さん」と、龍造が言った。「『風の神送り』という風習があるのはご存じでしょう。風邪が流行ると、風の神になぞらえたはりぼて人形を作って大勢で担ぎますね。提灯《ちょうちん》を持った男が先頭に立って、鉦《かね》や太鼓で囃《はや》しながら練り歩き、隣の町へ追い払います。その町はそのままにしておけないので、さらに隣の町へと順繰りに送るという、随分と自分勝手な風習です」

「はい。何年かまえにも風邪が流行りましたね。送れ送れ、風の神送れ、どんどと送れ、そうれ送ったと声をあわせて、あとも見ずに逃げ帰るのですよと、実家《さと》の奉公人から聞いたことがあります」

「あれはもともと農村で起こった虫送りという、穀物の害虫を追い払う行事から来たものだそうです」

「そう言えば、『風の神』という落とし噺がありますよ」

「あら、どんな話ですか」

波乃だけでなく龍造も強い興味を示した。薬種問屋の番頭なので、医者だけでなく生薬を納める業者などと接するときに、おもしろい話を交えると仕事が円滑に運ぶのだろう。川柳に詳しいのも、そのような理由で憶《おぼ》えたのかもしれない。

「近ごろは良い薬が出廻《でまわ》るようになりましたので、お医者さんが暇になりましてね」と信吾は、まず龍造の気分をよくさせてから話を進めた。「腕のいい医者でさえ患者が減ったほどですから、藪医者ときた日には尾羽打ち枯らして、二進《にっち》も三進《さっち》も行きません。

そんなときに願ってもない流行風邪で、患者が押し掛けるようになりました。これで年も越せるし、借金取りも切り抜けられると、おなじ藪医者仲間が何人か集まって酒盛りを始めましてね。飲み始めたときに聞こえて来たのが、鉦と太鼓で囃す風の神送りの騒ぎです。ああ、殺生なことをする、と口惜《くや》しがるのをオチにしていました。藪医者にすれば、せっかくの風の神を追いやられてはたまりません」

「なにごとにも、表があれば裏もあるということでしょう。それにしても信吾さんは、相談屋をやっているだけあって物識《ものし》りだ」と言って、龍造はにやりと笑った。「でしたら、このこともご存じでしょう」

「えッ、なんだか怖いですね」

「毒薬という言葉がありますが、なぜ毒と薬という、相反するものがくっついて一つの言葉になったのでしょう。そもそも毒と薬のちがいは、なんだとお考えですか」

思わず「うッ」と呻《うめ》きそうになった。試されていると思ったので、つい表情が硬くなるのがわかる。

「薬は正しく使えば病人を快復させられますが、誤って用いれば病を悪化させ、死に至らしめることもあります。となるとそれは毒である、ということでしょうか」

「そうですね。ある本にはこんなふうに書かれています。下医《かい》、つまりだめな医者、藪医者のことです。下医は薬を毒となし、中医《ちゅうい》は毒を毒に、薬を薬に使い、上医《じょうい》は毒を薬に用うとあります。量と使い方さえまちがえなければ毒は薬となりますが、その逆もあるということですよ」

「下医は薬を毒となし、上医は毒を薬に用うですか。短い中で端的に、医者の優劣を言い切っていますね」

「あッ、いけません。話が楽しいものですから、つい長居してしまいました。今日はこれで失礼いたします。では、望洋さんにはなるべく早く」

　波乃が龍造の提灯に手燭《てしょく》の火を移して渡した。

　上げ潮になったらしく、すぐ東を流れる大川《おおかわ》の潮の匂いが強く感じられた。龍造は大丈夫だと言ったが、せめて日光街道までと、信吾は見送ることにした。

「なんのお構いもせず、失礼しました。龍造さんは、ご酒はいける口なんでしょう」

「飲めなくはない、という程度です」

「望洋さんは」

「信吾さんくらいじゃないですか」

「と申されますと」

「ウワバミです」

　まさかそう返されるとは、信吾は思ってもいなかった。

「だといいのですが、わたしは下戸《げこ》でして、一合で赤くなり、二合でできあがり、茹《ゆ》で蛸《だこ》みたいになってしまいます」

「赤くはなるが、あとはいくらでも」

「であればいいのですが、すぐ眠くなってしまいましてね」

他愛《たわい》ない話をしているうちに日光街道に出たので、なるべく早く連絡を取ることを確認して二人は別れた。

龍造は南に道を取り、かなりの速足で帰りかけたが、不意に立ち止まった。そして振り返ると信吾が見送っていたので、提灯を揺らしながら駆けもどった。

「なにか忘れ物をなさいましたか」

「はい。大切な物を」

「だったらもどりましょう」

「いや、もどるまでもありません」

「でしたら、ここでお待ちいただけますか。なにを忘れたか言っていただければ、すぐに取って来ますから」

「てまえはなにも持たずに伺ったでしょう。物を忘れたのではないのです」

「すると、なにを」

信吾の住む黒船町《くろふねちょう》の北側は諏訪町《すわちょう》だが、町境には木戸が設けられている。薄暗い中で、顔馴染《かおなじ》みの木戸番がこちらを見ていた。信吾が挨拶すると相手も頭をさげ、いつまでも見ている訳にいかないからだろう、番小屋に入ってしまった。

「てまえは信吾さんについてあれこれと訊きましたけれど、望洋さんについてはほとんど話しませんでした」

「会えばわかることですから」

提灯のぼんやりした灯《あか》りだけだが、それでも龍造が目を瞠《みは》るのがわかった。当然のように、望洋のことを知りたがると思っていたらしい。

「だって近く会うことになっている人のことなのに、信吾さんは知りたくないのですか」

「相談屋を二年ほどやってきまして、最初は相談客の悩みを解消するには、相手のことを少しでも詳しく知っていたほうがいいと思っていました」

「当然でしょう」

狼《おおかみ》の血が混じった「赤犬」率いる野良犬の群が脇を駆け抜けたが、信吾が龍造と話しているので横目でちらりと見ただけで、話し掛けることはせず走り去った。

「ところが、ほとんどの相談客がお名前すらおっしゃいません。言ったとしても、大抵が偽名です。こちらが人さまの秘密を洩らすことは絶対にないと念を押しても、住まいと家業や屋号なども、できるかぎり隠そうとしますね」

「まさか。それじゃ、相談にならないではありませんか」

「相談客はどういう訳か、どなたも言わなきゃならないことだけを小出しにするのです。ですから相手の話してくれたことをもとに、悩みを解決するしかありません。そのためには、ひたすら相談客を見詰めます」

「それでなんとかなるものなのですか」

「なることもあれば、どうにもならないこともあります。でも相談客は悩みをなくしたい一心ですから、こちらの知りたいことは、少しずつではあっても話してくれます。その欠片《かけら》を繋《つな》ぎあわせると、次第に問題点が見えてくることがありましてね。むしろあれこれと雑多なことを知ってしまうと、それに惑わされて本筋が見えなくなってしまうのかもしれません。ですからわたしは、その人だけを見るようにしているのです」

信吾の顔をいま一度よく見たいとでもいうふうに、龍造が提灯の柄を持ちあげた。真ん丸な目で信吾を凝視している。

「いかがなさいました」

「驚きました。これほど驚かされたことはありません。信吾さんにお会いするまで、相談屋という仕事が成り立つこと自体が、ふしぎでならなかったのです。ところがやってらっしゃる。それよりもなによりも、相談に来ながらほとんどの客が自分のことを、必要なことしか話さないなどとは、考えてもみませんでした。悩みから逃れたくて、洗い浚《ざら》いぶちまけるにちがいないと思っていましたから。これを話したら、望洋さんは大喜びすると思いますよ。その望洋さんのことを、少しだけ聞いてください。てまえは信吾さんに、これだけは言っておきたいのです」

そのために龍造は、帰りかけてから引き返したのである。

高山望洋は大身旗本の三男坊だが、幼くして母を亡くしたそうだ。父が後添いをもらったが、どうしても後妻に馴染まないため望洋は祖母の手で育てられた。

その祖母が大病を患ったのである。何人もの医者が匙《さじ》を投げたが、ある医者の懸命の手当てで命を取り留めることができた。

「それに感激した望洋さんは、父や義母、兄たちの反対を押し切って医者になることを決めたそうです。その辺の医者とは、根本的にちがうことがおわかりでしょう」

「お会いするのが楽しみです」

改めて二人は別れた。自分が紹介しようとする望洋について、このことだけは話しておきたいとの龍造の思いを聞いて、信吾は心が清々《すがすが》しくなるのがわかった。

四

用件を伝えるだけだからだろう、龍造は昼間、母屋でなく将棋会所に姿を見せた。仕事のついでに立ち寄ったようだが、将棋会所もやっていると言ったので、ようすを見ておきたかったのかもしれない。

ひと通り内部を見せると、将棋客の邪魔にならないように、信吾は奥の六畳間で話すことにした。すぐに小僧の常吉《つねきち》が茶を出してさがった。

年の瀬でもあるし、龍造が薬種問屋の番頭で望洋が見習い医者ということもあって、双方の都合がなかなかつかなかったようだ。二人がやって来られるのは、師走の二十日ということになった。急な患者があれば助手の望洋は抜ける訳にいかないので、その場合は延期との条件付きである。

時刻は六ツ半（夜七時）と龍造が言ったのは、夕食をすませてから来るということだ。信吾は食事をしながら話したいと思っていたが、まだそこまで親しい間柄ではないからと遠慮したのだろう。

「具体的な話ができるとよろしいのですが、顔合わせの雑談程度ということになるかもしれません」と、龍造は言いにくそうに切り出した。「このまえ信吾さんは、医者と相談屋は似通っているところがあるとしても、ご自分のことは謙遜なさっておられましたね」

「はい。考えは今も変わってはいませんけれど」

「実はあの提案を望洋さんに話しましたところ、信吾さんとおなじことを言われまして」

「だからでしたか」

「と申されますと」

「先日とちがって活気といいますか、勢いが感じられなくて、どことなく気落ちされたようにお見受けしましたので」

「商人《あきんど》失格ですね、心の裡《うち》が顔や体に出るようでは」

考えていたように事が運ばなかったので落胆し、それもあって緊張が解けないのかもしれない。少し揺さぶったほうがいいようだ、と信吾はわざとぶっきらぼうに言った。

「相手が悪かったのですよ、龍造さん」

「えッ、どういうことでしょう」

「わたしは相談屋のあるじですから、顔に現れたどんな些細《ささい》な変化であろうと見逃しません」と厳しく言ってから、信吾はにやりと笑った。「というのは冗談でしてね。雑談、けっこうじゃないですか。なぜかと言いますと、相談を受けても、箇条書きのように順を追って話してもらうより、雑談をしていて解決の糸口を見つけられることのほうが多いくらいなんです。ですから雑談だからといって馬鹿にできません」

「そういうことですか。でしたら、成り行きにまかせることにいたしましょう」

「あまり深刻に考えないことですよ、龍造さん。雑談が弾んで、思いもしない見事な花が咲くことだってありますから」

「信吾さんの言葉には、どこか聞いている者を安心させる力がありますね。相談に来た人が納得し、元気になって帰って行くのがわかるような気がします。てまえは望洋さんに突き放されたように思っていましたので、実は信吾さんにどのように話せばいいのか迷っていました。先達《せんだつ》ては双方の益になるはずだなどと、調子のいいことを申しましたでしょう。相談屋さんの事情を知らないで、てまえの期待と申しますか、実現しそうにない願いを語っただけだったんですね」

「それがいけないんです」

信吾がなぜそう言ったのかわからなかったのだろう、龍造は戸惑い気味に訊いた。

「どういうことでしょうか」

「望洋さんとわたしが患者や相談客を紹介しあうことで、その人たちの体や心の悩みを軽くできるかもしれないと考えたのでしょう。つまり龍造さんは夢を見た、夢を描いたのですから」

「しかし夢は、実現しなければ意味がないと思いますけれど」

「実現することもあればしないこともあるので、夢には意味があるのです。夢のすべてが実現することはまずありませんし、逆にダメになるともかぎらないでしょう。実現する夢もあればしない夢もある。だから夢には意味があり、人は夢を見るのだと思います」

「なるほどそうかもしれませんね。信吾さんのお蔭《かげ》で、すっかり気持が楽になりました。

では、波乃さんによろしくお伝えください」

信吾の見送りを受け、龍造は出入口の格子戸を開けて出て行った。

先日、帰りかけた龍造が引き返すと、望洋のことでこれだけは伝えておきたいと言ったことがあった。そのことを話すと、波乃は望洋や龍造と話せる日を心待ちにしていた。だから望洋が龍造の持ち掛けた話に否定的だったと知れば、がっかりするだろうと思ったが、そんなことはなかった。

「だって、会って話してみなければわからないでしょう。それに信吾さんと話しているのを、横で聞いていて感じたのですが、龍造さんは相手の話したことを正直に受け止めすぎると思いました。商売人がこうなればいいなと思ったことに、旗本の三男坊、しかもお医者さん見習いの望洋さんが、そうだそうだ、それはいいなんて言うとは思えません。龍造さんが相談屋のことを話したとしても、ほんの一部しか伝わらないでしょうからね。それなのに、望洋さんが乗り気になるほうがおかしいと思いませんか」

「それもそうだ」

「ですからあまりあれこれ考えず、当たって砕けろで行きましょう」

望洋は龍造とほぼ同年配であった。医者の見習いと年若《としわか》な番頭ということもあって、自然と親しくなったのではないだろうか。自分が医者を志した動機や義母のことを話しているくらいだから、互いに心を許した間柄ということである。

龍造は望洋を武骨だと言ったが、実際に会った印象では、さほど武張っては感じられなかった。顔付きは面長だが厳《いか》つくはないし、目が鋭い訳でもない。信吾がこれまで知りあった武家の中では、どちらかといえば物静かなほうである。

龍造の望んでいたように進まなかったので話しにくいだろうと思い、挨拶が終わると信吾のほうから望洋に話し掛けた。

「龍造さんから、お医者の望洋さまと相談屋のわたしたちが、なにかと協力できるのではないかとのお話をいただきました。ですが現時点では、それは難しいと思ったのが正直なところです」

「体と心は密な関係にあるゆえ、切り離して考えることはできん。体を治すことで心は安らかになり、憂いを取り除くことで体はまともになる。それをやるのが医者の仕事であるからな」

このことだったのか、と信吾は龍造が望洋を武骨だと言ったことに納得できた。当たりまえのことを言っているのに、その喋《しゃべ》り方が四角四面でなんとも堅苦しく感じられてならないのである。

「餅は餅屋ということでございますね。とは申せ、患者さんにしても相談客にしてもそうでしょうが、いつ、どのような方がやって来るかわかりません。ですから長い目で見て、万が一そういう事態になれば、紹介しあうということにしていただけませんでしょうか」

「よかろう。まあ、ないとは思うがな。わしが信吾に患者を紹介し、信吾がわしに相談客を患者として廻せば、いくらかではあろうが生薬が売れることもあろう。龍造が薬種問屋の番頭として商売に専心するはわからぬでもないが、ほどほどにしてはどうだ」

「望洋さまにはかないません。そんなふうにおっしゃっちゃ、身も蓋もないではありませんか」

龍造はそう言いながら笑ったものの、気詰まりな空気になったのはいたしかたあるまい。そのときであった。

「失礼いたします」

ころよく声を掛けて波乃が襖を開けた。

「ようこそいらっしゃいました」

客人に頭をさげて、波乃は盆に載せた燗徳利《かんどつくり》と盃《さかずき》をそれぞれのまえに置き、煮物の小鉢と漬物の皿をその脇に添えた。

「信吾さんとごいっしょに相談屋をやっておられる、奥さんの波乃さんです」と、龍造が望洋に紹介した。「子供と女人《にょにん》の相談客には、主に波乃さんが応じられているとのことですので、楽しい話が聞けるかもしれません。同席していただいてはいかがでしょう」

望洋はジロリと横目で見たが、ちいさくうなずいた。信吾は徳利を手にし、目顔で望洋に盃を取らせると酒を注《つ》いだ。それを見ながら龍造が波乃に言った。

「盃をもう一つお持ちなさいよ。波乃さんは飲める口でしょう」

「いえ、不調法でして。お話を聞かせていただくだけでうれしゅうございます」

龍造はそれ以上は勧めず、信吾と自分の盃に酒を注ぎながら望洋に話し掛けた。

「ところで望洋さま、こちらの相談屋に見える客が自分のことをなるべく隠そうとすることを話しましたら、随分おもしろがっておられましたが」

「ああ、おもしろくはあった。だが、あれはあれだけのことでしかない」

望洋がいかにもつまらなそうに言ったので、こうなっては取り付く島もない。さてどうしたものかと信吾が思案していると、龍造がこんなふうに持ち掛けた。

「望洋さま、いかがでしょう。風変わりな患者さんの、ちと変わった話などをなさったら、お二人に喜ばれると思うのですが」

「馬鹿を申せ。医者が患者のことを洩らしてならぬことは、龍造も知っておろうが」

「もちろん存じておりますが、このお二人がほかで話す気遣いはありませんから」

「龍造さん、それは通じませんよ」と、信吾は顔のまえでおおきく手を振った。「わたしどもを信じてくださるのはありがたいですが、相談屋は親兄弟であろうと、お客さんの秘密を洩らしてはなりません。お医者さまもわたしたちとおなじように、いえ人の生死に関わることですので、何層倍も厳しいはずです。いかなる事情であろうと、洩らした途端に仕事を続ける資格を失いますから」

「信吾の申すとおりだ。薬種問屋の番頭ならそれくらいは承知しておろうが」

「両親は浅草広小路《あさくさひろこうじ》の東仲町《ひがしなかちょう》で料理屋を営んでおりますが、あるじは当然として、女将《おかみ》も仲居も、座敷でお客さまが話したことに関しては、他言してはならないのですよ。そんなことがわかれば、信用を失って商売が成り立ちません」

「それに風変わりなこととか、おもしろい話があろうはずがない。わしが相手をするのは患者だ。病人だぞ。代脈を任されて間もないので、そう多くの患者を診ておる訳ではないがな。患者の話すことと言えば、どこが苦しいの、どこが痛むのと、おのれの体の不調についてばかりだからな。患者が医者に訴えるのだから、こちらも真剣に聞く。治療のために当然そうせねばならん。ところが、それだけではすまんのだ」

「と申されますと」

信吾はいかにも興味深そうに訊いたが、波乃も期待に瞳を輝かせている。

五

「わずかな隙でも見せようものなら、体調以外のことについて愚痴を並べ始める」

「病人が体の具合のほかにと申されますと、一体どのようなことをでございますか」

「周りの者、特に身内であるな。夫、女房、息子に娘、舅《しゅうと》や姑《しゅうとめ》、娘婿、嫁、子や孫だ。それから近所の連中、武士だと上役や同僚、商家では奉公人のできの悪さ、主人の強欲さ、その女房の悋氣《りんき》。ともかく、よくもまあと思うほど、人には言えぬ悪口や恨みつらみを医者に向かって吐き出す」

「病気を治すことで頭の中が一杯なのに、愚痴や悪口、恨み言などを打ち明けられては、たまったものではありませんね」

　信吾がそう言うと、望洋はおおきくうなずいた。

「患者にとって相手は医者一人だが、医者にとって患者は何人もいるからな。喋りたいことを喋れば患者は気がすむかもしれんが、こちらは聞いたことをだれにも話してはならんのだ。するとどういうことになる」

「溜《た》まりに溜まりますね」

「そういうことだ。でありながら、吐き出す訳にはいかん」

「わたしの場合は困っていること、悩めることの相談をされます。その多くが仕事に関することや、人との関わりで生じる悩みとなります。ですから、望洋さまと似通った部分もかなりありますね」

「なるほど、立場上からして相通ずることがあって当然か」

「入って来るばかりで、吐き出せないというのはたまらない苦痛です」

「おうよ。それそれ。信吾はどのように処理しておるのだ」

「と申されますと」

「医者に対する患者とおなじで、相談客は信吾が他人に洩らさぬとわかっておるゆえに、安心して垂れ流すようになんでも喋るはずだ。それらは逃げ場がないので、行き場を失って溜まり続ける。そのままにしておけば、充満し、膨張して張り裂けるかもしれんからな」

「それは痛切に感じますね。もしもわたしの体が袋のようなものだとしますと、そこに相談客の愚痴や恨みごと、悪口雑言が溜まりに溜まるのですから。袋の緒が切れてしまうように、わたしの体が耐えられずに破裂してしまうのではないかと」

信吾が苦痛を感じながら波乃を心配させまいと話さないのか、単に大袈裟《おおげさ》に言っているだけなのかの判断がつかないからだろう、波乃は困惑した顔になった。

一口で酒を呷《あお》った望洋が盃を突き出した。信吾がすかさず酒を注ぐと、盃の酒をじっと見ながら望洋が言った。

「龍造の話では、信吾は落とし噺に詳しいとのことだが」

「詳しいというほどではありませんが、十代の半ばに幼馴染と寄席《よせ》、と申しますのは噺家や講釈師が、客に落とし噺や軍談を語る小屋のことです。しばらく寄席に通ったことがありましたので、いくらかは聞いているという程度です」

幼馴染とは竹馬の友ならぬ竹輪の友の、完太《かんた》、寿三郎《じゅさぶろう》、鶴吉《つるきち》の三人である。だが相談屋と将棋会所を始めてからは、時間が取れなくて寄席は覗《のぞ》いていなかった。

「愚痴なんぞが詰まり切って腹か頭が破裂しそうになるのは、本人にすればなんとも切ない話だが、周りの者にとっては滑稽であろうな。溜まりに溜まった言葉のために頭か腹が張り裂けてしまった、などという落とし噺はないのか」

言われて信吾は頭の帳面を繰ってみたが、そのような噺はなかった。

「聞いた覚えはありませんが、たしかに落とし噺にすればおもしろくなりそうですね」

だったら「堪忍袋」があるではないかと言われそうだが、「堪忍袋」は益田太郎冠者《ますだたろうかじゃ》が明治になって作った落語である。信吾が知っている道理がなかった。

「なければ作らせればいいが、信吾の知りあいに噺家はおらぬか」

噺家はいないが、幇間《たいこもち》の宮戸川《みやとがわ》ペー助《すけ》とは親しくしている。ペー助に話せば親しい噺家もいるだろうから、だれかがおもしろい落とし噺にまとめるかもしれない。

「望洋さまこそ、多くの患者さんと話される機会がおありでしょうし、高齢の患者さんには落語好きのお方がいらっしゃるのではないですか。いえそれよりも、噺家さんの患者と直《じか》に話されることも」

「いや、わしは先生の供をして患家に参りはしても、雑用に追われるので患者と話すことはほとんどなくてな」

先生が多忙な折や、快方に向かっている患者への代脈、つまり代理の診察を頼まれることはあるそうだ。あとでどのような話の遣り取りをしたかとか、いかなる判断でどの薬を煎じればよいと考えたかなど、こまごまと報告しなければならないとのことである。

それだけではなかった。薬も勝手に調合するのではなくて、望洋と患者の会話の内容、舌苔《ぜったい》の有無や色、脈拍、爪の色や筋の入りようなどを考慮し、先生が生薬の組みあわせを選んで、分量を決めるとのことである。望洋はそれをもとに薬研《やげん》に向かい、微細な粉末にした生薬を配合し、決められた一回分の分量を、ちいさな紙に包み分けるとのことだ。

「なるほど、患者さんと落とし噺について語る余裕は、とてもではないがありませんね」

「むしろ信吾のほうが多いのではないか。料理屋の息子であれば、噺家を連れて来る客もおろうから、なにかと聞かされたと思うが」

「相談屋と将棋会所を開くまえは、両親の営む料理屋の手伝いをしたこともありましたが、当時は小僧や手代とおなじですのでね。命じられた仕事をひたすらこなすだけで、客と話す余裕などありませんでした」

「そういうことであるか。そのうちに噺家と知りあうことがあれば、話してみればよかろう。そのまえに、信吾はわしの言ったことに答えておらんぞ」

「まさか、そんな失礼なことをするはずが」

「逃げ場がないので行き場を失った愚痴なんぞを、信吾はどう処理しておるのかと訊いたであろう。そのままにしておけば、充満して張り裂けかねぬからな」

うっかりしていたが、たしかにそう訊かれていた。話題が移ったので、ついそのままになっていたのである。望洋が繰り返し訊いたということは、それだけ気にしているからにちがいない。

少し間を取ってから信吾は言った。

「なかったことに、聞かなかったことにしております」

あまりにもあっさりと言い切ったので、望洋は目玉を引ん剝《む》いた。

「できるのか、そんなことが」

「充満して破裂するとなれば、そうならぬようにするしかありませんからね」

「いかにしてやっておるか、その方法を教えてくれぬか」

言われて信吾は窮してしまった。途中から望洋と信吾だけの遣り取りになったので、龍造と波乃は聞き役に徹して口を挟もうとしない。目を輝かせながら、興味深そうに聞いている。

さて、困った。信吾が自分で意識してやっている訳ではない。だが頭か体のどこかはわからないが、悪い物が蓄積して頭や体を損ねぬように、自然に処理しているらしいとは感じていた。

しかし、そんなことを言っても望洋は信じないだろう。万が一信じたとしても、望洋と信吾の体はまったく別物なのだから、おなじようにできるとは思えなかった。

その微妙な部分をなんとか伝えたいと、信吾は懸命に考えた。

「篩《ふるい》がございますね。必要な物とそうでない物、均一なおおきさにそろえるために選《よ》り分ける、底が細かな網になった道具ですけれど」

「存じておる。微細に砕いた生薬を均質にするため、網目の細かさのちがう篩をいくつか用いてふるい分けておるからな」

「わたしの頭か胸か、それとも耳かもしれませんが、そこに篩があるような気がしてならないのですよ」

一体、なにが言いたいのだとでもいうふうに、三人が喰《く》い入《い》るように信吾を見ていた。

「相談客から悩みを打ち明けられますが、望洋さまがおっしゃったように、ほとんどの人が話しているうちに余計なことまで喋ってしまうのです。周りの人に対する愚痴や悪口、でなければ自慢話などですね。それらは悩みごとの解消に役立たないどころか、むしろ邪魔になります。わたしの体のどこか、頭か胸か耳かがそれをふるい分けているらしいのですよ。篩の網に引っ掛かったものは捨て去るので、残らないのでしょうね。つまりなかったこと、聞かなかったことにしているので、わたしの頭も胸も張り裂けずにいられるのだと思います」

望洋、龍造、そして波乃の三人は、それぞれに考えこんでしまった。望洋は口を「へ」の字に結んで天井を睨《にら》み、龍造は目を閉じて眉間に皺《しわ》を寄せ、波乃は小首を傾げている。

やがて望洋が信吾を見たが、その表情はすっかり明るくなっていた。

「なるほど。要するに、それしかないということだな」

「と申されますと」

解せぬという目を望洋に向けて、龍造がためらい気味に訊いた。

「一番簡単そうで案外と難しいが、聞き流すということだよ」

言われて信吾がおだやかな笑いを浮かべると、望洋は体を震わせ、声をあげて笑った。

「頭か胸か耳かわからぬが、体のどこかが邪魔になるものをふるい分けておるだと。それにしても、信吾は実に上手《うま》い言い方をする。聞き流すと言えばすむのに、そう言わんところが愉快だ。まてよ、それが相談屋の話術というものだとすれば、むしろそれは芸、話芸と言うべきであるな」

望洋は感心しきったようにそう言ったが、龍造と波乃はキョトンとしている。そのことで悩み鬱屈した思いに囚《とら》われたことのある望洋にはわかっても、そういう思いをしたことのない二人には理解できないのかもしれない。

「これほど痛快な気分は久し振りだな。実にすっきりした。なるほど、ゆえに信吾は相談屋なのか」

「厭《いや》ですよ、望洋さま。一人で納得なさっていちゃ。てまえにはなにを感心なさっているのか、さっぱりわかりません」

龍造には答えず、望洋は信吾に言った。

「となると相談料を払わねばならぬな。悩みが解消したのだから、相談したのとおなじことだ」

「とんでもないことでございます。望洋さまはなにかを感じられたかもしれませんが、四人で雑談していただけですので、とても相談料をいただく訳にはまいりません」

「体に節を備えた男だと……」

言い掛けたままあとが続かないので望洋を見ると、全身が細かく震え、しかも顔が真っ赤であった。懸命に笑いを堪《こら》えているのだ。

六

「望洋さまは、ときおりこのようになられることがあるのでしょうか」

信吾が龍造に訊くのと同時であった。「ぷふぁッ」と破裂音がしたと思うと、「くくくく」の連続音に変わり、「あは、あはは、あははは」と笑いが止まらなくなってしまったのである。

「これは驚きです。と言うより、これほど驚かされたことはありません」と、龍造が信吾と波乃に言った。「三之助《さんのすけ》さま時代から存じあげていますが、望洋さまの楽しそうなお顔を見たことはありませんでした。笑い顔を見たのも、笑い声を聞いたのも初めてです。てまえどもの見世にお見えになられても、苦虫を嚙《か》み潰したような顔をなさって、この方が笑われる、いや笑えるなどと考えたこともありませんでした」

「笑えると考えたこともないなんて、龍造さん、いくらなんでもそれはないでしょう。望洋さんに対して、あまりにも失礼ではありませんか。あッ、いけない」

信吾が波乃を見たときには、すでに手遅れであった。箍《たが》が外れてしまっていたのである。その発作的な凄《すさ》まじい笑いに、あれほど笑っていた望洋が呆《あき》れ返り、笑うことも忘れてまじまじと波乃を見ていたほどだ。

「言い忘れておりましたが、波乃は稀に見る笑い上戸《じょうご》でしてね。まさか望洋さまが笑われるなどとは考えもできなかったでしょうから、まったく無防備にいたところに不意討ちを喰らったも同然です。となれば笑い上戸の波乃が、耐えられる訳がないですよ。こうなれば治まるのを待つしかありませんね」

「待つしかないと申したが、すぐに治まる訳ではないのか」

「比較的早く治まることもありますが、ときには四半刻《しはんとき》（約三〇分）ほども」

「四半刻だと。よくそれで波乃どのは壊れぬものだな」

「これまでは辛うじて持ちこたえましたが、さすがに今回はなんとも申せませんね」

　不意に波乃が立ちあがった。

「ごめんなさい。失礼します」

　それだけ言うと、襖を開けて転がるように出て行った。

「申し訳ありません」

　信吾は一声詫《わ》びて襖を静かに閉めた。奥の六畳間からは堪え切れぬからだろう、波乃の笑いが聞こえて来た。

　その笑いがいつもとはちがっていることに、信吾は気が付いた。これまではなんとか抑えようとしても抑え切れないからだろう、笑いが聞こえたり聞こえなかったりして波打っていた。ところが、まるで途切れることがないのである。それだけ、おかしくてならなかったにちがいない。

　波乃の発作的な笑いの原因が自分にあるとわかっているからだろう、望洋が真顔で信吾に言った。

「傍《そば》にいてやらずともよいのか」

「独りにしておいたほうが、早く治まると思います。傍にいましたら、なんとしても抑えようとむりをしますから。それよりお二方、驚かれたというより呆れられたのではないですか」

「いや、と言いたいところだが、さすがのわしも驚いた」

望洋がそう言って苦笑すると、龍造は何度も首を振った。

「望洋さまがお笑いになられただけでも驚きなのに、それに被せるように波乃さんの箍が外れたところを見せられたのですからね。一日に二度も立て続けに驚かされたのですから、これからのてまえは、もうなにがあっても驚くことはないと思いますよ」

「そうおっしゃるなら」

信吾が意味ありげに笑うと、驚くことはないと言った龍造の顔が、舌の根の乾かぬうちに引き攣《つ》るのがわかった。

「ははは。冗談ですよ。お客さまを驚かせてはいけませんね」

「しかし」

そう言ったまま望洋は黙ってしまった。しばらく待ったがあとが続かないので望洋を見ると、なんとも不可思議な顔をしている。笑っているようでいて、笑ってはいない。深刻そうに見えないこともないが、深刻さを乗り越えたとも取れるのである。どうにも定まらぬ、見ていて落ち着かなくなる表情であった。

「どういたしました、望洋さま」

「明日もわしは、先生の供をして患家を巡ることになる」

「なにか、不都合なことがございますか」

「重い軽いはべつとして相手は病人である。だれもが病のために苦しんでおるのだ」

「その苦しみを解く、でなくとも軽減してあげるのがお医者の役目ですから」

信吾がそう言うと、望洋は弱々しく首を振った。

「自信がない」

「なにを仰せられます。お医者さんがそのようなことをおっしゃっては患者さんが」

「いや、医術に関してではないのだ」

「と申されますと」

「先生の供をして患者を診て廻る。その折、思い出さずにはおられまい」

「なにをでございましょう」

「信吾の妻女の、波乃どのの箍が外れたところをだ」

「かと申して、患者をまえにして笑う訳にはまいりませんよ。しかも先生のいらっしゃるところで」

「それがわかっているだけに、却《かえ》って笑わずにいられぬであろう。わしには幼少のころより、そういうひねくれたというか、臍曲《へそま》がりな癖《へき》があってな。困ったものだが、それがわしの性《さが》なのだ」

性だとまで言われては、そのままにしてはおけない。

「望洋さまはお武家ですからご存じないかもしれませんが、庶民にはとっておきの方法がありまして」

「真《まこと》であるか」

「簡単にやり直せる方法です」

「あるのかそんな利便な方法が。であれば教えるのだ。隠さずに教えろ」

「落ち着いてください。お教えしますから。難しくはありません。算盤《そろばん》で用いる方法なんですが、御破算で願いましては、と唱えます」

「御破算で願いましては、だな。それから」

「それだけです」

「それだけだと、どういうことだ」

「算盤は桁となるいくつもの列にある球を弾《はじ》いて計算する器具でして、加減乗除、つまり足し算、引き算、掛け算、割り算などがおこなえます。区切りが付けば、あるいは途中でもいいのですが、御破算で願いましてはと唱えて算盤を立てるのです。すると計算を始めるまえの状態にもどります。それまでのことはなしにして、そこから新しくやり直すのです。庶民、いえ商人の知恵の一つでしょうかね。呪《まじな》いのようなものだと、考えていただければよろしいかと」

「うーむ」

唸《うな》り声《ごえ》を発してから、望洋は考えに耽《ふけ》ったようである。

「あまり深くお考えにならず、患者さんが病気以外に関することを喋ったら、声に出さずに心の裡で、御破算で願いましてはと唱えてください。それを続けていますと余分な物が体に溜まりませんから、破裂することはないと思います」

「なにはともあれ、やってみることだな。御破算で願いましては、と」

「たいへん失礼いたしました」

声と同時に襖が開けられ、波乃が両手をついて頭をさげた。

「お恥ずかしいところをお見せして、申し訳ありませんでした」

「いつもに較《くら》べると、治まるのが随分と早かったじゃないか。それにやけにすっきりしているね」

「あたし馬鹿でした。お馬鹿さんでした」

「お客さまのいらっしゃるところで、本音を洩らしてはいけませんよ。どうしたというのだね、一体」

信吾と波乃のいささか世間離れした遣り取りにいくらかでも慣れたからか、望洋と龍造は薄い笑いを浮かべて二人を見ている。

「これまでは笑いを堪えて我慢しよう、なんとか抑えこもうとしていたのです。するといくら抑えてもこみあげてきて、どうにもなりませんでした。ですから今日はそうせずに、体が笑いたいのだから、思い切って笑いたいだけ笑ってみたのです。そしたら案外と早くすっきりして、身も心もすっかり軽くなりました。まるで嘘《うそ》のように」

「すっきり、すっかり、かい。それはよかった。しかし、いい解決法が見付かってホッとしたよ。これでわたしは、波乃の箍が外れても安心していられるもの」

微《かす》かに信吾に笑い掛けてから、波乃は望洋に言った。

「あの、このようなことを申すご無礼は、どうかお恕《ゆる》しください。望洋さま。一体いかがなさったのでしょうか」

「いかがとは、どういうことであるな」

「お見えになられたときとはまるで別人のように、明るく爽やかな顔をなさっておられますが」

「御破算で願いましては」と言ってから、望洋は波乃にうなずいて見せた。「胸の奥に蟠《わだかま》っておった鬱陶しさを、信吾が一掃してくれたのだよ。お蔭で積年の気鬱が雲散霧消した」

「それはようございました」と言ってから、波乃は信吾を見た。「どんな手妻を使われたのかしら」

「御破算で願いましては」と言ったのは、信吾ではなく望洋であった。「それについては信吾から、あとでゆっくり聞かせてもらうがいい。わしらはそろそろ暇《いとま》せねばならぬのでな。馳走《ちそう》になった。上等の酒と、極上の話に堪能したぞ。また寄せてもろうてもかまわぬか」

「もちろんです。夜は空いておりますから。たまに相談の仕事が入ったり、知りあいが喋りに来ることもありますので、あらかじめ連絡いただければ大歓迎です。それより患者さんが相手ですから、望洋さまは時間が思うように取れないのではないですか」

「なに、二人に会いたくなったら、都合はなんとでも付ける」

波乃は家の出入口で、信吾は日光街道に出る所で望洋と龍造を見送った。

もどると、波乃が徳利や皿の片付けを終えたところであった。

「ねえ、信吾さん。望洋さんと龍造さんのお二人なら、話したいときにいつ来ていただいてもいいのではないかしら」

「ああ、そうだね。先客があっても、話の輪に加わってもらうとしよう。ここに来るのは気心の知れた人ばかりだから、お二人を是非とも紹介したいね」

龍造が初めてやって来たのは霜月（十一月）の下旬で、信吾が師走朔日《ついたち》から始まる第二回将棋大会に向けて、あわただしく日々を過ごしていたころであった。数日後にやって来た龍造は、二人がそろって来られるのは師走の二十日だと伝えた。

将棋会所は通常は陽《ひ》が暮れ掛かると客たちは帰るが、大会期間中は五ツ（八時）まで開けていた。二十日には大会は終わっているはずだが、決着がついていない場合は甚兵衛《じんべえ》に頼み、なにかあれば信吾が顔を出すようにすればいいだろうと思って受けたのである。

そして二十日になってようやく、波乃も交じえて四人で語ることができたという次第だ。帰るとき、都合はなんとしても付けると言ったものの、その後、望洋も龍造も姿を見せなかったし、伝言箱に紙片も入れられてはいない。やはり医者の弟子と薬種問屋の番頭ともなると、自分の思いどおりにはならないのだろう。

七

年が明けて元日は年始廻りである。

信吾は波乃と連れ立って東仲町の宮戸屋《みやとや》に出向き、両親と祖母の咲江《さきえ》、弟の正吾《しょうご》に年頭の挨拶をした。続いて阿部川町《あべかわちょう》の楽器商「春秋堂《しゅんじゅうどう》」に波乃の両親、姉の花江《はなえ》と夫滝次郎《たきじろう》を訪れた。

次に向かったのは、名付け親で護身術の師匠でもある檀那寺《だんなでら》の巌哲《がんてつ》和尚。最後が仮祝言と披露目の宴《うたげ》で仲人を務めてくれた、武蔵屋彦三郎《むさしやひこさぶろう》夫妻であった。

どこでも酒を出されたので、黒船町の借家に帰着したころにはほろ酔いになっていた。波乃もお正月だからと口にして頬を染めている。

なんとも色っぽい桜色の頬を見ていると、急に「姫始め」が気になった。これには二つの説があるらしく、一つは正月二日の夜、もう一つは元日から二日朝にかけてである。二つあるということは、自分の都合のいいほうを選べということだろう。であればと勝手に解釈して信吾は後者に決め、決めたからには直ちに実行に移した。

二日にはコハダ鮨《ずし》売りがやって来た。鮨箱を四つ重ねて縛り、その蓋の上に紅木綿を掛けて肩に担ぐ。着物、股引《ももひき》、腹掛け、足袋から草履まで新しくし、尻を端折《はしょ》った売り手が、「鮨や、すし、コハダの鮨」と売り歩く姿は粋で、もてはやされたものである。三日までは作り置きのおせちを楽しむので、料理を作らなくてもすむ。年中働き詰めの女性に対する、ささやかな労《いたわ》りであった。

将棋会所「駒形」の会所開きは、前年とおなじ四日におこなわれた。この日は席料を取らず、力に関係なくどんな相手であろうと自由に対局してよい。年初の指し始めなので、仲の良い同士が途中まで指して、和気藹々《わきあいあい》のうちに引き分けて終えるのであった。

年末の将棋大会の花（寄付）の一部が残っていたので、酒と料理を振る舞うことができた。客たちは、あちらこちらで車座になって談笑に耽った。話題は早くも、年末に予定している第三回の大会へと飛んでいた。

七日の人日《じんじつ》には七草粥《ななくさがゆ》を食べ、十一日の鏡開きとあわただしく正月の日々がすぎてゆく。しかし望洋と龍造は姿を見せなかった。

師走から新年にかけては、そうでなくてもあわただしい。病人には盆も正月もないが、ということは医者もまたおなじである。

信吾は望洋について、ほとんどなにも知らないままであった。姓が高山という大身旗本の三男坊、医者としての名が望洋で通称が三之助、望月三英を理想の医師と仰いでいる。知っているのはそれぐらいであった。住まいはおろか、師事している医者の名すら知らない。

龍造の奉公先は、本町三丁目の薬種問屋「大西八郎兵衛」だとわかっている。そこを訪ねると教えてもらえるだろうが、仕事などの事情で来られないのであれば、訊いても意味はなかった。本人が来るのを待つしかない。

鏡開きの十一日、昼の八ツ（二時）を過ぎて大黒柱の鈴が二度鳴った。信吾は「もしや」と「まさか」の半々の思いで、柴折戸《しおりど》を押して母屋の庭に入った。風はなくおだやかな日であったが、さすがに障子は閉められたままである。

やはり望洋たちではない。

女性の声がしたので、もしかすると波乃の姉の花江だろうかと思いながら、信吾は沓《くつ》脱石《ぬぎいし》から濡縁《ぬれえん》にあがった。障子を開けようとすると、波乃が内側から開けた。見知らぬ女性が坐っていて、少しさがった襖脇には供の下女が控えている。

波乃が対しているのは四十前後の武家の女性で、となると信吾には心当たりがない。

「明けましておめでとうございます。ようこそ、いらっしゃいました」

取《と》り敢《あ》えず失礼にならぬように、信吾は先に挨拶した。相手も挨拶を返す。

「高山さまが、お礼にとのことでいらして、いただきものを」

礼を述べると、相手は頭をさげた。

「お初にお目に掛かります。高山でございます。その節は三之助、いえ望洋がお世話になりました。心よりお礼を申しあげます」

医者の修業中である望洋の義母だとわかったが、雑談しただけなのになぜ礼をされるのか見当もつかない。龍造の話では望洋は幼くして母を亡くし、一年後に父がもらった後妻に懐かないので、祖母に育てられたとのことであった。

その義母が礼に来たという理由が、信吾にはわからないのである。信吾の戸惑いに気付いたからだろう、望洋の義母はわずかなためらいはあったようだが話し始めた。

「わたくしはお二人に、なんとお礼を申しあげてよろしいかわかりません。三之助がどこまで話したか存じませんが、お二人に聞いていただかずにはいられないのです」

そう前置きして義母が話し始めたので、信吾は龍造から概略を聞いていた事情を、さらに詳しく知ることになった。

嫁いで三年で夫に死なれた彼女は、子供がいなかったこともあって実家にもどってい た。ほどなく再嫁の話があった。相手には三人の息子がいて、一番下は五歳とのことである。

実家には兄と兄嫁が子供を得て、確かな基盤を築いていた。そこに出戻りの自分の居場所はなく、まだ二十歳と若くもあったので、話を受けることになったのだろう。

「なんとかなると思っておりましたが、三之助は五歳でした。一番難しい年ごろです。二歳や三歳ですと、ほとんど実母のことを憶えていないでしょう。十歳を超えておれば、それなりの分別があるかもしれません。ですが三之助は五歳でした。末の息子ということもあって実母に愛《いつく》しみ育てられたらしく、わたくしはまったく受《う》け容《い》れてもらえなかったのです」

十四歳と十一歳だった二人の兄は、なんとか割り切って義母に接した。しかし三之助は頑《かたく》なに拒み続けた。父親に叱責されたために渋々と挨拶だけはするようになったが、それが限度であった。そのため三之助の祖母、彼女にとっての義母が母替わりとなるしかなかったのだ。

大病を患った祖母を治した医者がいたので、三之助が医者になる決心をしたことは、信吾は龍造に聞いていた。

十七歳になった三之助は家族の反対を押し切り、医師横田《よこた》望仙《ぼうせん》の弟子になった。何人かいる弟子には通いの者もいたが、三之助は迷うことなく住みこみを選んだ。それほど強く、義母とおなじ屋根の下で暮らすことを拒んだということだ。

衣食住の心配こそしなくてすんだが、見習いなので給銀は出ない。ときおり師である医師やその夫人から、わずかな小遣いがもらえるだけであった。

月に一日だけ休めたが、三之助は家にもどろうとしない。しかし医者修業についての報告をするようにと父親に強く言われ、仕方なく月に一度はもどるようになったのである。

休みの日に息子が家に顔を見せると、修業の進み具合を聞き、父親は小遣いを与えた。報告は口実で、小遣いを与えるのが目的だったのかもしれない。

彼女もなんとか受け取らせようとしたが、三之助は頑として拒んだ。

「わたくしが高山に再嫁しまして程なく二十年になりますが、その間、三之助はどうしても、義理の母としてわたくしを受け容れようとしなかったのです」

長男は妻を娶《めと》って三人の子供に恵まれ、次男は縁あってやや格下の旗本家の婿養子となっている。こちらも後継ぎとなる男児を得たばかりで、となると気懸かりなのは三之助のことであった。

ところが信じられぬことが起きたのである。旧臘《きゅうろう》の大晦日《おおみそか》にもどった三之助、いやこのときには望洋を名乗っていたが、家族に挨拶したあとで、義母に両手を突いて深々と頭をさげたのだ。

そしてこう言った。

「母上、長年の親不孝をどうかお恕しください。わたしは病人を苦しみから救うために、医者になる道を選びました。でありながら人として、とんでもない心得ちがいをしていたのです。たいへんな恩を受けながら、長年にわたり母上に苦しみを与え続けていたことに、不意に気付かされました。これからは実の親と思って孝行に励みますので、これまでのことにつきましてはどうかお恕し願います」

突然の、それも思いもしない義理の息子の言葉に、彼女は狼狽《ろうばい》せずにいられなかった。二十年の歳月を経て初めて受け容れられたというだけで、それまで感じ続けていた義母としての哀《かな》しみが払拭されたのである。

そして夫、長男と妻、その三人の子供の顔に現れたこぼれんばかりの笑みに、だれもがいかに心を痛めていたかを痛感させられたのであった。自分が真の家族の一員となれたことを、感じさせてくれた一瞬である。

なお義母は三之助と望洋を混用しているが、それはこういう事情である。横田望仙に弟子入りして医者としての修業を始めた高山三之助は、初めて代脈を任されたとき望洋となった。三之助の名で患家に出向く訳にいかないので、師匠望仙の一字をもらって望洋を名乗ったのだ。

八

信じられぬような激変に驚いただれもが、なぜそうなったのかを知りたがるのは当然のことかもしれない。望洋は薬種問屋の番頭龍造に、めおと相談屋を営む信吾と波乃を紹介されたが、奇天烈《きてれつ》としか言いようがない二人に接して衝撃を受けたと打ち明けた。

幼児期の大病と相談屋をやろうとした経緯《いきさつ》、生活のために将棋会所を併設したことから話は始まった。さらには夫婦の珍妙な遣り取りに接して驚き、度肝を抜かれ、気が付くと馬鹿笑いをしていたこと。そして、それまで自分が笑ったことがなかったと気付かされたことを、三之助、いや望洋は熱く語ったのである。

他人の悩みをなくすことに生き甲斐《いがい》を感じ、なんにでもおもしろさを見出しながら、自由気ままに生きているとしか思えない信吾と波乃。二人の底抜けの明るさに接しているうちに、望洋はそれが本来の人のあるべき姿なのだと気付かされた。

すると自分がいかに歪《いびつ》であったか、歪《ゆが》んだままで固まりかけていたかを、痛感させられたのである。

義母は望洋が語ったことを思い出すままに繰り返したが、それは四人が顔をあわせてから別れるまでの一部始終を、ほとんどそのままなぞったものであった。信吾と波乃に龍造を交えて語りあったことは、克明に頭に刻みこまれるほど、望洋にとって新鮮な驚きだったということだ。

患者と相談客の意外な共通点や、解決のために余分な物を選り分ける篩、さらには「御破算で願いましては」の呪文のことまで、義母は語った。落とし噺や風の神送り、はては「あたし馬鹿でした。お馬鹿さんでした」まで再現されて、波乃は真っ赤になってしまったほどだ。

「あら、ごめんなさいね。なんて失礼なことを。わたくしは三之助があまりにもうれしそうに語ったものですから、つい余分なことまで喋ってしまいました。お詫びいたします」

義母は頰を染めながら深々とお辞儀をした。

「頭をおあげください。わたしたちの取り留めもないお喋りを、望洋さんがそれほど感じ入ってくださったのですから、これほどうれしいことはありません。まじめでしっかりした考えをお持ちの望洋さんが、笑いを取りもどされたのです。きっと思いやりのあるお医者さんになってくれることでしょう」

「信吾さんと波乃さん、本当にありがとうございました。三之助がしみじみと申しておりました。お二人と話すことがなかったら、自分は笑わないままに生涯を終えたかもしれない。今となってみると笑わない、いえ笑えない人がいかに歪かよくわかる。自分は二人のお蔭で、人となるための門口に立つことができたんだなあ、と。信吾さんに波乃さん、これからも三之助、いえ望洋をどうかよろしくお願いいたします」

「いえ、こちらこそいい方と知りあえて幸せです」

「ところで、ご夫婦で相談屋をやっておられるとのことですが」

なにを言い出すのだろうと思ったが、事実なのでうなずいた。

「三之助の悩みが解けたので、相談料を渡そうと思ったのに、受け取っていただけなかったとか」

「相談を受けた訳ではありませんし、ただ話していただけですから」

望洋の義母はうなずくと、真剣な目で信吾と波乃を見た。

「見ていただきたい物があります」

そう言って懐から取り出したのはおおきくはない布製の袋で、金属の擦《こす》れあう鈍い音がした。義母が紐《ひも》を解いて中身が少し見えるようにすると、ちいさな長方形の銀貨が無数に入っている。

「一朱銀が九十六枚入っています。おわかりですね」

信吾と波乃は顔を見あわせたが、問われた意味がわからない。ところが波乃が「あッ」と小声をあげた。

「九十六枚だとしますと、八年分」

　波乃はうなずいたが信吾は首を振った。望洋の義母が波乃に、教えてあげなさいとでも言いたげに微かに首を振った。

「三之助さんは十七歳で横田望仙先生のお弟子になられました。父上は月に一度の休みには報告にもどるように言われましたが、それはお小遣いを渡す口実でもありました。義母《おかあ》さまも渡そうとなさいましたが、三之助さんは受け取ろうとしません。いつか受け取ってくれる日が来るかもしれないと、断られても義母さまは毎月一朱銀を貯《た》めおかれたのですね」

　一両が四分、一分が四朱なので一両は十六朱。一朱銀九十六枚は六両となる。

「そうか。やっとわかった。十七歳から二十五歳まで八年、一年は十二ヶ月だから九十六枚。でも、変ですね」

「なにがでしょう」

「休みは月に一度もらえても、最初の何ヶ月かは、望洋さんは家にもどらなかった。だから父上が報告にもどるように命じられた。それが二月《ふたつき》だと九十四枚、三月《みつき》だと九十三枚」

「一年は十二ヶ月とはかぎりませんよ」

「あッ、そうか。およそ三年に一度閏月《うるうづき》があるから、一年が十三ヶ月のこともある」

「はい。それで九十六枚となりました。三之助がわたくしを受け容れてくれたことに対する、ささやかなお礼です。三之助はお二人と話していて、みずからの過ちに気付いたのですから、受け取っていただかなくてはわたくしの気持が」

「と申されても」

「でしたら、相談料として、いえ、相談料の名目でなんとしても」

武家の奥方が一度出した物を引っこめることができないのは、信吾も波乃も商家の生まれなのでわかっている。

「それでは失礼いたします」と、二人は深々と頭をさげた。

お辞儀をしてから義母は付け加えた。「わたくしがこちらにお邪魔したことは、どうかご内分に願いますね。三之助が知ったら、余計なことをと言われそうなので」

門口から少し離れた場所に、女乗物《おんなのりもの》と呼ばれる黒塗りの駕籠《かご》が置かれていて、気付いた陸尺《ろくしやく》が引き戸を開けた。望洋の義母は、信吾と波乃に何度もお辞儀をしてから乗りこんだ。その横に下女が立って、こちらも深々と頭をさげた。

女乗物はゆっくりと、日光街道の方へと進む。

望洋の義母を見送って八畳の表座敷にもどるまで、信吾と波乃は一言も喋らなかった。

湯呑茶碗や菓子皿をさげた波乃が、淹《い》れ直した茶を置くと、信吾は静かにそれを手に取った。

「御大身の御旗本の奥方が、わざわざ礼を言いに来てくださったのですから、よほどうれしかったのでしょうね」

　信吾はわずかにうなずいたが、ゆらめく湯気を見たままであった。

「望洋さんがあたしたちや龍造さんと話していて、あんなふうに感じてくれたなんて思いもしませんでした。二十年も拒み続けていた義母さんに、思い切って謝ってくれたのですもの」

「そうだね」

　生返事をしたように感じたのだろうか、波乃が「あらッ」というふうに信吾を見た。

「そうだろうけど」

「なんだか、すっきりしませんね。奥歯に物が挟まったみたいで」

「四人で話していて、感じてくれたとは思うけど」

「けど……ですか」

「それは口実、きっかけかもしれない」

「口実ですって。なんのための、どういう口実なのでしょう」

「三之助さんは十七歳で家を出て、医師の横田望仙さんの家に住みこんだ。つまり他人の釜の飯を喰うことになったんだ」

　波乃は目を白黒させた。なぜ唐突に他人の釜の飯の話が出たのか、理解できなかったのだろう。

「喜一《きいち》を知っているね」

波乃が知らない訳がないが、うなずかずに首を傾げてしまった。信吾の両親が営む東仲町の会席と即席料理の「宮戸屋」の、板前の長《おさ》である喜作《きさく》の息子である。

喜一は信吾より一つ齢が上だが、いっしょに手習所に登山（入所）した。そして下山（修了）すると、喜作の命で料理屋に奉公に出された。

「他人の釜の飯を食って修業してこいってことさ。一から仕込み直されるんだから、ともかく辛《つら》かったそうだ。料理屋の板長の息子だけど、そんなことはまるで関係ないからね。中には意地の悪い先輩もいる。おまえのためを思って言っているんだから逆らうんじゃねえ、などと言うけどね。自分が見習いのころにやらされたことを、そっくりやらせたんだろう」

「望洋さん、じゃなかった、三之助さんも喜一さんとおなじ思いをしたんですね」

「御大身の御旗本の息子として、それなりに扱われてきたけれど、医者の弟子としては下っ端だよ。最初は商家の小僧とおなじで、掃除とか使い走りなどの雑用ばかりやらされる。病気や薬のことはまるで教えてくれないから、先生や先輩の仕事を見ながら盗むようにして憶えるしかない。生薬については薬種問屋に出向いたとき、見世のあるじや番頭の龍造さんたちに教えてもらったんだろう。医術のことに関しては、先生や先輩から本を借りて、ひたすら勉強したはずだ」

「きっとそうだと、あたしも思います」

「先輩だっていい人ばかりじゃないからね。そういう体験をすると、今まで当然と思っていたことがいかにありがたいことであるか、しみじみと感じさせられたと喜一が言っていた。それまでは周りの人がやってくれていたことを、自分でやらなければならないだけでなく、他人のために自分がしなければならないんだからね。すると人の好《よ》さも悪さも見えるようになるというか、見ざるを得ないらしい」

「自分が義理の母親に対して、いかにひどいことをしていたかに気付かされたのね」

「望仙さんのお弟子になってすぐだったと思うよ、それに気付いたのは」

「でも弟子入りが十七歳だったとして、今は二十五歳くらいだと思うから、八年も経《た》っていますよ。すぐに気付いたのなら」

「義母を頑なに拒み続けて来たんだからね、それも五歳のときからずっと。よほどのきっかけがなければ、謝ることはできないじゃないか」

「だから能天気なあたしたちの馬鹿話で、生まれて初めて笑えたことに気付き、それを口実に」

「と思うんだ。それとね、きっかけはもう一つありそうな気がする。もしかすると望洋さん、近々にお医者さんの看板を掲げられるんじゃないだろうか」

「だとしたらすごいですね。でもなぜ、そう思われるのですか」

「代脈、つまり望仙さんの代理で患者を診ることがあると言っていただろう。それに、最初に龍造さんが来たときこう言ったんだ。望洋さんが見世に生薬を求めに来るけれど、主人や大番頭と話していても、要領がよくてむだがない。だから龍造さんは、よほど勉強しているはずだと言っていた。師匠の望仙さんは代脈をやらせ、生薬の配合についてあれこれ訊いて、これなら望洋さんは大丈夫と思ったんじゃないかな」

「だから、そろそろ看板を掲げてはどうだ、と言ったのかもしれませんね」

「医者として独立できるとなると、義理の母との仲をなんとかまともにしたいとだれだって思う」

「そこにまるで待っていたように登場したのがあたしたちで、望洋さんにすれば、まさに渡りに船だったのね」

「駄洒落《だじゃれ》ばかり言って、どんなことにもおもしろさを見付けて笑っている。こんなお人好しが、そんじょそこらにいる訳ないだろう。望洋さんにすれば、まさに千載一遇の好機だった訳さ。つまりね、望洋さんは波乃の『あたし馬鹿でした。お馬鹿さんでした』をきっかけに、『御破算で願いましては』をやったんだと思う」

「えッ、どういうことですか」

「あそこで算盤を立てて、なにもない状態、つまり二人が初めて会って、望洋さん、いや三之助さんが義理の母親を拒む直前、なんでもないときまでもどしてしまったのさ」

「あッ、そうかもしれません。きっとそうなんだわ。あたし、そう思います。もしかすると医者の看板を掲げることになったたって、近いうちに望洋さんから打ち明けられるかもしれませんね。でも変ですよ。もし先生にそう言われていたら、望洋さんはご両親に報告なさるでしょう」

「当然そうするはずだよ」

「だったら義母さまはご存じのはずですよ。なぜひと言もおっしゃらなかったのかしら」

「本人の口から伝えてもらいたかったのさ」

「そうですね。それに望洋さんは、義母さまがここにお見えになったことは知らないことになってますものね」

「こうあってほしいとの気持も混じっているかもしれないけれど、ほぼまちがいないという気がする」

「思いどおりに行かなかったり、辛い思いをすることもあるけれど、こういうことがあるから、相談屋の仕事は続けられるのですね」

梟《ふくろう》の福太郎《ふくたろう》がときどきやって来る庭の梅の木で、鶯《うぐいす》が澄んだ声で啼《な》いた。

「ああ、春なんだわ」

「まだ舌足らずで上手く囀《さえず》れないけれど、何度か稽古しているうちに上手くなると思うよ」

足取りのおぼつかない自分たちだって前向きに努力していれば、との思いを信吾は口に出さずにおいた。

空家の風鈴

一

「ほほう」

伸びかけた疎《まば》らな無精《ぶしよう》鬚《ひげ》を撫《な》でながら、権六《ごんろく》は目を壁の貼紙に向けたままであった。信吾や波乃と話したいときには、権六は一人で将棋会所に来てもすぐに母屋に移る。子分連れのときはあがり框《がまち》に腰をおろし、茶を飲んで引き揚げることが多かった。

将棋客の顔ぶれはほぼ決まっているが、新顔や対局を挑んできた客のいるとき、権六はやや長く居坐《いすわ》る。岡っ引が顔を出しているので、会所で妙なことをするんじゃねえぞと示すためであった。

「このめえの将棋大会は、余所者《よそもの》にかっさらわれたんだってな」

一人で姿を見せた権六がそう訊《き》いたので、信吾は八畳座敷に案内した。

壁には昨年の将棋大会の成績、優勝から第十位までの名前が貼り出してあるので、信吾はそれを見せた。成績表は、第三回大会の結果が出るまでそのままにしておくことになっている。上位入賞者には名誉なことだし、研鑽《けんさん》を積んでいる者には、早く名を出したいと励みになるからだ。

第一回将棋大会の成績は、将棋会所「駒形《こまがた》」の常連客が上位を占めた。ところが第二回は、参加者募集の貼紙を見て応募した猩写《しょうしゃ》が優勝したことを、権六はどこかで小耳に挟んだらしかった。

大会中も年が明けてからも、権六は何度か会所に顔を見せていた。しかし忙しいゆえだろうが、すぐに姿を消していたのである。

権六が関心を示したのは成績表よりも、二枚に分けてびっしりと書きこまれた「花の御礼《おんれい》」のほうであった。前年の第二回大会で寄付してくれた商家や個人の一覧である。こちらは睦月《むつき》（一月）一杯で剝《はが》すことになっていた。

「それにしても随分と集まったものだな。大川から西、金龍山浅草寺《きんりゅうざんせんそうじ》というより山谷《さんや》堀《ぼり》から南、新堀川《しんぼりがわ》、いや阿部川町や元鳥越町《もととりこえちょう》から東、浅草御蔵《おくら》、いんや、神田川《かんだがわ》より北からは、かなりのとこが出してんじゃねえか」

権六はいちいち言い直して、広い地域から寄付が集まったことを強調した。

「そこまで広くはありませんよ。大川の西、浅草寺から南、新堀川の東、浅草御蔵から北というところですかね」

なんのことはない。権六親分の縄張り、と同時に狼《おおかみ》の血の混じった「赤犬」率いる野良犬の縄張りとも、ほぼおなじであった。

「なるべく多くの方々に応援してもらいたいと思って、寄付の額を二百文、三百文を中心に、上限を五百文としましたから、みなさん出しやすかったのでしょう」

「信吾のそういう謙虚さが、町の連中をその気にさせるのだろうな」

権六はかなり念入りに見ていた。浅草界隈《かいわい》の商家や有志の名が書き出してあるが、権六の知らない名はないはずである。あるいは頭の中の地図と比べながら、どこが、だれが寄付しなかったのかを見ているのかもしれない。信吾にはわからないが、岡っ引としての仕事に役立つことがあるのではないだろうか。

あわただしい足音がしたと思うと、格子戸が乱暴に引き開けられた。

「いやあ、驚いたのなんのって」

入って来るなりそう言ったのは、浅草田町《たまち》に住む粂作《くめさく》であった。浅草田町は新吉原《しんよしわら》に向かう日本堤《にほんづつみ》の南に位置する、東西に長い町である。土手添いの田んぼに家を建てて人が住むようになり、いつの間にか町になったのだろう。

粂作は両国《りょうごく》の茂十《もじゅう》や今戸《いまど》の夕七《ゆうしち》、本所表町《ほんじよおもてちょう》のハツらとおなじく、遠くから通う客の一人であった。

粂作が十日か半月に一度の割で顔を見せるのは、住まいと仕事の関係であるらしい。職種は不明だが職人である。

初春と言ってもまだ寒いので、六畳間との仕切りの襖《ふすま》は一枚だけしか開けていなかった。八畳間の信吾たちには、声は聞こえても顔は見えない。

「大抵のことには動じないクメさんが驚いたとなると、どういうことが起きたのか知りたくなりますね」

そう言ったのは、常連客で会所の家主でもある甚兵衛であった。

「おお、いい人がいた。甚兵衛さんは俳諧とやらに詳しいんだよね」

「少しは齧《かじ》っていますが、詳しいというほどでは」

「俳諧には季語ってのがあるそうだけど」

「クメさんも始められましたか」

「とんでもねえ。おりゃ、そんな暇人、おっとまちがえた。風流人じゃありやせんから」

「驚かれたことと季語が、関係がおありのようですね」

「そのことだけどよ、風鈴の季語はいつになりますんで」

「夏です。風鈴は涼しげに鳴りますから、秋風が吹き始めると寒々しく聞こえるので外すでしょう」

「だよな。だれが考えたって風鈴は、夏としか考えられねえ」

「ひどく力んでおられますが」

「真夏なら、いや秋口までならともかく、正月も半ばだってのに鳴ったんだよ、風鈴が。

それだけじゃねえ。空家の二階の窓辺で、しかも風が吹いていないのに鳴ったんだから、おかしかないかい」

権六の耳がぴくりと動いたのに信吾は気付いたが、本人は素知らぬ顔で、寄付をしてくれた見世や人の名を目で追っている。

「妙ですね」

「なんて、のんびり言ってる場合じゃねえと思うけどね。今日は風が吹いていますかい、甚兵衛さん」

「そう言えば、上州《じょうしゅう》空っ風《からかぜ》とか赤城颪《あかぎおろし》と言うほどひどくはありませんが、かなり土埃《つちぼこり》が舞っていました」

「そこなんだ。風のない昨日は風鈴が鳴っていたのに、風の強い今日は風鈴が鳴らねえ。妙だと思いやせんか」

条作は昨日は会所に顔を見せていない。ということは仕事かなにかで通り掛かったとき、風が吹いていないのに風鈴が鳴っていたのだろう。変だなと思っていたら、風が強いのに今日は鳴っていない。

将棋会所には人が集まっているので、謎を解ける人がいるかもしれないと思ってやって来たのではないだろうか。

「たしかに妙ですね」

甚兵衛が相槌《あいづち》を打つと、物識《ものし》りを自認している島造《しまぞう》が横から口を出した。

「妙でもなんでもありませんよ。風鈴はわずかな風が吹いても鳴るよう、紐《ひも》で吊《つ》るした舌《ぜつ》の先にちいさな短冊を取り付けてある。道を歩いていてはわからなくても、少し高い場所なら風が吹いていることはよくありますからね。わずかな風でも風鈴は鳴ります」

「でしょうね。とすりゃ風の強い今日、鳴らないってのはおかしくないですか」

「少しもおかしくありません。だれかが風鈴を仕舞いこんだら鳴る訳がない」

「そこだ」

条作に言われて島造は惚《とぼ》けた。

「どこですか」

「普通なら風鈴を仕舞いこんだですみますが、空家なのにだれが仕舞いこんだとおっしゃるのですか。おっといけない、出ている場合じゃなかったと、風鈴が勝手に引っこみましたかね」

条作の言ったことがおかしかったか、言い方がおもしろかったのか、控え目ではあるが笑いが起きた。

「空家だからって、貸家や売家なら家主がいるでしょう。でなきゃ任されている大家がいます。家主か大家のどちらかが気付いたか、だれかに言われて仕舞ったんじゃないですか」

いつの間にか駒音が途絶えていた。信吾の位置からは襖に遮られて六畳間は一部しか見えないが、将棋を指している者は一人もいなかった。当然だが八畳間にもいない。だれもが空家の風鈴に、気を取られてしまったらしい。

島造の考えはそれなりに理屈にあっているが、粂作はどうにもすっきりしないようだ。

「昨日とか、ここ数日のうちに空家になったんじゃねえんですよ。ここんとこずっと空きっ放しでさ。それなのに風のない昨日は鳴って、風の強い今日は鳴らねえ。理屈にあいませんや」

「たまたま気付いただけじゃないですか、粂作さん」と言ったのは、桝屋良作《ますやりようさく》である。「だれだって、常に風鈴を気にして生きている訳ではありませんからね。粂作さんは昨日気付かれて、風がないのに鳴っているのは妙だなと思われた。だから気になって、風の強い今日はさぞや騒々しく鳴っているだろうと思ったら、まるで鳴っていない。粂作さんはたまたま気付いたが、気付かない人のほうが多いかもしれません。いえ、ほとんどの人は気付かないのではないですかね。だれだって仕事や人との関わり、お金のことで問題を抱えています。風鈴の音なんて耳に入りませんよ」

「空家で風鈴が鳴ること自体がおかしいのに、吊るしたり外したりした人がいた。だれがなんのために、そんな訳のわからないことをしなきゃならんのです」

「粂作さんは、ややこしく考えすぎなんじゃないですか」

甚兵衛がそう言ったからか、粂作はますますムキになったようだ。

「わかったようなことを言われても、妙なことは妙なままで、得心がいきませんよ」

「ちょうどよかった。親分さんがお見えだから、伺うことにしましょう」と、甚兵衛が言った。「親分さん、申し訳ありませんが、考えをお聞かせ願えないでしょうかね」

「なにも言うことはねえよ。島造と桝屋の考えで、大筋外れておるとは思えんがな。風がないのに風鈴が鳴った。風があるのに風鈴が鳴らねえ。それがカチーンと粂作の頭に刻みこまれたんで、ほかの考えが入りこむ余裕がねえんだろうさ。島造が言ったようにだれぞが外したのかもしれんし、子供か、でなきゃ悪戯《いたずら》好きがおもしろがって、掛けたり外したりしたのかもしれねえ」

粂作は、どうにも納得できないという顔である。

「そうなんでしょうかね」

「それより、風もないのに二階で風鈴が鳴ったのは、いってえどこのことでえ。まさか猿若町《さるわかまち》じゃねえだろうな」

権六がそう言うと笑いが起きたのは、猿若町には中村《なかむら》座、市村《いちむら》座、河原崎《かわらざき》座などの芝居小屋があるからだろう。芝居の観《み》すぎで、現実と作り話を混同しているのではないか、権六がそんなふうにからかったと思ったのかもしれない。

「諏訪町ですよ」

笑いに憤慨したのか粂作は不機嫌に言った。諏訪町であれば将棋会所のある黒船町の、すぐ北に位置している。

「諏訪町はおおきな町だからな。街道の東西両側にあるが、どっちだね」

「諏訪社の近くです」

「てえっと西側の北寄りだが、二階家の空家なんぞあったっけな」

諏訪明神社は信州諏訪大神の分座の社《やしろ》で、社地は九十九坪（三三〇平方メートル弱）とのことだ。

「信吾」

「はい。親分さん」

「母屋で茶を呼ばれるとしよう」

「親分さん」と、小僧の常吉が言った。「すぐ用意しますので、しばらくお待ちいただけますか」

「ありがとよ。しかし、茶は母屋にかぎる。それに向こうには別嬪《べっぴん》さんがおるからな」

権六は顎をしゃくって信吾をうながした。

将棋会所では、多くの客に日に何度も出さなければならないので安い茶にしているが、母屋では二等ほど上のを飲んでいた。一度でそのちがいに気付いたらしく、子分を連れていないときの権六は、茶は会所でなく母屋で飲むようになったのである。

二

「信吾は粂作の話、どう思う」

「変ですね」

「変じゃわからねえ。どこが、どう、変なんでえ」

「企みごとをしているよからぬ連中の、なにかの合図かなって気もしたのですが。とすればだれがなぜ、そんな方法を採るのかがわかりません。連絡なり合図なら、もっと簡単でわかりやすい、たしかな方法があるんじゃないですかね。それに風鈴だと風がなければ鳴りませんし、鳴れば鳴ったで仲間以外にも気付く人はいます」

声を掛けて波乃が襖を開けた。

「親分さん。いらっしゃいませ。お茶をお持ちいたしました」

「おお。えらく早いじゃないか」

「お声が聞こえましたので、いつでも淹《い》れられるよう、用意してお待ちしておりました」

「うれしいことを言ってくれるねえ」とひと口飲んでから、権六は信吾を見た。「このように、物事が淀《よど》みなく運んでくれると楽なのだがな」

「あら、なにかややこしいことがあったのでしょうか」

「風もないのに風鈴が鳴って、風が吹いても鳴らなんだ。それなあに」

波乃の問いに権六でなく信吾が答えたが、まるで答になっていない。

「謎掛けにしちゃ変ですね」

「いろはのいと掛けて茶の湯の釜と解く。その心はろ（炉）の上にある。とか、片思いと掛けて火事場の纏《まとい》と解く。その心は燃えるほど振られる。そういう謎掛けなら解きようがあるけれど、風もないのに風鈴が鳴って、風が吹いても風鈴が鳴らない、その心はってんだからね。それなあに、と言いたくもなるさ」

「それなあにと言いたいのは、あたしのほうですよ」

「夫婦で太夫《たゆう》と才蔵《さいぞう》かよ。三河萬歳《みかわまんざい》じゃねえんだぜ、信吾。焦《じ》らしてねえで話してやんな」

「焦らしている訳じゃありませんが」

信吾は苦笑したが、権作が将棋会所に飛びこんで来てから話したことを、島造や桝屋良作の意見も交えて波乃に伝えた。波乃は一頻《ひとしき》り考えてから肩を竦《すく》めた。

「それなあに、と言うしかありませんね」

「こういうことは、考えれば考えるほど訳がわからなくなるもんだ」

「でも、親分さん。ついつい考えちゃいますよ。なんだか堂々巡りして、ますます訳がわからなくなりそう」

「朝までやったって答は出ねえかもしれん。そういうときに採る方法は一つしかねえ」

「えッ、そんな方法があるのですか」

二人が同時に答えたので権六は苦笑した。

「夫婦だからって声を揃《そろ》えなくてもいい。おれの答は肩透かしでしかないからな。ありもしねえ知恵をむりに絞らず、そっと横に置いて、知らん顔をすることだ。放っておくと向こうから言い寄って来る」

そう言って権六は茶を飲み干すと、湯呑《ゆのみ》を下に置いた。

「本当ですか」

「こともないとは言えねえから、騙《だま》されたと思ってやってみな」と言って、権六は音高く両膝を叩《たた》いた。「さて、別嬪さんの顔を拝めてうめえ茶が飲めたから、今日んとこはこの辺で引き揚げるとするか」

権六が将棋会所の連中にひと声掛けてから帰ると言ったので、信吾はいっしょに会所にもどった。

親分を見送った信吾が表座敷八畳間の座蒲団《ざぶとん》に坐ると、いつの間にか周りに人が集まって来た。粂作、甚兵衛、島造、桝屋良作だけでなく、ほとんど全員が期待の籠った目で信吾を見ていたのである。背を伸ばし首も伸ばして、六畳間から見ている客もいた。

信吾と権六が母屋に姿を消してからも、風鈴話で盛りあがったようだ。当然のように信吾と権六の話題も風鈴だったろうから、なにか発展があったのではないかと期待したのかもしれない。

「がっかりさせて申し訳ありませんが、訳のわからぬままです。ただ、親分さんにいいことを教えてもらいましてね」

信吾がそう言うと、だれもが顔を輝かせて身を乗り出した。

「こういうときは話を横に置いて、しばらく見向きもしないで放っておくがいい、と言われました。知らん顔をしていると、向こうのほうから言い寄って来るそうです」

「向こうのほうの向こうって、どこなんでしょう。でなきゃ、なんなんでしょう」

「謎でしょうかね」と、言いながら信吾も首を傾《かし》げた。「いいことというのはそれですが、思いもしない効果があるかもしれません。だからみなさん、しばらく放っておこうではありませんか」

そう言って信吾はにっこり笑ったが、狐《きつね》につままれたような気がしたのだろう、だれもが戸惑い、納得できないという顔をしていた。

信吾が権六の言ったことをかれなりに受け止めることができたのは、相談屋の仕事をしていて、何度かおなじような経験をしたからであった。

問題の材料を並べ、それらを入れ替えたりさまざまな角度から光を当ててみても、どうしても解決の糸口が摑《つか》めないことはある。仕方なく放置したり一晩か二晩寝かせておくと、なにかの偶然から一気に解決したということがあった。

いつ、どういうときに閃《ひらめ》くかは決まっていない。木刀の素振りや鎖双棍《くさりそうこん》のブン廻《まわ》しをしていて、「鶴《つる》の湯《ゆ》」の湯槽《ゆぶね》に浸《つ》かっていて立ちあがった途端に、厠《かわや》にしゃがみこむと同時に、とそのときになってみないとまるでわからないのだ。

であればと取《と》り敢《あ》えず材料を並べてみる。

昨日、風がないのに空家の二階の窓辺で風鈴が鳴った。夏ならともかく一月の中旬に、風鈴を吊っておくこと自体が不自然である。

今日、風が強いので風鈴が派手に鳴っているだろうと思ったのに、まるで聞こえなかった。だれかが取りこんだのかもしれないが、空家だとすれば、一体だれがそんなことをしたのだろう。

問題の空家は日光街道を挟んで東西にある諏訪町の西側で、諏訪社の近くだという。信吾の生まれ育った東仲町と将棋会所のほぼ中間にあるので、おおよその景色というか、家の配置は頭に入っている。だが曖昧な部分もあるので、となればこの目でたしかめておきたい。

手控を繰るまでもなく、指導や対局の予定はなかった。権六が会所に来たのは九ツ半（一時）くらいだったが、今は八ツ半（三時）ごろだろう。

四半刻《しはんとき》（約三〇分）ほど出ますからと甚兵衛と常吉に断り、羽織に袖を通して紐を結ぶと、信吾は雪駄《せった》を突っ掛けて会所を出た。

道を西に取るとほどなく日光街道に出る。町境には木戸番の小屋があるので、顔馴染《かおなじ》みの番太《ばんた》に挨拶し、街道を北に向かった。

不規則に風が吹き、路上ではちいさな風の渦ができては消えることを繰り返している。あまりにも土埃がひどいので、信吾は懐から手拭を出して覆面をした。

埃が目に入りそうなので、細めたり閉じたりしなければならない。街道は馬車が行き来するため、至る所に馬糞《ばふん》が落ちている。日に何度か掃き集める役目の人がいるが、それが間にあわないらしく、乾き切って風に巻きあげられていた。なんとも殺風景である。

旅人の往来が激しい街道なので、料理屋、茶漬屋、一膳飯屋、鮨屋《すしや》、蕎麦屋《そばや》など食事の見世が多いのが特徴だ。穴子、泥鰌《どじょう》、鯰《なまず》などを供する見世もある。竿竹《さおだけ》に「名物」と大書した幟《のぼり》が立てられていた。

問屋も軒を並べている。筆墨《ひっぼく》と硯《すずり》、紙、扇、白粉《おしろい》や紅、鼻緒や組紐類、足袋に股引《ももひき》、醤油酢、諸国銘茶などと実に多彩だ。異色と言うべきかどうかはともかく、奥医師や眼医者の拝領屋敷もある。

諏訪明神社があるのは左手、街道の西側なので、信吾は辺りを注意しながらゆっくりと歩いた。ところがそれらしい空家は見当たらない。通りの西側に諏訪町の区画は二つあって、諏訪社があるのは北側だが、やはり空家はなかった。

　通りすぎた信吾は、次の角を左折し西に向かった。さらに次の角を左折して南へ。右手つまり西側は、陸尺《ろくしゃく》屋敷に猿屋町《さるやちょう》代地《だいち》が続いている。信吾は左側の諏訪町をていねいに見ながら歩いた。

　諏訪社の裏手の少し南寄りに、空家になった二階家があった。もとは商売をやっていたのかもしれないが、今は仕舞屋《しもたや》となっている。雨戸は閉《た》てられているが、軒端《のきば》に風鈴はさがっていない。

　念のため次の角を曲がって進んだが、日光街道に出るまでに空家はなかった。その区画をひと廻りしたということだ。

とすると先ほどの仕舞屋が、問題の空家ということになる。念を入れてその辺りをもう一度探ろうかと思ったが、万が一のことを考えて取《と》り止《や》めた。まさかとは思うが、よからぬ連中がなにかを企んでいるとすると、目に付くだろうからである。

　待てよ、と信吾は思った。空家のある諏訪町の一つ南の区画も諏訪町だが、その西の猿屋町代地に知りあいがいたのだ。猿廻しの十郎兵衛《じゅうろうべえ》親方に誠《まこと》という弟子がいる。信吾は縁があって、猿の三吉《さんきち》に関わったことで誠と親しくなった。

　猿に芸を仕込むには、本仕込みとにわか仕込みがある。誠は本仕込みの名人と言われた長老から、本格的に本仕込みを学んでいた。信吾は時折、誠に三吉の芸を見せてもらっている。

おおきな作り物の筆をぶらさげたのが看板になっている筆屋の隣に、十郎兵衛親方の家はあった。例の空家と親方の家はおなじ通りの東と西にあって、ほんの二、三町しか離れていない。

もしかすると誠は空家に関して、なにか知っているかもしれない。しかし、どう訊けばいいのだ。風のない日に空家の二階で風鈴が鳴っていた、との手掛かりしかないのである。

なにかの噂《うわさ》を耳にしたことがあるかと訊くのか。それとも、怪しい連中が出入りしていないかと訊くのか。

却《かえ》って怪しまれるだけである。もう少し確たるものを摑んでからでなければ意味がないし、誠だって答えようがないだろう。

次に権六が来たとき、一応わかったことを話してみるしかない。あるいは権六ならなにかに気付くかもしれないからである。

三

「邪魔するぜ」

「あら、親分さん。いらっしゃいませ」

なんとその夜、食事をすませて茶を飲んでいると権六がやって来た。波乃との遣《や》り取《と》りはいつもどおりだが、信吾は権六の機嫌がよくないのを感じていた。

「燗《かん》を付けてくれないか」

波乃も信吾の言い方でわかったらしい。二人が八畳間に座を占めると、小盆に湯呑茶《ちゃ》碗《わん》を二つ載せてやって来た。

「すぐ燗を付けますから、最初は冷で我慢してくださいね。下り酒のいいのが入ったからと、義母《おかあ》さまが届けてくれましたので、燗を付けなくても美味《おい》しくいただけると思います」

「そうかい。すまんな」と、権六は波乃が姿を消すのを待ってから言った。「まさかと思うたが、素人《しろうと》には変な動きをしねえでもらいてえな」

諏訪明神社の辺りをそれとなく探ったことは、筒抜けであったようだ。ということは信吾が諏訪明神の辺りを歩いているとき、権六は近くにいたことになる。あるいは子分ということも考えられた。権六には三人の子分がいるが、信吾とは顔見知りである。

しかし見られたとしたら、子分ではなく権六本人だろう。信吾は権六が帰ってから、それほど間を置かずに空家に向かった。権六が子分を手配する暇はなかったはずだ。

「ですが、わたしだとはわからないと思いますけど」

「なんで」

「手拭で顔を覆っていましたから」

「顔を隠すためじゃねえ。埃っぽいんで覆面したんだろう」

図星なので反論できない。

「素人の目はごまかせても」

あとは続けるまでもないということだ。

「人をどこで区別するか、見分けるか、わかるだろう。着たもんとか髪型やいろいろあるが、そんなもんはいくらでも変えられる。となると変わらぬものだけを見ることになるが、変わらねえ一番はなんたって目だ。手拭で鼻から下を隠しても、信吾らしさが出る目が見えているかぎり、そういうやつらなら見逃さねえ」

痛いほどにわかる。信吾も相談客と話すとき、まず目を見るからだ。嘘《うそ》も真《まこと》も、ごまかしも逃げも、衒《てら》いも見栄も、正直に目に出る。言葉はどんなふうにでもごまかせるが、目は嘘を吐《つ》かないし、その人らしさが一番出るからだ。

そういうやつらと権六は言ったが、とするとなにかを摑んでいるのだろうか。

「ま、すんだことをあれこれ言ってもしょうがねえ。餅は餅屋ってえから、任せておくんだな」

言われてみると、まさにそうだと思うしかない。誠にあれこれ訊かなくて正解だったのだ。なにかあれば迷惑を掛けることになりかねなかった。

「ところでほっつき歩いたってことは、なにかを感じたか、思ったたってことだろうが」

「いえ、どんな空家か見ておきたくて」

「それだけで、のこのこ出掛けたのか」

「ええ、まあ」

「まったくの野次馬ってことだな」

「だれが、なぜってことはさっぱりわかりませんが、もしかすると桝屋さんの言ったことに関係があるのかと」

「ほう、桝屋と」

粂作はたまたま気付いたので気になってならないのだろうが、だれであろうと風鈴のことなど気にして生きている訳ではない、と桝屋は言ったのだ。

「だれがなぜ、そんなことをしたのかはわかりませんが、普段とちがったことをすれば、つまりなにかを見せたり聞かせたりすれば、どの程度の人が、そしていつ気が付くか、ですね。それを試していたのなら、考えられないこともありません。だけどだれがどういう目的というか、理由で試したのかとなると見当も付かないですね」

だがそれに関しては、権六はなにも言わなかった。

「あら、まるで飲んでいないではないですか。だったら、これを飲んでらしてください。

「それには及ばねえ。それより、波乃さんも盃《さかずき》を持ってそこに坐んねえ」

ちょっと困惑気に信吾を見たのでうなずくと、波乃は盃を持って来た。権六と自分の盃を燗酒で満たした信吾が、波乃の盃にも注《つ》いでやる。波乃は湯呑茶碗の冷酒が気になるようだが、燗を付けに持っては行かなかった。

「そうか。ちょっと変わったことをやって、世間の連中が気付くか気付かぬか、気付いたらどうするかを試してみたということも、あってふしぎじゃねえな」

権六が一息で飲んだので信吾が酒を注いだ。その酒をしばらく見ていたが、権六は飲まずに盃を下に置いた。

「しかし、だれがなんのために」

「わかりません」

信吾はそう答えたが、権六の独り言で、訊いたのではなかった。権六は疎らな無精鬚を撫でながら、しきりと考えている。

将棋会所では条作が言ったことや、島造と桝屋の意見にまるで関心を示したようでなかったが、権六はなにかを感じて調べ始めたのかもしれない。空家を見ておきたかっただけではないだろう。そして下見をしていて、ようすを見に来た信吾を見付けたのだということが気がする。

覆面などしてもすぐに信吾だとわかってしまうと権六は言ったが、だとすれば本人のほうがよほど目立つはずである。権六は胸が分厚く肩幅もあるのに背は低く、しかもガニ股であった。そのため体を左右に揺さぶるようにして歩く。

さらに言えば目が左右に離れていて、しかもちいさいのである。渾名《あだな》のマムシはそこからきていた。これほど目立つ男は、まずいないだろう。

そうでなくてもこの二年ほどのあいだに次々と手柄を立てて、界隈の商家からは頼りにされているので知らない者はいない。わからないはずがないのである。

だが、おなじ場所にいたらしいのに、信吾は権六にまるで気付かなかった。注意深く辺りを見廻しながら、ゆっくりと歩いたのにである。権六がいればわからぬはずがない。それとも岡っ引には、他人に気付かれずにいられる術があるのだろうか。

「もしかして親分さんは、なにか調べ始められたのではないですか」

「取っ掛かりもねえのに、なんで調べられるってんだ。雲を摑むような話だぜ。そんな器用なことはできんし、当てもないのに調べるほど暇じゃねえ」

「ですよね」

「それより、この妙な出来事がどういうことなのかを知りたいので、相談に乗ってくれないかと持ちこまれたら、信吾ならどうする」

「相談されたら、ですか」

思いもしなかったことだが、それよりもなぜ権六がそんな問いを発したのかがわからない。しかし答えない訳にはいかなかった。

「受けないですね」

「相談屋なのに、相談されて受け付けないこともあるのか」

「受けようがないじゃありませんか。わたしは悩みや迷いをなくすためなら、どんな難問だろうと相談に応じます。ですが今度のことは、悩みでも迷いでもないでしょう。あまりにもふしぎなので、どうなっているのかを知りたいとは思いますよ、わたしだって。ですが、ああだこうだと互いが思ったことを喋《しゃべ》るだけになるでしょうから、雑談しただけで相談料はいただけません。というか、もらえないのは親分だっておわかりでしょう」

なるほどな、というふうに権六はうなずいた。うなずいてから顔をあげた。

「空家は見付けたんだろう」

話が飛んだ。信吾の考えから行動に、である。なぜなのか、どうにももどかしい。

「ええ。日光街道に面しているとばかり思っていましたが、諏訪社の裏手の少し南寄り、猿屋町代地の近くにありました」

「どう思った」

「と言われても、ああこの家かと思ったくらいで。ただ、粂作さんは日光街道じゃなく、その一本西の通りを歩いていて気付いたんだな、と。それより、親分さんはどう思われましたか。あの空家を見て」

信吾のさり気ない切り返しに、権六はにやりと笑った。

「なんも、ちゅうか。特に感じなんだ。粂作の言ったのはこの家なのか、と思ったくらいでな」

はぐらかされたようで、どうもすっきりしない。信吾が諏訪社の辺りを歩いたことを知った権六が、その夜やって来たからには、それなりの理由があるはずだ。

あるいは権六もなにかを摑んでいる訳ではなく、粂作の話を聞いた信吾がすぐに確認しようと動いたので、なぜ動いたのか、なにかに気付いたかを知りたかっただけなのだろうか。

「どうしましょうかね」

「どう、とは」

「粂作さんの空家の風鈴は、だれもがふしぎに思ったはずです。明日以降にも、会所でその話が出るかもしれません。もし話題になれば、親分さんにお報《しら》せしますけれど」

「おお、頼まあ。だが、島造と桝屋があぁ言ったし、大抵の者がそれもそうだと納得しただろうから、特に話題になることはねえんじゃないかな」

「そうでしょうか。諏訪社は黒船町のすぐ北側ですし、あの辺から通っているお客さまはいらっしゃいます。でなくても、ほとんどがこの界隈にお住まいですから、見に行かれると思いますよ」

「ああ、行くだろう。行って、これが例の空家かで満足して、そこまでだ。なにも出ねえと思うがな」

燗を付けた酒を飲み終え、湯呑茶碗の酒も冷のままで飲んだが、話はそれ以上は発展しなかった。いつもなら波乃の考えを訊くだろうに、意見を求めることもなかった。もっとも信吾や権六ほど知りはしないのだから、波乃にすれば問われたとしても答えようがなかっただろう。

信吾とすればどうにもすっきりしない。権六がなにかを打ち明けるつもりでいながら気が変わったのか、信吾がすぐに空家を見に言ったので、なにかを見たか感じたかを知りたかったのか。

やって来るなり、「素人には変な動きをしねえでもらいてえな」と言ったところからすると、権六はなにかを摑んでいるようだし、密《ひそ》かに調べ始めていたのかもしれなかった。しかし訊いても答えないだろうことは、信吾にもわかっていた。

四半刻ほどで権六は帰って行ったが、上等の酒を飲ませてもらった礼は言ったものの、いつものように波乃に冗談を言うこともなかったのである。

「なにかあれば、自然とわかるだろう」

信吾がそう言うと、「それもそうですね」とでも言うふうに波乃はうなずいた。そして空家の風鈴については、なにも言わなかった。

四

本人たちが猿曳《さるひ》きと呼ぶ猿廻しの親方十郎兵衛の家には、長い土間の左側に板敷きの四畳半が並んでいる。弟子たちが猿に芸を仕込む稽古場だが、なぜか閑散としていた。何度か訪れていたが、こんなことは初めてであった。一体どうしたというのだろう。いつもなら拍子木、笛やボテと呼ばれる小太鼓、鼓などの音、猿に命じる声や叱声《しっせい》、ときには甲高い猿の鳴き声が聞こえることもあった。ところが物音一つしない。

訪《おとな》いの声にも返辞がなかった。何度か声を掛けていると遠くで音がして、やがて若い男が出て来た。見習いの伊八《いはち》である。

「信吾さんじゃないですか。誠さんなら、というか、だれもいませんよ。だって正月は稼ぎ時だから」

言いながら、信吾が提げた一升徳利《いっしょうどっくり》に目を遣った。誠を訪れるときには、信吾はいつも酒を土産にしていたのである。

ある部屋の襖を開けて伊八が敷居に腰を掛けたので、信吾は少し離れて坐った。

「三吉が随分と評判になりましたからね、来年は誠さんと三吉は引っ張りだこだと思いますよ。えっと、爺《じ》っちゃがどこかにいるはずだけど」

伊八は立ちあがると、土間を歩きながら四畳半の襖を開けて中を覗《のぞ》きこんだ。

爺っちゃは誠の親方十郎兵衛の父親だが、信吾は名前を知らない。誠だけでなくだれもが爺っちゃと言って、名前で呼んでいるのを聞いたことが一度もなかった。

その爺っちゃはかつては本仕込みの名人と称されたらしいが、底翳《そこひ》になって左目は白い膜で蓋《おお》われ、右目は微《かす》かにだが灰色っぽく濁っていた。右はぼんやりと物の形くらいは見えるようだが、ほぼ盲《めしい》と言ってよかった。耳はかなり遠いが、聞こえないことはない。


去年の秋に信吾が知りあってから、誠は爺っちゃに三吉への本仕込みを習っていた。にわか仕込みは叩き仕込みの別名があるが、言ったとおりにできなければ体罰を加えながら、半年くらいでいくつかの芸を憶《おぼ》えさせてしまうそうだ。そして神社や寺の境内、町の辻《つじ》や空き地に人を集め、簡単な芸をやらせて投銭《なげせん》で稼ぐのであった。そのため、何度も場所を変えて芸をさせることになる。

本仕込みは猿に紐を掛けずに、ていねいにゆっくりと仕込む。手間暇が掛かるだけでなく、修得できる猿も多くはない。

芸が身に付くと衣装を着せ、小道具を持たせたりして、かなり入り組んだ物語を演じさせた。大名家や大身旗本家、裕福な商家の座敷でゆったりと楽しんでもらうが、たっぷりとご祝儀がもらえるとのことだ。

「誠さんは運がいいので羨ましい。三吉が飛び抜けて利口でね。普通ならかなり掛かる芸を、あッと言う間に憶えてしまったそうですよ」

人の言葉がわかる三吉がその気になれば、それくらいは当然だろうと信吾は思う。

大名家では「猿舞《さるまい》」と呼んで、正月に猿の芸を見るのが慣例になっていた。吉例のこととして、三番叟《さんばそう》、鹿島踊、長崎踊、若衆踊、輪くぐり、綱渡りなどを見せたあとで、物語を演じさせるのであった。ご祝儀の桁がちがっていることは言うまでもない。

ところが毎年のように大名家で芸を見せていた猿曳きの一人が、体調を崩してしまったのである。困った親方と爺っちゃは迷った末に誠と三吉の組を抜擢《ばってき》し、大名家の用人に芸を見てもらった。すると三吉の達者な芸と愛くるしい仕種《しぐさ》を用人が気に入って、その場で決まったとのことだ。

「夜ならいるでしょうが、昼間だと当分のあいだ誠さんはいませんよ。なんせ御大名家となると、芸を見せて廻るだけで何日にもなりますからね」

信吾には訳がわからなかったが、伊八によるとこういうことであった。

大名家には上屋敷、中屋敷、下屋敷があって、上屋敷と中屋敷はそれぞれ一つずつである。ところが大藩ともなると、下屋敷は多ければ五、六箇所もあった。下屋敷は分散しているので、一日に一箇所ずつしか廻れないのである。何日も掛けて屋敷を順に廻り、芸を披露するたびにご祝儀がもらえるので、猿曳きにすれば笑いが止まらない。

大名家は一家ではないので、人気のある猿と猿曳きは何家にも頼まれているとのことだ。一月中に終えられず、二月一杯掛かることもある。

親しい大名家同士では絶えず留守居役が行き来しているので、誠と三吉はたちまちにして評判になった。そういう事情があって次々と依頼が入り、来年は引っ張りだこということらしい。

「御大名家となるとご祝儀がちがうからね」

「猿曳きさんにはたまりませんね。堪《こた》えられんでしょう」

「だといいけど、ほとんどは親方の懐に入っちまう。もっとも、仕込み方を教えてもらっているし、猿だって高いのを親方に借りているのだから、小遣いを多めにもらえるくらいで我慢しなきゃならんけどね。それでも投銭で稼ぐのとは桁がちがうから」

体調を崩した猿曳きが快復すれば復帰するだろうが、要は人気のあるなしなので、特に女性たちの要望がおおきな意味を持つ。二組が招かれることもあれば、誠と三吉たちに代わるかもしれないとのことだ。

ご祝儀が潤沢となれば、それまでの猿曳きが黙っていないはずである。話しあいになるのか、親方や爺っちゃが決めるのか、信吾はそこまではわからない。

だが三吉を通じて知りあった信吾にすれば、思いがけない朗報であった。

「おかしいなあ」

伊八はそう言ったが、爺っちゃは四畳半の板の間には、どこにもいなかったのである。

信吾が最初に出会ったとき、爺っちゃは誠が三吉に稽古を付ける部屋の片隅で寝転がっていた。それからもほとんどが誠の部屋、でなければ弟子たちが猿を仕込む四畳半のどこかにいたのである。だから伊八も四畳半を見て廻ったのだろう。

「ちょっと待っていてくれますか。向こうを探してみますから」

そう断って伊八は奥へ姿を消した。


まえの夜、思いもかけず権六がやって来たが、なにが目的だったのか、信吾にはわからないままである。

その翌日、条作は将棋会所に姿を見せなかった。当然といえば当然だろう。おそらく仕事の都合だろうが、もともと十日か半月に一度の割で顔を見せていたのだ。空家絡みでよほどのことがなければ、来るとは思えない。

あのとき条作の話を聞いていた客も、わざわざ空家を見には行っていないようである。いや、出掛けた客はいただろうが、空家があることを確認したくらいで、特になにかに気付きもしなかったらしく、話題にはならなかった。

すっきりしないまま午前中をすごした信吾は、午後になると我慢できなくなり、一升徳利を提げて誠を訪ねることにしたのである。空家のことが聞けるかもしれないと思ったのではなく、どことなく気鬱なので、三吉と誠の顔が見たくなったのだ。

残念ながら顔を見ることはできなかったが、胸が軽くなるような事実を知ることができたのが収穫だった。波乃が知ったらどれほど喜ぶことだろう。

波乃がなんとしても三吉が芸を憶えるところを見せてもらいたいと言うので、信吾はそれとなく誠に打診したことがある。猿曳きは完成した芸は見せても、その過程は絶対に見せない。それも女相手となると論外とのことであった。信吾の場合は、誠が本仕込みをやることになった橋渡し役なので、特別に見せてくれるのだそうだ。

その代わり誠は黒船町の借家に三吉を連れて来て、波乃に会わせてくれた。あのときの波乃のうれしそうな顔を、信吾は忘れることができない。三吉が芸を憶えるところを見せてもらいたいと言ったのは、単なる口実でしかなかったのだ。

「おお、兄さん。よう来てくれた」

伊八に肩を抱きかかえるようにされた爺っちゃは、短い杖《つえ》を突き、左手で伊八の腰帯を摑んでいる。こまめに杖を突きながら、狭い歩幅でよちよちとやって来た。

「兄さんでなくて信吾さんだよ」と誠が何度直しても、爺っちゃは次にはかならず「兄さん」と呼ぶ。「よう来てくれたのは、信吾さんではのうて徳利じゃろがい」と誠ならもう一声皮肉るところだが、さすがに伊八はそこまでは言わない。

「それじゃ、信吾さん頼みますよ。なんかあったら、呼んでください」

ぺこりと頭をさげて伊八は奥に消えた。

ぼんやりとしか見えないからだろう、爺っちゃは小刻みに震える手で探って、徳利に触れると涎《よだれ》を垂らさんばかりの笑顔になった。

「兄さん、いつもすまんのう」

鼻の下に何本もの縦皺《たてじわ》が走っているのは、歯がほとんど抜けているからである。頭はほぼ白髪で、しかも纏《まと》めようのないほどの蓬髪《ほうはつ》であった。

「爺っちゃ、よかったですね。誠さんと三吉が御大名の御屋敷に呼ばれたそうで」

信吾がそう言うと老爺は顔中を綻ばせた。

「ほれもこれも、兄さんが誠と三吉を繋《つな》げてくれたからで、うまい酒までもろうて、こんなありがたいことはない」

言いながら徳利の胴を荒れた手で撫でまわすのは、飲みたくてたまらないということである。しかし酒は誠に持って来たので、お相伴《しょうばん》ならいいが、先に飲まれては誠に気の毒だ。

「爺っちゃの教え方がいいので、誠さんも三吉も覚えが早いのだと思いますよ」

「うんにゃ、もっと若いうちに誠に教えたかった。何事も若いうちにやらんと物にならんからのう、猿曳きの芸も酒を飲むのも」

どうしても爺っちゃの思いは、酒に行ってしまうらしい。

あまり長く将棋会所を空ける訳にいかないので、信吾は伊八を呼んだ。湯呑茶碗を持って来てもらうことにしたのだ。取り敢えず一杯だけは飲んでもらわなければ、爺っちゃはどうにも収まりそうにない。

「昔は一升飲んでもなんともなかったそうですけどね。爺っちゃも近頃では弱うなって、一合も飲めば寝てしまいます。ちゃんと誠さんに渡しておきますから」

伊八も心得ているようだ。爺っちゃに聞かれてはまずいというほどのこともないだろうが、声を落として信吾に請けあった。

「頼みますね」と伊八に言ってから、信吾は声をおおきくした。「爺っちゃ、また来ますから、誠さんによろしく言っといてください。それから酒は飲みすぎないように」

十郎兵衛の家を出たときには、信吾は空家のことをすっかり忘れていたのである。

五

「ようこそいらっしゃいました、誠さん。三吉もいっしょだなんて、本当にうれしいわ。

信吾さん、お客さまですよ。待ちに待ったお客さま」

言いながら波乃が、紐で繋いだ三吉を肩に乗せた誠を八畳間に招き入れた。

「お世辞だとわかっていても、待ちに待ったと言われるとうれしいよ」

「やあ、いらっしゃい。それもお揃いで」

——お揃いで、とはうまく言ったもんだ。

さっそく三吉がからかう。

「昨日、お礼に来ようと思ったんだけどね。ちょっと一杯のつもりで引っ掛けたら、あまりにもうまいので、つい飲みすぎてしまったんだ。爺っちゃとおなじで、酔って寝ちまった。すると三吉が、今日はどうしても信さんたちのとこへ連れて行けってうるさくてね」

——誠もようやく、こっちの考えていることがわかるようになったよ。ここまで仕込むのに随分かかったぜ。だけどおいらをダシにして、本当は誠が二人に会いたがってたね。

——生意気な口が叩けるんだから、元気なようだな。

「この度《たび》はおめでとうございます。誠さんに三吉」と、波乃が言葉を掛けた。「すごいじゃないですか。御大名の御屋敷から声が掛かったんですってね」

「まさかと思ったし、うまくいくとは思っていなかったけれど、三吉が頑張ってくれた」と言って誠は三吉を肩からおろし、紐を外してやった。「なにしろ奥方に若さまに姫ぎみ、お女中ってのかい、女の人もみんな着飾っているもんだからね。お侍だって正装して畏《かしこ》まっている。三吉が気後れしないかと案じたんだが、なんとか無事にやってくれたから」

——おいらはだれのまえだろうと、自分の芸を見せ切るようにしているからね。それより、こっちこそひやひやした。だって、誠が顔を強張《こわば》らせているんだもの。

——よくわかったから、三吉はしばらく黙っていてくれないかな。誠さんと話しているのだから。

紐を外しても三吉は駆け出したりせず、腰をおろして三人の顔を見較《みくら》べていた。

「誠さんは緊張しませんでしたか」

波乃がまじめな顔で訊くと、誠もまじめに答えた。

「相手が御大名だろうとお商人《あきんど》だろうと、おれの仕事は三吉の芸を引き出し、ちゃんとやらせるだけだからな」

信吾はなんとか笑いを堪《こら》えることができたが、三吉は噴き出すのを我慢してだろう、顔が真っ赤になっていた。いや、赤い顔をさらに赤くしていたのである。波乃も気付いたようであった。

「あら、三吉の顔がこのまえのときより赤いわ。熱があるのではないかしら」

「猿の顔は赤くて普通だ。いつもこんな色だから、案ずることはないよ」

「そうかしら。明日も御大名の御屋敷なんでしょう。風邪なんか引いて熱が出たら、ちゃんとした芸ができないかもしれませんよ」

「それより、波乃。誠さんにお茶を、いや、お酒がいいかな」

「あ、構わないでくれ。昨日のお礼を言いたかったのと、三吉の顔を見せようと思っただけだから。それに明日も御大名の御屋敷だから、帰って休まないと、三吉も疲れているだろうし」

「そうだね。疲れてしくじっちゃ、なんにもならないもの」と言ってから、信吾は思い出したという顔になった。「伊八さんに聞きましたけど、御大名屋敷はご祝儀がすごいそうじゃないですか」

　帰って休むと言ったのに、信吾が話を引き延ばしたと感じたらしく誠は苦笑した。

「おれと三吉がいくら稼いだって、温まるのは親方の懐だからな」

「御大名屋敷でやれるだけでもすごいって、伊八さんが随分と羨ましがっていましたよ」

「それがあるから、下っ端は頑張れるんだろう。小遣いにしかならないが、投銭組に較べたら何倍ももらえるからな」と言ってから、誠は真顔になった。「しかし、御大名屋敷で三吉の芸を見てもらうようになって、芸は金だけじゃないってことがわかったことのほうが、おれにとっちゃ遥《はる》かにおおきい」

「どういうことでしょう」

三吉の芸絡みの話になったからだろう、波乃が瞳を輝かせている。

「言ったって、わかってもらえるとは思えねえがな」

「そうかもしれません。だけど言ってもらわなければ、それこそ、わかりたくてもわからないでしょう」

「それもそうだが」と、かなり間を置いてから誠は言った。「場が一つになることがある。その場にいる人の気持が一つになった、と感じられることがね」

誠がなにを言いたいのかわからないが、大事なことを言おうとしているのを信吾は感じた。横目で見ると波乃の目とぶつかったが、おなじことを感じたようだ。

「ご臨席と言って、お殿さまがお顔を見せられることはそれほどないが、奥方や若さま、姫ぎみは楽しみにして待っておられる。これは上屋敷でのことだ。大名家によっては中屋敷に側室やそのお子が、ということもあるみたいだがね。ご一家が揃うのは、上屋敷とかぎってもいいと思うよ。病気になった人の代理で、三吉といっしょに何家かの御大名の御屋敷を廻っているんだ。ところがほとんどおなじようであっても、その場の雰囲気というか空気が、御屋敷とか御大名によって、いや日によってさえまるでちがう」

やはりわからない。信吾にすれば、一歩も進んではいないのである。いや、ますますわからなくなってしまった。もどかしいと思ったのだ。ところがである。

「ああ、もどかしい」

と言ったのは波乃ではなくて誠であった。

――もどかしいったらありゃしない。

三吉もやはりおなじ思いのようだ。

「三吉の芸を見ている全員の気持が、一つになった。だれもがおなじ思いでいる、と思えることがあるのだよ。稀《まれ》に、ごく稀にだけれどな」

「あッ」と、思わず信吾は声に出した。「三吉だけでも、誠さんだけでもなく」

「わかってくれたか、信さん」

「そんな気がする。でも、そんな気がするだけかもしれない。もしかすると、その場はだれもがおなじ気持でいる、おなじ気持になったってことなのかな」

「そうなんだよ。普通じゃあり得ないが、そうなることがたしかにある。その場だけなんだけどな。でも、ある。生まれるんだ、ほんの一瞬だけど三吉を中心にして、だれもがおなじなんだと感じられることが。三吉が飛びっきりのいい芸をすることがあって、すると若さまや姫ぎみの顔がパッと輝くんだよ。なんともいえぬうれしそうな顔をなさる」

「気持が昂《たか》ぶると言うか、全身に楽しくてならないという気持が溢《あふ》れるということでしょうか」

「そうなんだよ、波乃さん。ところがそのあとがすごい」

そう言って誠は信吾と波乃を見た。

――誠のやつ気を持たせやがって、それじゃダレちまうよ。投銭のやつらと変わんないじゃないか。

本当は三吉も会話に加わりたいのだろう。それができないから、つい信吾にこぼしてしまうにちがいない。

「お客が、なんて言っちゃいけないな、身分がちがいすぎるんだから。若さまや姫ぎみ、奥方さまたちがうれしそうな顔をなさると、ふしぎなことに三吉の芸が一段も二段もよくなる。それが相手に伝わって、三吉に撥《は》ね返《かえ》るんだ」

「すると三吉の芸が一層よくなるのですね」

「そうなんだ、波乃さん。信じられない、滅多に見られぬことが起きるんだよ。つまりその場のみなさんと三吉の双方で芸を作っていく、そう感じられることがあってね。みなさん方と三吉が、喋らないのに話してるってのはおかしいけれど、言葉がなくても話しあっているようになるんだ」

「誠さんと三吉が芸を見せる、見てもらうだけではなくて、いっしょになってさらにいい芸を創りあげていくってことだね」

「そう、そうなんだよ、信さん」

幇間《たいこもち》の宮戸川ぺー助がおなじようなことを言っていたのを、信吾は思い出した。客の反応がいいと自然とこちらの芸に磨きがかかり、それを相手が感じ、わかってもらえたんだと思うと、さらにいいものが生まれることがあるんだ。わからない相手には手を抜く訳ではないけれど、どうしてもある線で止まってしまう、と。

「一本の線があって」と、信吾は掌《てのひら》を下にして横に引いた。「客と芸人の気持がいっしょになると、すッと、いとも簡単にその線を越えられることがある。滅多にないけれど、それを味わったら芸人はやめられないってことかな」

「そう、そうなんだよ。そのときだけだとしても、三吉を中心にしてその場の全員が、おなじ気持だって感じられるんだ。だから芸はすごいと思う。だって普段なら、そんなことは絶対にあり得ないんだよ。若さまや姫ぎみだけでなく、その場で一番身分の低いご家来であっても、町人が口を利いたり、いやおなじ場所にいることすらできないんだぜ。町人でさえそうなのに、おれたちゃ町人以下に見られているからね。つまり、人扱いされてねえんだから」

なんとなく、そうじゃないかと感じたことはあったのである。だが信吾にとっては、あくまでもなんとなくであった。よくわからないので戸惑うしかない。

「人扱いされないって、誠さんもわたしもおなじ人じゃないですか」

「正直にそう思っているのかい」

「もちろん」

「だからおれは信さんには、すなおな気持で向きあえるのだろうな」

「なんだか、今日の誠さんは変だよ」

「ははは、変だな。実に変だ。だがな、お武家はべつとしてもだ、おれたちが挨拶してもちゃんと返してくれる人はほとんどいないんだぜ、おなじ町内に住みながら」

「まさか」

話が急に、大名屋敷から猿屋町代地に移ったので、戸惑わずにいられない。

「それが、まさかじゃねえんだ」

今までに見たこともないほど、誠の顔は暗かった。

六

自分でも気付いたのか、誠は作ったような笑顔になった。

「三吉の芸の話だったな。三吉と、その芸を見ている人の、いいものを見た、いい芸を見せてもらったという喜びが、さらに三吉のいい芸を生み」

「さらにさらに」

「それを知ったから、たまにだとしてもそれがあるので、おれは猿曳きを続けよう、いや続けられると思ったんだよ」

「誠さん」

「なんだね、波乃さん」

「あたし、それが一番だと思います。三吉とその芸を見ている人の心が響きあって、さらにいい芸を生み、それで楽しく、うれしくなる。それが、人が生きていく根っこにあってほしいと思います」

「そうだよ、誠さん。だって、すごいじゃないですか。言葉もなにもないのに、いっしょに三吉の芸を見ているだけで、心が一つになったたって感じられるなんて。たとえその場かぎりであったとしても、いや瞬《まばた》きする間であったとしても、それを感じられたことは事実なんだから」

誠は目を瞑《つぶ》り、しばらくして何度もうなずき、そして信吾と波乃にきっぱりと言った。

「おれは猿曳きを続けるよ、三吉というい相棒がいることだしね」

「そうしてほしい。黙っている人を笑わすだけではなくて、泣いている人、嘆き悲しんでいる人でも、誠さんと三吉の芸で笑わしてもらいたい。二人には、それができると信じているから」

「今日はここに来て本当によかったよ。三吉といっしょに御大名の御屋敷で芸を見せながら、なんとなく感じていたことが、信さん、波乃さんと話していて、はっきりしたから」

——信吾さんよ。

呼び掛けておきながら、三吉は先を続けなかった。

——なにか言いたかったんじゃないのか。

——名前を呼んでみたかっただけさ。いけないかい。

——そんなはずはないだろう。言葉を呑《の》みこんだのがわかったぞ。ゴクリと音がした。

——さすがに信吾さんは鋭い。おいら言わないことにした。言えば嘘になってしまうかもしれないからね。

「お忙しいでしょうけど、ときどきは顔を見せてくださいね」

「ああ、そうしますよ。というより、二人の顔を見ないと、三吉が不貞腐《ふてくさ》れて、ちゃんとした芸をやってくれなくなりそうなのでね」

——誠もかなり素直な、いいやつになってきたな。

誠がポンポンと自分の肩を叩くと、三吉が腰から駆けあがって澄まし顔で肩に坐った。

誠が紐を掛ける。

「紐はなくてもいいのではないですか。こんなに素直なのだから」

「野良犬なんぞに吠《ほ》え掛かられたら、狼狽《うろた》えて姿を晦《くら》ましてしまう。気のちいさい、弱い生き物なんだよ、猿は」

——信吾さんよ。

——なんだ、三吉。

——おいら、なにも言わないでおく。

「ここで送ってもらおう」と、玄関で誠が言った。「ずるずる付いて来られると、三吉が辛《つら》くなって元気をなくすからな」

——信吾さんよ。

——わかっているよ。三吉と誠さんを置き換えて、言ってもらいたいんだろう。

「ときどきは三吉の顔を見せてくださいね」

波乃がそう言うと、誠は「ああ、そうするよ」と言って右手をあげてひらひらさせると、振り返らずに帰って行った。しかし誠の肩の上で体を捩《ね》じり、三吉はいつまでも信吾と波乃を見ていた。

ときどきは顔を見せると言ったが、三吉を肩に乗せた誠が黒船町の借家に顔を見せることはなかった。

大名家の上屋敷は千代田《ちよだ》のお城に近い大名小路《だいみょうこうじ》、永田町《ながたちょう》、外桜田《そとさくらだ》、愛宕下《あたごした》などに集まっている。中屋敷も上屋敷に準じているが、下屋敷は必ずしもそうではない。

「本郷《ほんごう》もかねやすまでは江戸のうち」の川柳で有名だが、御府内と呼ばれる朱引《しゅびき》内は四里四方と言われている。おおよそだが、東は平井《ひらい》、亀戸《かめいど》辺、西は代々木《よよぎ》、角筈《つのはず》辺、南は品川《しながわ》辺、北は千住《せんじゅ》、板橋《いたばし》辺とされていた。大江戸と呼ばれる朱引の外にも、下屋敷は多い。

内藤新宿《ないとうしんじゅく》、目黒白金《めぐろしろかね》、切絵図で示せば小名木川《おなぎがわ》の東の外れ、そして豊島《としま》などにもあった。三吉を肩に乗せて、長い距離を往復する誠は相当に疲れる。大勢の見知らぬ人のまえで、まちがわずに芸をしなければならない三吉もまた、神経を擦り減らすはずである。

誠の住む猿屋町代地と信吾たちの黒船町は、そう離れている訳ではない。しかし親方の家に帰って食事をしたら、とても出掛ける気にはなれないだろう。

あまり長く姿を見せなければ、信吾は波乃とともに猿屋町代地に顔を見に行こうと考えていた。

ところで空家の風鈴だが、相変わらず鳴ったり鳴らなかったりであった。一度仕舞ったようだが、その後も鳴ったということは、だれかがなんらかの理由で、掛けたり仕舞ったりしているのだろう。となると信吾は、だれがなぜと思わずにいられない。

条作が話してからというもの、将棋会所から北に住んでいる客は、多少は遠廻りになっても諏訪社の裏の通りからやって来た。往復の折に空家のようすを窺《うかが》うためである。

「今朝は鳴っていませんでしたね」

「そうですか。昨日の帰りは鳴っていましたけれど」
「変ですねえ。昨日わたしが帰るときには、鳴っていませんでしたよ」
「あなたがお帰りになって、四半刻くらいして出たのですがね」
そんな会話が交わされることもあったが、そのうちにだれもなにも言わなくなった。いつの間にか関心が薄れてしまったのだ。

近いこともあるので、信吾はときに空家辺を歩く。鳴っているときもあれば無音のこともあって、しかもそれがどういう理由なのかの、規則のようなものは判然としない。そのうちに相談事が入ったり、立て続けに対局の仕事が入ったりで、空家の風鈴だけに構ってはいられなかったのである。

波乃といっしょに、誠と三吉の顔を見に出掛けようと思いながら、延び延びになっていた。もし訪れたとしても、例の空家について訊くことはないはずである。

誠によるとおなじ町内でありながら、挨拶をしても無視する住人が多いとのことであった。であれば隣町の住人と、親しくしているとは考えられなかったからだ。どうやら誠たちの付きあいは、ほぼ猿曳き仲間だけらしいのである。

ある日たまたま、空家を見るとか風鈴の音を聞くとかでなく、両親が営む東仲町の会席、即席料理の「宮戸屋」からの帰りに、信吾は諏訪社の裏を通った。すると鳴っていたのである。今ではもうだれも気にすることのなくなった、空家の風鈴が。

最初に粂作から空家の風鈴の話を聞いたとき、信吾はよからぬ連中がなにかの合図に使っているのかもしれないと思った。しかしすぐに打ち消した。だとすれば、そんな不確かな方法を選ぶとは考えられなかったからだ。

粂作はたまたま、風がないのに風鈴が鳴っているのは妙だなと思った。だから気になって翌日、風の強い今日はさぞや派手に鳴っているだろうと思ったら、まるで鳴っていなかったので騒いだのである。

桝屋良作は、気付かない人のほうが多い。いや、ほとんどの人は気付かないのではないかと言った。「だれだって仕事や人との関わり、お金のことで問題を抱えています。風鈴の音なんて耳に入りませんよ」そういうことではないですかね、と。

その後、空家で風鈴が鳴らなければ、桝屋の言ったとおりということになる。粂作はなんでもないことを気にしすぎた、ということで終わったにちがいない。

ところが空家で、風鈴が鳴ったり鳴らなかったりは続いていた。となると疑問に思わざるを得ない。だから信吾は、だれがなぜそんなことをしたのかはわからないが、もしかしたらこういうねらいがあるのかもしれないと、権六に言ったことがある。

「普段とちがったことをすれば、つまりなにかを見せたり聞かせたりすれば、どの程度の人が、そしていつ気が付くか、ですね。それを試していたのなら、考えられないこともありません。だけどだれがどういう目的というか、理由で試したのかとなると見当も付かないですね」

　そのうちにだれもまるで気にしなくなった。それこそ得体のしれぬ連中のねらいではないか、とすれば信吾は権六に話さねばならないと思った。

　権六は不運な時代が続いたものの、ここにきて次々と手柄を立てている。それを仕事にしている男だから、信吾が感じたり思ったりしていることは、当然だが頭に入れて動いているだろう。「餅は餅屋ってえから、任せておくんだな」とも言われたことだし。

　とすれば信吾としては、空家の風鈴がきっかけとなって、誠が猿曳きという芸に思いもしなかった発見と喜びを見出したことを、素直に喜ぶだけでいいのではないだろうか。

　そして自分は、いや自分と波乃は相談屋の仕事を全うすべきなのだ。

初めての藪入り

一

実のところ、信吾は常吉のことをほとんど知らない。

二十歳になって黒船町で「よろず相談屋」と将棋会所「駒形」を始めたとき、父の正《しょう》右衛門《えもん》が付けてくれた小僧が常吉であった。両親が営む東仲町の料理屋「宮戸屋」で前年から奉公を始めた常吉を、正右衛門は信吾の身の廻《まわ》りの世話と雑用、宮戸屋との連絡係としたのである。

そのとき信吾は正右衛門に言われていた。

「いいから憶《おぼ》えておきなさい。常吉の親兄弟や生まれた土地、いっしょに遊んだ幼馴染《おさななじみ》のことなどについて、おまえからは絶対に訊《き》かぬように。それらについて常吉が話し始めたとしても、すぐ打ち切って続きを聞いてはなりません。十歳やそこらの子供のことだから、奉公が辛《つら》く悲しくない訳がない。そういうときに親兄弟や友達のことを思い出したら、里心がついて逃げ帰りかねないからね。奉公を始めて三年間は、小僧を宿入りさせないのはそのためなのです」

宿入りは藪入《やぶい》りとも言われるが、奉公を始めて三年が経《た》つと、正月と盆の十六日、年に二回だけ主人の許可を得て親元に帰ることが許されている。

そのとき正右衛門はこう付け足した。

「もっとも常吉は口減らしに奉公に出されたのだから、帰ろうにも帰れないのだがね。せいぜいが藪入りのときに寄るくらいしかできないのです。それはともかく、幼いころを思い出させていいことはありません」

そのような事情があって、常吉は黒船町で信吾と寝起きをともにするようになった。父に言われていたこともあるが、信吾は「駒形」で奉公するようになってからの常吉しか知らない。

信吾が二十一歳の二月に波乃と所帯を持つまでは、二人の食事、掃除と洗濯は、通い女中の峰《みね》さんがやってくれた。常吉の仕事は、客から席料をもらったり茶を出したり、昼前に店屋物の註文《ちゆうもん》に近所の飯屋や蕎麦屋《そばや》に走るといった雑用が主である。

将棋会所を開いてしばらくは、客はほとんどが近所の商家のご隠居さんであった。なにがおもしろいのか、ぼそぼそと訳のわからぬことをつぶやきながら指している。将棋を知らず興味もない常吉が退屈しない訳がない。常吉に関心があるのは食べることだけで、あとは柱や壁にもたれて居眠りをしていたのである。

仕事を言いつけても満足にできないし、三つ命じると一つは忘れてしまう。正右衛門は世話を兼ねた連絡係と言ったが、信吾を手に負えぬ常吉の教育係としたというのが本音だったようだ。

朝の食事を済ませた信吾は、将棋客が来るまでのあいだ常吉に読み書きや算盤《そろばん》を教えた。商人になるには絶対に必要だからと言って、礼儀作法や言葉遣いも教えたが、常吉がいやいや従っているのは明らかだった。

そんな常吉を変えたのが、十歳の女の子ハツである。若くて強い席亭がいるとの噂《うわさ》を聞いた祖父に連れられ、本所から通うようになったハツは、「駒形」では中級の上の実力者を負かし、上級の下の相手とも接戦するほど強かった。

目を輝かせ夢中になって指すハツが、大人の男を負かしてうれしそうな顔をし、敗れた相手が悔しくてならないという表情になる。十歳の女の子がそれほど熱中するからには、よほどおもしろいにちがいないと、常吉の将棋に対する考えが一変したらしい。

将棋を教えてほしいと頼まれた信吾は、客たちが帰ると、常吉といっしょに将棋盤と駒をていねいに拭き浄《きよ》める。そのあとで、夕食までのわずかな時間だが、駒の並べ方と動かし方から始まって、初歩的な定跡を教えた。

十歳の女の子が通い始めたのを知って、「駒形」の客層に変化が起きた。老人ばかりなので敬遠していた男の子たちが、連れ立ってやって来るようになったのだ。程なく十代後半だけでなく、二十代や三十代の客も顔を見せるようになった。

男の子たちの多くは小遣い銭の関係もあるのだろうが、手習所が休みの一日、五日、十五日、二十五日の四日だけしか通えない。だが祖父が席料を出してくれるハツは、手習所を午前中で切りあげて、午後は「駒形」に通うようになった。祖父の体調が悪くないかぎり、毎日のようにやって来る。

なにかに夢中になるだけで人は激変するが、そのいい例が常吉だろう。それまでは食べることにしか関心を示さず、挨拶も仕事も満足にできなかったのに、信吾の祖母の咲江が驚くほどの変わりようを見せたのである。

朝、将棋盤の上に駒入れを置き、座蒲団《ざぶとん》を並べ、湯を沸かして茶を淹《い》れる準備をする。客入れの用意が整うと、客の来るまでの短い時間に算盤の練習をしたり、往来物（一種の教科書）を読むのであった。

常吉はもともと頭が良かったのか、将棋に熱中するとたちまち腕をあげた。人が指すのを見るだけで勉強になるのは、いい面も悪い面もよくわかるからだ、と信吾は常吉に言ったことがある。将棋を憶えるとそれが納得できたのだろう、仕事の手が空けば熱心に他人の対局を見るようになっていた。

常吉は日ごとに強くなり、上位の男の子たちをすぐに抜き去った。「女チビ名人」の渾名《あだな》で呼ばれるようになったハツとの差も、徐々に詰めている。そして今ではハツとともに、新しく通うようになった新入りの子供客を教えるまでになっていた。

そんな常吉から信吾が藪入りのことを訊かれたのは、去年の師走二十一日の朝食時であった。朔日《ついたち》から始まった第二回将棋大会を無事に終えて安心した信吾は、薬種問屋の番頭龍造に紹介された医者の卵の高山望洋と会うことができた。そして二十日の夜に、波乃も加わって四人でたっぷりと語ったのである。

将棋会所を空ける訳にいかないので、信吾と常吉は昼食を交替で食べるしかない。しかし朝晩は、波乃といっしょに三人で食べるようにしていた。

二十一日の朝は、楽しかった望洋や龍造とのひとときが話題になった。常吉をそっちのけにして次から次へと話に花を咲かせ、信吾と波乃はいつにも増して笑ったのである。龍造によると笑顔を見せたことのない望洋が、初めて声をあげて笑ったとのことであった。それほど楽しかったということだ。

信吾と波乃に会いたくなったら、なんとしても時間の都合は付けると言って、望洋は帰って行った。いつ来てくれるだろうかと、そんなふうに話が一段落したときである。

「あの、旦那さまに奥さま。聞いていただきたいことがあるのですけど」

「なんだね、改まって」

「てまえは奉公を始めて三年になりますけど、来年正月の藪入りはできるのでしょうか」

常吉はどうやら、信吾の機嫌のいいときをねらって切り出したらしい。

「そうか、常吉は三年になるのか。将棋会所を開いてからは二年だが、そのまえに宮戸屋で奉公を始めていたからな。三年経ったのなら当然藪入りできるが、大旦那さまと相談して来よう。常吉はもともと宮戸屋の奉公人だから、わたしが勝手に決めることはできないからね」

「そうですか」

言った声に元気がないような気がしたのは、あとになって気付いたことである。

「だったら、お土産のことを考えなきゃならないけど、なにがいいかしら」

「お気遣いいただいて、申し訳ありません」

ちゃんとした言葉遣いを聞いて、信吾はしみじみと常吉を見た。それにしても人は変わるものだ。常吉が黒船町に来た当時は、こんなふうになるとは考えることもできなかったのである。

「まだたっぷりと日にちがありますから、よく考えて喜んでもらえる物にしましょうね」

早くも思いを巡らせ始めたのか、波乃はいくらかはしゃいだような顔になった。

「すみません。奥さま」

常吉はしおらしく頭をさげた。

二

会席と即席の料理で知られた宮戸屋の客入れは、昼間が四ツ（十時）から八ツ（二時）と、夜が夕刻の七ツ（四時）から五ツ（八時）までである。その時刻にはあわただしく立ち働くことになるが、それは大女将《おおおかみ》の咲江、女将の繁《しげ》、それに仲居や料理人たちで、あるじの正右衛門とその見習いである弟の正吾は特にすることがない。「手伝わなくてけっこうですから、邪魔にならないように」と、女将から釘《くぎ》を刺されているほどだ。

そのため父とはいつでも話せるのだが、朝の食事をすませるとすぐに、信吾は浅草広小路に面した宮戸屋に出掛けた。将棋客たちが姿を見せるまでには、もどれるだろうと思ったからだ。

「あと半年、辛抱してもらわねば」

信吾が常吉の藪入りの話を切り出すなり、正右衛門はそう言った。

「ですが将棋会所で二年、そのまえに宮戸屋で一年。併せて三年ではありませんか」

「奉公を始めたのが三月半ばだから、二年と十月《とつき》となる」

大旦那である正右衛門と相談しなければと言ったとき、常吉が少し元気がないように感じたのはそのためだったのか、と信吾は思い至った。常吉はわかっていながら、もしかすると帰してもらえるかもしれないと思って、信吾に訊いたようである。

ところが常吉は宮戸屋の奉公人なので、自分の一存では決められないと信吾は言った。常吉にとっては誤算だったはずだ。

あるいはと期待していただけに落胆はおおきく、もう一年我慢するのはとても辛いことだろう。いや正しくはもう少しであった。お盆の藪入りには満三年をすぎているので、胸を張って家に帰れるからだ。

正月の藪入りはできないと言われたので、どう言って慰めればいいかと思うと気が重かった。信吾とすれば、なんとかしてやりたいのである。

「四捨五入すれば三年になりますが」

ダメだと言ったのに信吾が粘るので、正右衛門はまじまじと息子を見た。

「まさか常吉に、いいと言ったのではないだろうね」

正右衛門がそう訊いたとき、信吾はつい嘘《うそ》を吐《つ》いてしまった。

「実はそうなんです」

もしかすると「言ってしまったなら、しかたがない」と、なるかもしれないと思ったのであった。だが甘かったようだ。

「そんな考えなしで、商人が勤まるとお思いか。十分に思いを巡らせてから話すようにしなければ、先々でおおきな過ちを犯すに決まっています」

「すみません。浅はかでした」と、言いながらも信吾は粘った。「なんとか、特例ということにはできませんか」

「それをしてはならないことくらい、わかっているだろうに。一度《ひとたび》例外を作るとあとは歯止めが利かなくなって、なし崩しにダメになってしまいますからね」

「ですが、黙っていたらなんとかなるのではないですか」

「どういうことかね」

「常吉が将棋会所に来てから二年になります。以前は宮戸屋の奉公人と話すこともあったようですが、最近はほとんど行き来はありません。常吉が宮戸屋に出向くことも少なくなっていますから、黙っていたらなんとかなると思います。常吉は自分のことだから喋《しゃべ》らないでしょう。わたしも波乃も喋りません。あとは父さんと母さん、祖母《おばあ》さまと正吾が黙っていてくれれば、だれにもわからないですから」

「理屈ではそうかもしれないが、そういうことはなぜか洩《も》れてしまうものなのです。洩れてしまえば取り返しが付きません。商人にとって一番大事なのは信用だが、すべての信頼が失われてしまうことになるからね」

信吾はおおきな溜息《ためいき》を吐いた。父が言うことは正論だし、よくわかっているのだ。信吾が父の立場であれば、そっくりおなじことを言ったはずである。

やはり自分はまっとうな商人になりきれていないのだ、と信吾はしみじみ思った。

江戸でも指折りの老舗料理屋を弟の正吾に任せることにして、相談屋と将棋会所を始めたとき、信吾は商人の埒《らち》を外れてしまったのである。父にすればさぞや不甲斐《ふがい》ない息子であろうな、そう思うと申し訳なく、なぜか哀《かな》しくなってしまった。

「となると切り札を使うしかない、ということだが」

随分と時間が経ってから正右衛門がそう言ったので、信吾は思わず父を見た。

「さすがに信吾も懲りただろうが、切り札は一度かぎりで二度は使えない」

「なにか手があるのですか。危うい手なのですね」

「常吉本人に藪入りを認めたとなると、それを取り消しては信吾の顔が丸潰れとなる。不出来な息子が、たった一人しかいない奉公人に恨まれることになるのだからな。そのままにはできんではないか」

「すみません。ですが、どのようにして。というより、そんな方法があるのですか」

「ありふれた手だよ。ただし、禁じ手ではあるがね」

「と言われても」

「将棋の二歩《ふ》や相撲で髷《まげ》を摑《つか》むようなことだ。うっかりやってしまうが、断じてしてはならない」

「却《かえ》ってわからなくなりました」

「病気見舞いだ。これしかありません。常吉の父親か母親に急病になってもらい、常吉がそれを見舞うことにすれば藪入りではないからね」

「だとしても、だれかがおかしいと勘繰るかもしれません。常吉はそろそろ藪入りじゃないのかと思っている人は、いるでしょうからね」

「病気見舞いで押し通します。知っているのはわたしと信吾、常吉とその親だけだ。母さんたちにも黙っておくから」

「波乃も知っています。今朝、食事のときに常吉に訊かれたのですから」

「であれば、四人と常吉の親だけだ。黙っていれば洩れることはない。万が一、疑われることがあっても病気見舞いで押し通す。藪入りだと言ってしまえばどうしようもないが、病気見舞いであれば、変だと思っても人はそれ以上は追及しないものだ」

「わかりました。それでやってみます。もしも母さんに、どんな用で宮戸屋に来たのかと訊かれたらどうしましょう」

「それこそ常吉の親が病気なので、見舞いの相談に来たと答えればいい」

「男親か女親か訊かれそうです」

「だったら父親だ」

正右衛門が断言したので却って気になった。

「なぜ父親なんですか」

「奉公を始める日に、母親が常吉を連れて挨拶に来たが、頑丈そうな女で、とても病気するようには見えなんだ」

そう言われては笑うしかない。

ともかく常吉の藪入りが叶《かな》うことになり、信吾は一安心した。それにしても自分が慎重でなかっただけで、さまざまな辻褄《つじつま》あわせをしなければならないのだから厄介である。

「土産になにを持たせるかは、こちらで考えておこう」

正右衛門にそう言われて信吾は首を振った。

「それはわたしのほうで用意します。なぜなら常吉は、将棋会所で働いてもらっているのですから」

「そうはいきません。宮戸屋に奉公に来て、わたしが信吾のところに差し向けただけだからね。常吉の親には、宮戸屋で奉公していることになっているのです」

信吾はそれ以上の反論はできなかった。波乃が土産のことを言っていたが、父とはべつにこちらでも用意すればいいだけのことだ。

信吾は常吉の生まれ在所や家族のことを、知っているかぎり正右衛門に教えてもらった。波乃が土産を用意する参考になると思ったからだが、父も詳しいことはほとんど知らなかったのである。

兄が家を継ぐので常吉は奉公に出された。下には何人かはわからないが、弟と妹がいるとのことだ。商家のあるじが奉公人のことで知っているのは、それくらいなのだろう。

将棋客たちが来るまえに黒船町にもどれたが、あれこれ考え事をしていたから深刻な顔をしていたのかもしれない。波乃は信吾が父に、藪入りはダメだと言われたと思ったようであった。

「夜の食事のときに話します」

そう言い残すと、信吾は柴折戸《しおりど》を押して将棋会所の庭に入った。

三

会所にはすでに常連客が姿を見せていたので挨拶し、空いている座蒲団に坐《すわ》ると、すぐに常吉が湯呑茶碗《ゆのみぢゃわん》を持って来た。期待と不安が相半ばした目で見たが、信吾はさり気なく目を逸《そ》らした。焦《じ》らそうとか気を持たせようとしてではない。客がいるところで、話題にすべきではなかったからだ。

三年に満たないことは自分でもわかっているので、常吉は諦めたようである。以後はなにもなかったように仕事をし、用が終わると詰将棋の問題集に目を通し始めた。

昼は常吉に先に食事をさせ、入れ替わって母屋に向かった。待っていた波乃と食事をしたが、やはり藪入りの話はしないでおいた。宮戸屋からもどったとき、「夜の食事のときに話します」と言ったので、波乃もあれこれ訊くことはしなかった。

食事を終えて茶を飲んでいると、大黒柱の鈴が二度鳴った。指導か対局の客のようだ。波乃が渡す羽織に腕を通し、紐《ひも》を結ぶと信吾は会所に向かった。

「席亭さんの噂を耳にされたとのことで、品川からお見えだそうです」

言いながら甚兵衛が、宗匠《そうしょう》頭巾を被《かぶ》ったいかにも趣味人らしい男を紹介した。

「かなりの腕をお持ちのお武家が、こちらの席亭さんには歯が立たなんだと申しておりましたので、であれば是非お教え願いたいと思いまして」

控え目にそう言うと、初老の客はちらりと壁の料金表を見た。席料と指南料がともに二十文で、対局料が五十文とあり、対局料の横にはちいさく次のように付記してある。

席亭がお相手いたします

負けたらいただきません

「席亭の信吾でございます。若輩者ですが、よろしくお見知りおきのほどを願います」

「柳に風と書いて柳風《りゆうふう》と申します」

俳名かそれに類した号だろう。「柳に風」とか「柳に雪折れなし」などの言い廻しもあるが、その辺りから号にしたのかもしれない。頭陀袋《ずだぶくろ》を提げているが、矢立や手控帳などを入れているのではないだろうか。

甚兵衛が控え目に訊いた。

「柳風さま。お武家さまとおっしゃいましたが、趣味の会などでお相手をなされたのでしょうか」

静かにうなずいたが、柳風が返辞をしなかったのは、席亭の信吾にしか関心がないということのようだ。

甚兵衛はその場にとどまった。柳風が品川から来ただけでなく、武家の相手をしたとわかったので、強い興味を抱いたからにちがいない。「駒形」の客は浅草界隈《かいわい》の商家のご隠居などが中心だが、多くはないものの武士もいたし、職人、芸人、僧侶なども通っていた。しかし、かなりの腕のお武家となるとかぎられている。

昨年、第二回将棋大会のまえから、まちがいなく偽名だと思われるが蔵前《くらまえ》と名乗る男が「駒形」にやって来た。誘われたらしく、ほどなく柳橋《やなぎばし》と両国《りょうごく》も通うようになった。なにも言わないので旗本か御家人か、いずれの藩の藩士であるかはわからない。

蔵前は上級の上の力量で大会では第六位となり、柳橋は上級の中と見ていたが、大会では二十二位で終わっている。両国は中級の中か上で、大会には参加していない。

柳風が「かなりの腕をお持ち」と言ったところからすると、蔵前の可能性が高かった。「席亭さんには歯が立たなんだ」となれば、柳橋とも思われた。柳橋は豪放磊落《ごうほうらいらく》な質《たち》で、豪傑笑いするものの、柳風と対戦しそうな気安さはあった。

対局が始まると、いつの間にか常連客が周りに集まっていた。将棋会所でも碁会所でも観戦は自由であったが、黙って見るとの条件付きである。

縁台将棋では野次馬たちが言いたいことを言うので、だれが勝負しているのかわからなくなるほどだ。さすがに会所ではそんなことはない。

遠路を厭《いと》わず勝負を挑んできただけあって、柳風は信吾がこれまでに対戦してきた中でも屈指の力量の持ち主であった。九ツ半（一時）まえから指し始めたが、終局は七ツを四半刻《しはんとき》（約三〇分）はすぎていただろう。

信吾は並べ直して検討したかったが、客たちが帰る時刻なので、残念ながらそれはできなかった。

何箇所かの勝負所で、柳風がなぜその手を指したのか、ほかにどのような手を考えていたのか、などを聞きたかったのである。行灯《あんどん》に灯を入れてもよかったが、柳風の都合もあるだろうし、席亭として個人的な事情で例外は作りたくなかった。

「席亭さんは随分とお若いが、何歳におなんなさる」

柳風に訊かれ、信吾は控え目に答えた。

「二十二歳になりました」

「お袋さんの腹にいるうちから、指していたのではないでしょうね」

「まさか」

信吾がそう言うと、遠慮がちにだが周りで笑いが起きた。

「しかし、二十二歳でこの強さは信じられません。わたしは席亭を遣《や》りこめるのが楽しみで、これまでに何箇所の会所破りをやったことか」

「道場破りの剣豪の話は聞いたことがありますが、柳風さんは会所破りが趣味というより生き甲斐のようですね」

「負かしたときの相手の、なんとも情けない顔を見るのが無上の楽しみでしてね。人が悪いとか悪趣味と言われればそれまでですが、しかしまさか自分が返り討ちに遭うとは」と、そこで柳風は甚兵衛に訊いた。「さぞや情けない顔をしていたことでしょう」

「いいえ。勝ち負けに関係なく、これぞ勝負師という顔をなさっておられましたよ」

柳風はなかなかの座談の名手だと思ったが、それをちゃんと受けられるのだから、甚兵衛もたいしたものである。

「それにしても、今日はさすがにまいりました。コテンパンにやられたのは初めてです」

「とんでもない。たいへんな接戦で、何度、投げようと思ったことか」

信吾がそう言うと柳風はにやりと笑った。

「それは勝者の常套句《じょうとうく》、決まり文句ですね」

「なぜそのように断言できるのでしょう、柳風さんは」

「これまでわたしも、何度となくそう繰り返してきましたから」

声にこそ出さなかったが、「ギャフン、してやられた」と信吾は脱帽した。言われてみればそのとおりである。おなじようなことを、信吾も何度か言ったことがあったのだ。

柳風は頭陀袋から矢立と手控帳を出すと、なにごとかを書き入れ、乾くのを待ってから仕舞った。

「これで目標ができました。また寄せてもらいますよ」

「いつでも歓迎いたします。毎日いらしてくださっても」

「品川ですからそうはまいりません。いっそのこと、近くに家を借りますかね」

信吾が勝ったので、柳風は小銭入れを取り出すと、席料二十文に対局料五十文を足して払うと帰って行った。

客たちがいなくなると信吾と常吉は盤と駒を拭き浄めたが、対局が長引いたのでいつもより遅くなってしまった。そのため常吉の棒術と信吾の素振りは、普段の半分くらいで切りあげたのである。

汗を拭いていると、波乃が食事の用意ができたと告げた。

「二年と十月じゃ、やはり藪入りはできんそうだ」

食事を終えて、波乃が膝のまえに置いた湯呑茶碗を手に取り、一口含んでから信吾はそう言った。がっかりしただろうが、常吉は覚悟していたらしく黙ってうなずいた。

「だが、わたしは藪入りさせたい」

「でも、できるのですか」

常吉より先に波乃が言った。むりなんでしょう、と目が言っている。

「できません」

常吉が可哀相《かわいそう》になった。ダメだと自分に言い聞かせていただろうに信吾がさせたいと言ったので、もしかすればと期待しただろう。それを再度打ち消せば、がっくりと肩を落とすのは当たりまえである。

「だけど楽しみにしていた常吉が可哀相なので、大旦那さまと相談して内緒で藪入りさせることにしました」

「内緒と言っても三年にならないのですから」

信吾の言うことが矛盾しているので、波乃は少し混乱したようだ。信吾はうなずいてから、きっぱりと言った。

「常吉の親父《おやじ》さんが、急な病で寝こんでしまってね」

「えッ、本当ですか」

常吉は腰を浮かせたまま動かない。顔が強張《こわば》っただけでなく、体全体が固まってしまっている。波乃も初めて聞かされたので、目を丸くしていた。信吾は二人に笑い掛けた。

「お元気におすごしだから安心なさい。病気になってもらうのは、正月の半ばだな。なぜか藪入りのころでね。せっかく常吉が三年振りに帰れるというのに、寝こんでしまわれるなんて、親父さんは本当に気の毒なことだ」

常吉と波乃が一瞬にして笑顔になった。信吾の言わんとしていることがわかったからである。常吉はゆっくりと腰をおろして、静かに坐り直した。

「絶対に守ってもらわなければならないけれど、常吉は秘密を守れますか」

「守れます。守ります。守れなくても、かならず守ります」

「よろしい」と、なんとか信吾は笑わずにいられた。「このことを知っているのは、常吉と宮戸屋の大旦那さま、わたしと波乃の四人だけです。大女将も女将も正吾も知りません。もう少ししたら常吉の父さんと母さんも知ります。これで六人だね。年が明けて正月になったら、常吉の家から父さんが病気で寝こんだという報《しら》せが入ります。十三、四日にはかなり悪いとわかりますから、常吉は父さんを見舞いに行きます。常吉の生まれ在所はどこだったっけ」

正右衛門に聞いていたが、信吾は本人の口から聞くことにした。

「本所の押上村《おしあげむら》です」

「吾妻橋《あづまばし》を渡って東へかなりあるね。それに押上村は、随分と広くておおきな村だと聞いている」

「最教寺《さいきようじ》の近くです」

将棋会所のある黒船町からだと、大川沿いに上流へと向かう。吾妻橋を渡り中之郷元町《なかのごうもとまち》をすぎて、八軒町《はちけんちよう》と小梅代地町《こうめだいちまち》のあいだを抜ける道がわかりやすい。東に進んで横川《よこかわ》に架けられた業平橋《なりひらばし》を渡り、北十間川《きたじつけんがわ》沿いに四、五町行って、春慶寺《しゆんけいじ》辺りで南に折れればほどなく最教寺だ。

会所からだと一里（三・九二七キロメートル）見当だから、常吉の足でも片道半刻（約一時間）もあれば大丈夫である。

「押上村のほぼ真ん中辺りだね。遠いから心配だなあ。一人で帰れるだろうか」

「だ、大丈夫です。大丈夫ですとも」

えらい意気ごみようだ。

「藪入りは十六日の朝に出て、昼間は親子水入らずで過ごし、その日のうちに見世にもどる決まりになっている。その夜は泊まってもいいと言われることもあるけれど、十七日の昼までにはもどらねばならない。だけど常吉は十五日の夕方出掛けて、その夜と次の夜も泊めてもらいなさい。十七日の晩ご飯までにもどるように」

「えッ、そんなに長くてもいいんですか」

「藪入りならダメだけど、父さんの病気見舞いだからね。十六日の朝に出て、トンボ返りでその日の夜に帰っちゃ、却って変だろう」

「よかったね、常吉。まじめに一所懸命に奉公しているから、旦那さまがご褒美をくださったのよ」

「ありがとうございます。旦那さま、奥さま」

「だから近いうちに、できれば年内に、父さん母さんに報せてきなさい。お盆の藪入りまでもどれないと思っているだろうからね。ただし、病気見舞いに帰してくれるのだと、しっかりと念を押しておくのだよ。それから知っているのはこちらの四人と、おまえの父さん母さんを加えた六人だけだから、絶対に人に言わないようにとね。わかったら、今日は早めに床に就くように」

「あの、旦那さま。父さん母さんには、明日にも報せようと思うのですけど」

「そりゃまた急だね」

「どうせ報せなければならないなら、早いほうが。善は急げと言いますから」

「わかりました。朝ご飯を食べたらすぐ出なさい。会所のあれこれは、わたしがやっておきますから」

「ありがとうございます。では、お休みなさい」

「お待ち、常吉。波の上の餌を忘れたら恨まれますよ」

波の上は、常吉が面倒を見ている将棋会所の番犬である。

「あッ、いけない」

おおきく舌を出すと、常吉は波乃が土間に用意しておいた餌を入れた皿を手に、急ぎ足で将棋会所に帰って行った。柴折戸の所で、波の上が一声だけ吠《ほ》えた。

「よかったわ、藪入りができて。あのうれしそうな顔ったら、ありませんでしたね」

「常吉、秘密を守れるだろうな。ま、波の上になら打ち明けてもいいけれど」

四

信吾が起きると、台所で波乃が立ち働いていた。ご飯は炊きあがっているようだし、煮物だけでなく焼き魚の匂いが漂っている。

「随分と早いね」

「常吉が押上村に行きますから、いつもより早くしました。信吾さんは、もう少し寝てらしてもよかったのに」

「常吉が押上村に行くのだから、そうしてはいられませんよ」

ほとんどおなじ理由を挙げた信吾は、波乃に見られて苦笑した。

いつもはお菜《かず》が一品なのに、煮物だけでなく魚を焼いていたのは、「常吉が押上村に行くため」だったのである。

信吾は起きるとまず母屋と将棋会所の伝言箱を開けて、相談客からの連絡の紙片が入っていないかを調べる。それから鎖双棍《くさりそうこん》のブン廻しを始めるのだが、そのころ将棋会所の庭では常吉が棒術の稽古をしていた。

信吾は常吉に打つ、振る、突くの、棒術の基本動作を徹底してやらせた。その後は三動作を組みあわせての、多様な攻防の術を教えつつある。ときには注意を与え、効率のよい動きを教示するようにしていた。

ところが常吉の姿が見えなかった。ダメだと諦めていた藪入りが許されたので、親や弟妹とどんな話をしようかと興奮して、寝付けなかったのかもしれない。

まだ起きていないなら起こしてやらねばと、信吾は生垣に設けられた柴折戸に向かった。その柴折戸を押して常吉が姿を見せた。

「おはようございます。旦那さま」

「ああ、おはよう。寝坊したのか。常吉らしくないな」

「そうじゃありません。なにもかも旦那さまにやっていただいては申し訳ないですから、座敷を掃除して将棋盤と座蒲団を並べ、お湯を沸かす用意もしておきました。火鉢には熾《おこ》した炭を入れて灰を被せましたので、お客さまがお見えになったら灰を除いて消し炭を足してくださいね」

「おお、そうか。気が利くな」

そのとき障子を開けて波乃が顔を出した。

いね」

「ご飯の用意ができましたよ。常吉はお家《うち》に帰るのですから、今日は棒踊りを休みなさ
「棒踊りじゃありませんて」と板の間に向かう波乃に続きながら、常吉がいくらか抗議の籠った声で言った。「棒術という護身術です。ちゃんとした武術、武芸なんですから」

「そうだったわね」と、自分の箱膳のまえに坐りながら波乃が言った。「でも旦那さまが言っていましたよ。巌哲和尚さんがなさっているのを初めて見たとき、あまりにも楽しそうなので、自分にもその踊りを教えてくださいって頼んだんですって」

「ああ、そしたら和尚さんが喜んでね」

「教えてくださいと頼んだからですか」

信吾に続いて自分も坐りながら、常吉が訊いた。

「楽しそうだと言ったからだよ。そうか、わしも少しは腕があがったようだな、と和尚はおっしゃったんだ」

常吉は訳がわからないという顔で、信吾をじっと見た。

「棒術が本当に強くなると動きが滑らかになって、楽しみで踊っているように、楽しくてたまらず舞い踊っているように見えるそうだ。常吉が棒術の稽古に励むのを見て、波乃が棒踊りと言ったということはだな、常吉の腕がぐんとあがったということじゃないのか」

一瞬うれしそうな顔になったが、すぐにからかわれたとわかったらしく、常吉は口を「へ」の字に曲げてしまった。

「いただきます」と、信吾は顔のまえで両手をあわせた。「おッ、ご馳走《ちそう》だな。煮物だけでなく鯵《あじ》の開きまで付いているじゃないか」

「常吉が押上村まで往復するでしょ。ちゃんと腹拵《はらごしら》えをしておかなくてはね。常吉、ご飯をいつもより一膳多く食べなさいね。二膳、三膳多くてもかまいませんよ、今朝は余分に炊いておきましたから」

「そんなに食べられませんて」

押上村行きは急に決まったので、波乃は手土産を用意する暇がなかった。

「一月の藪入りをもらえたけれど、まだ二年と十ヶ月なので、お父さんの病気見舞いを理由に帰るのですからね。宮戸屋の奉公人や会所のお客さまに知られてはまずいので、黙っているのですよ。もし、人になにか言われたら、必ず病気見舞いに帰ったのだと言うように。家の人にも忘れずに念を押しておきなさいね」

「はい。奥さま」

「それからこれを」と、波乃は菓子箱を示して言った。「お家の人たちへのお土産に、持って行きなさい。宮戸屋のみなさんとあたしたちが、よろしく申しておりましたと言うのを忘れないでね」

波乃は菓子箱を風呂敷に包むと、常吉に手渡した。

見世が開くのを待っていては遅くなるので、祖母の咲江が持って来ていた菓子箱を持たせることにしたのである。

咲江は波乃と話したいため（と信吾は言い、信吾と話したいためと波乃は言う）、二日か三日に一度は黒船町の借家に顔を出していた。昼と夜の二度、宮戸屋では客入れをするが、その空き時間の八ツから七ツの一刻（約二時間）の、どこかでやって来るのであった。

手ぶらで来ることはほとんどなくて、旅に出ていた人にもらった土産だとか、お客さんにたくさんいただいたので食べきれない、などと言って菓子や果物を持って来る。お節介の焼きすぎだと煩わしくなることもなくはないが、こういうときにはとてもありがたい。

「一人で遠くまで行くのは初めてだから、常吉にすればちょっとした旅だわね。ともかく気を付けるのですよ。道がわからなくなったら、恥ずかしがらないで人に聞きなさいね。それからなにがあるかわからないので、少しだけどお金《あし》を渡しておきます。遣わないですめば、返さなくていいですからお小遣いになさい」

「ありがとうございます」

「一月の藪入りに帰してもらえると伝えるだけですが、家の人とは三年振りに会うのだから、少しはゆっくりしてもかまいません。でも、お昼のご飯までには帰りなさいね」

「将棋のお客さんには、父親の具合がよくないらしいので、ようすを見に行かせましたと言っておく。もどったらあれこれ訊く人がいるかもしれないけど、思ったより軽かったので安心しましたと言っとけばいい。どこが悪いんだと訊かれたら、どうやらお腹《なか》らしいですが、詳しいことはわかりませんと、あまりあれこれ話さないほうがいいだろう」

「わかっています。うっかりしたことを言ったら、藪入りがおじゃんになりかねないですものね」

信吾と波乃は門口で見送ることにした。せめて吾妻橋まで送りたかったが、あまり子供扱いすると嫌がると思ったからだ。

「では、行ってまいります」

お辞儀をした常吉はたしかな足取りで、大川の右岸を吾妻橋方向へと歩む。

信吾は波乃をうながして家に入ったが、少しの間を置いて引き返した。二人が家に入ったのをたしかめたからだろう、菓子箱を包んだ風呂敷を右手に提げた常吉は、随分と遠くを小走りに近い足取りで去るところであった。

「主人と奉公人という関係でさえこうなのだから、親御さんはこんなもんじゃないだろうな」

「子供を持つってたいへんなことなのですね。あたし、父さんと母さんがどんな思いをなさったかなんて、考えたこともありませんでした。いつも自分のことしか考えないひどい娘だったのだと、今になってよくわかります」

「子を持って知る親の恩というけれど、奉公人でさえこうなんだから、自分の子供を持ったら、わたしなんか毎日のように親に申し訳ないって反省しなければならないだろうな」

常吉は九ツ（正午）の四半刻ほどまえにもどったが、先に母屋に寄ったのである。裏から入って台所の洗い場の土間に、「よっこらしょ」と言いながら荒縄で縛った五、六本の泥付き大根を置いた。波乃が目を丸くした。

「どうしたの、そんなに」

「父さんと母さんに、つまらぬものですが奥さまにと言われました」

波乃にそう言い残してから、常吉は将棋会所へ向かったのである。

その時刻にもどったのには理由があった。店屋物を頼む客の註文を取って、蕎麦屋や飯屋に走り、その客や弁当持参の客にお茶を出す仕事があるからだ。

親の具合が悪いのでようすを見に行ったと信吾に聞いた客が、心配して声を掛けたがそつなく答えていたようである。

信吾はいつものように、常吉を先に母屋に食事に行かせた。常吉と交替で食事をすることになったが、どことなく波乃の落ち着きがない。

「なにかあったのかい。あるいは常吉がどうかしたとか」

「それがですね、いろいろあったらしくて。常吉は喋りたくてたまらないふうでした」

「だったら、なにかと聞かされたんだろう」

「止めさせました」

「止めさせたって」

「あたしが一人で聞いては旦那さまに申し訳ないので、夜になってから、二人でたっぷり聞かせてもらいますと言っときました。それまで『待て』です。波の上のお預けとおなじですから、いいと言うまで我慢なさいね」

「亭主を番犬とおなじ扱いにするとは、いくらなんでもひどかないかい」

「あたしもですから、いっしょに我慢してくださいませ、旦那さま」

将棋会所にもどったが、常吉はまるで素知らぬ顔である。将棋客が聞いているので、うっかり話すこともできない。夜の食事まで、信吾はただ辛抱するしかなかった。

そしてこんな日にかぎって指導や対局はなく、担ぎの貸本屋の啓文《けいぶん》さんから借りた戯《げ》作《さく》本は読み終えていた。大黒柱の鈴も、来客ありの合図を寄越《よこ》さない。

ようやくのことで客を送り出した信吾は、常吉と将棋盤と駒を拭き浄め、庭に出ると木刀の素振りと鎖双棍の連続技に汗を流した。

「旦那さま、どうかなさいましたか」

常吉に言われて振り返ると、いくらか驚いたような顔で見あげている。

「どうかとは、どういうことだ」

「なんだか、ぴりぴりしたものを感じましたよ。よくはわかりませんけど、もしかしたら殺気というものなのでしょうか」

つい力んでしまったらしい。常吉にそう言われるようでは、信吾先生まだまだ未熟ということだ。

五

夕食時には信吾は通常にもどっていた。というよりなんとか平静を保てていたのである。

「押上のみなさんは、元気にやっておられましたか」

「お蔭《かげ》さまで息災にやっていまして、旦那さまと奥さま、それに宮戸屋のみなさまによろしくお伝えくださいとのことでした」

「みなさん、たいへん驚かれただろうね」

「そりゃ、もう、たいへんなんてもんじゃありませんでしたよ」

「当然だろうな。なんたって三年振りだからね。伸び盛りの三年はおおきいもの。背だって随分伸びたし」

「いえ、そうじゃありません。てまえの変わりようが、信じられないと言われたんです」

「常吉の変わりようって、背が伸びた以外にどういうところが変わったのだね」

「なにからなにまでだそうです」

言われて信吾と波乃は顔を見あわせた。

「なにからなにまでって、どういう」

同時にそう訊いていた。

「ちゃんと挨拶できるようになるなんて、思ってもいなかったと言われました」

「常吉はなんて挨拶したの」

「こう言ったんですよ」と言ってから、常吉は少し間を取った。「おはようございます。ご無沙汰いたしましたが、お父さんもお母さんもお変わりなくなによりでございます。めっきりお寒くなりましたが、旦那さまから来年の一月に藪入りの許しをいただきましたので、それを報せにまいりました。まだ二年と十ヶ月なので本当は帰れないのですが、特別に許してくださったのです。宮戸屋やほかの見世の奉公人のてまえもありますので、父さんの病気見舞いを理由にするよう言われています。ですから父さんも母さんも、人に訊かれたら藪入りとは言わずに、病気見舞いに帰ったのだと言ってくださいね」

思わずというふうに波乃が手を叩《たた》いた。

「すごいじゃない、常吉。そんなちゃんとした挨拶を、まちがわずに言えたなんて」

常吉は急に子供っぽくなって、「へへへへへ」と照れ笑いを浮かべた。

「押上まではかなりありますからね、まえの晩に考えておいた挨拶をまちがえず、ちゃんと言えるように、歩きながら繰り返して憶えたんですよ」

「常吉はすごいな。大旦那さまに言ってごらん。その心構えこそ商人だ。常吉は商人の鑑《かがみ》だって褒めてくれるだろう」

「小僧のくせに、大旦那さまにそんなことは言えませんよ」

「だったら、わたしから言っておこう」

「でも父さんと母さんが、どれほど驚かれたかはわかりますよ。今の挨拶を聞いて、あたしも本当にびっくりしましたから。ご両親はなんて言っていたの」

「おまえ本当に常吉なんだね、なんて言うんですよ」

「どういうことだい」

「奉公に出たときの常吉とはおなじだとは思えない、と言われました」

「常吉がだれかと入れ替わってしまったとでも、思われたのかしら」

信吾は波乃が、以前にもよく似た冗談を言っていたのを思い出した。

「奉公するまえは食べ物のことしか考えないで、静かだと思うと壁や柱にもたれて居眠りしていたのに、立派な挨拶ができるようになった。別人としか思えない、なんて言うんですからね。いくら親だからってひどいでしょう。それじゃまるで、波の上といっしょじゃないですか。てまえはあんなにガツガツしてませんでしたもの。それに別人としか思えないなんて、いくらなんでも親が子供に言っていいことじゃないでしょう」

常吉の親が、息子のあまりの変わりように信じられぬ思いをしたのは、まるで目に見えるようだが、そうだそうだと同意する訳にもいかない。つい一年か一年半まえまでは、まさに常吉はそうであったのに、本人は憶えてもいないのだろう。

「ああ。いくら親だからって、少しひどいな」

信吾は曖昧な言い方をしておいた。

「でしょう。奉公の身だから手習所にはやってもらえないけど、商人になるには読み書き算盤ができなければならないからと、毎朝、早く起きてご主人に教わっています。礼儀作法をまちがえると、奥さまに厳しく直されますって言いました」

「あら、あたしそんなに厳しいかしら」

「ちゃんとやっていますって、親にわかってもらうために言ったのですけど」

常吉の言葉に信吾は噴き出した。

「若奥さま、形無しじゃないですか」

「父さんと母さんにこう言われました。常吉はいいご主人に恵まれて幸せです。ご主人と奥さまはご立派だ。大事にしなければ罰が当たりますよって」

「さすが常吉のご両親だ。ちゃんと見ているところは感心だね」

「馬鹿なことを言っていると笑われますよ、信吾さん。でも、ご両親が驚かれるのはむりもないと思うわ。よほどうれしかったのでしょうね。だって三年振りなんですもの。変わりようにびっくりして当たりまえだわ。今朝押上村に出掛けるときと帰って来たときだけでも、常吉は変わっていたもの」

「いくらなんでも、それは言いすぎだよ」

「あら、信吾さんは気付きませんでしたか。あれほどちがっていたのに」

「だれかと入れ替わったって、波乃は言いたいんだろう」

「三年振りに家の人に会えてうれしかったからだと、あたしは思いました。だからだれもが、指を折りながら藪入りを待ち望むんですね。常吉のうれしそうな顔を見て、それがよくわかりましたから」

「うーん」

常吉が妙な唸《うな》り声を出したので、信吾と波乃は思わず顔を見てしまった。見られた常吉が笑いを、照れとも苦笑とも言えぬふしぎな笑いを浮かべた。

「あら、どうしたの、常吉。あたしの言ったことがおかしかったの」

「いいえ、当たっています」

「なのになぜ笑ったの。それも変な笑い方をして」

「半分だけだったからです」

「半分はちがっていたの」

波乃がそう言うと常吉は首を横に振った。

「いいえ、奥さまの言ったことは、まちがってはいません」

「まだ言っていないことがあるというのか。大事なことに気付かなかったのだな」

思わず詰問したようになって、信吾は反省せずにいられなかった。常吉が話しにくいことをなんとか話そうとしているのが、わかっていたからである。

うなずきはしたものの、常吉は言ったことを後悔しているように見えぬこともなかった。やはり言いにくいことなのだ。信吾と波乃は顔を見あわせたが、おなじことを感じたらしいとわかったので、黙って常吉が話し始めるのを待つことにした。

「おいら、じゃなかった、てまえは奉公に出されて父さんと母さんを、それに兄《あん》ちゃんを恨みました。ひどく恨んだのです」

唐突に本心を吐露されて、信吾と波乃は思わず顔を見あった。辛いことを話さねばならぬように期せずして自分たちが仕向けてしまったのではないか、とそんな気がしたからである。であれば止《や》めさせなければならない。手を挙げて制しなければと思ったとき、常吉が信吾を見、波乃を見てから言った。

「だけど三年振りに家に帰ってみて、奉公に出してもらってありがとうございましたと、お礼を言わなければならないことに気付いたのです」

思いもしなかった展開に、またしても二人は顔を見あわせた。家に帰ってみてと言ったのは、家族とあれこれ話し、奉公に出されるまえや離れ離れだった三年間、またこれからについて感じたり考えたりしたことだと思われた。

「それとおいら、兄ちゃんに申し訳なくて」

自分を「おいら」と言った常吉は、今度は言い直さない。話した背後にその何倍もの言葉がひしめいているのが感じられて、迂闊《うかつ》に言葉を挟めないと信吾は思った。

「おいらは奉公に出されたのに、兄ちゃんは古い掘っ立て小屋みたいではあるけど家を、それにわずかではあっても田畑《でんばた》を引き継げる。だけどおいらを奉公に出して口を減らさなければ、弟や妹たちが喰《く》っていけんかったんです。おいらは十一で奉公に出されたけど、妹は九つで子守奉公に出されました」

奉公はなにも知らない子供を引き取って、食べさせ、住まわせ、着る物を与える。そして根気よく、一人前の商人なり職人に育てるということでもあった。なんとか一人前、いや半人前に育てるだけでも、たいへんな時間や手間が掛かる。最初の四、五年は足手《あしで》纏《まと》いでしかないことがほとんどだ。

そんな子供を教え、一人前に仕立てるのである。だから十年はただ働きしながら仕事を憶え、さらに一年はお礼奉公をしなければならなかった。

「今度、家に帰ってみて、おいらは自分がいかに恵まれているか、ようわかったんです」

家では家族が狭い二つの部屋で雑魚寝しているのに、常吉は三畳ではあるが使用人部屋を与えられた。信吾が波乃と夫婦になって隣家に移ってからは、六畳間を使わせてもらっている。

奉公に出るまでは満足に食べられなかったのに、今は美味《おい》しいものを腹一杯食べられるのだ。それだけではない。仕事さえちゃんとすれば、空いた時間は将棋に打ちこんでいいのである。それに将棋会所の仕事は、宮戸屋とは較《くら》べ物にならぬくらい楽であった。

上の妹は九つで子守奉公に出され今年十二、満三年なら藪入りだが、子守奉公は普通の奉公とは扱いがちがうかもしれなかった。

下の妹は九つになれば子守奉公をせねばならないかもしれないが、二人の弟は奉公に出されても、努力次第では自分の見世が持てるかもしれない。ところが兄は長男であるというだけで、ボロ家と狭い土地に縛り付けられてしまったのである。

「家にいたのはせいぜい一刻半（約三時間）ほどだったと思いますが、おいらは自分がいかに恵まれているかがようわかったのです」

　静かになったと思ったら、波乃はいつの間にか懐から手巾《しゆきん》を出して目を押さえていた。

「あッ、奥さま。ごめんなさい。てまえがなにかひどいことを言ったようですね」

「ううん、そうじゃないわ。常吉が一所懸命頑張っているのだと思うと、なぜか涙が出てしまったのよ。ごめんね、心配させて」

「波乃は近ごろ、馬鹿笑いするかと思うと、急に涙を流したりしてね。年のせいじゃないだろうけど」

「ひどい」

　波乃が信吾を打《ぶ》つ真似《まね》をした。

「奥さまは阿部川町の、おおきなお見世のお嬢さまだと宮戸屋の徳《とく》どんに聞きましたけど、おいらの家がひどい貧乏なんでびっくりしたでしょう」

「さっきの話からすると、常吉の家は父さん母さんと兄さんに」と、信吾はなんとか話題を変えようとした。「弟さんが二人で、妹さんも二人、そのうちの一人は子守奉公に出ているんだな。ねえ、波乃。お土産はなにが喜ばれると思うかい」

「常吉はなにがいいと思いますか」

「あッ、気を遣わないでください。今日だってあんなにたくさんのお菓子を、いただいたのですから」

「みなさん、喜んでくださったかしら」

「そりゃ、もう。こんな美味しいものは食べたことがないって」

「だったらやはり、なにかみなさんで食べていただけるものがいいわね」

「まだ日にちもあることだし、じっくり探すことにしよう」

「そうですね。それより常吉、餌を持っていかないと波の上がお腹空かしていますよ」

「わかりました。では、お休みなさい」

「はい、お休み。疲れただろうから、ゆっくり休むんだよ」

餌の皿を持った常吉が、柴折戸を押して将棋会所にもどるのを待ってから波乃が言った。

「ごめんなさいね。あたし、まるでお婆《ばあ》さんみたい、涙もろくなっちゃった」

「いいじゃないですか。涙もろい笑い上戸《じょうご》なんて、お江戸広しといえど波乃のほかにはまずいないはずだよ」

六

年が明けて信吾は二十二歳、波乃は十九歳になった。

新年はのんびりしているようで、どことなくあわただしくも感じられる。元日の年始廻りに始まり、四日の「駒形」の会所開き、人日《じんじつ》の七草粥《ななくさがゆ》と進んで、十一日の鏡開きとなった。

その鏡開きの当日、信吾たちにとって思いもしない出来事があって、新年らしい喜びをもたらしてくれたのである。

暮れの二十日の夜、医者になる勉強をしている高山望洋を連れて、薬種問屋の番頭龍造が母屋にやって来た。大身旗本の三男坊で通称が三之助の望洋は、最初こそ打ち解けることがなかったが、時間が経つにつれて信吾と波乃の開けっ広げさに感化されたらしい。会話が弾んで笑ったことのない望洋が大笑いしたので、龍造が驚いたほどであった。

そして鏡開きの十一日の午後、望洋の義母がやって来た。再嫁してから二十年間、拒み続けていた三之助が義母に詫《わ》びたというのだ。それというのも、信吾と波乃の二人を交えて話していて、いかに自分が人の道に悖《もと》るおこないをしていたかに気付かされたから、とのことであった。

義理の息子が自分を受《う》け容《い》れてくれたことがいかにうれしかったかと、義母は二人に頻《しき》りと礼を述べたのである。それだけではない。相談料だと思って受け取ってもらいたいと、お礼の金まで置いて行ったのであった。談笑しているうちに望洋は自分の非に気付かされたとのことだが、信吾と波乃にすれば、義母のなんとも幸せそうな笑顔を見ただけでもうれしくてならなかった。

「幸先《さいさき》がいいなあ。今年はなんだか、素晴らしいことが続きそうな気がするよ」

「そうですとも。大旦那さまが絶対にダメだとおっしゃっていた常吉の藪入りが、病気見舞いということで許されましたから」

父の正右衛門がなにか持たせると言っていたので、それがわかってから自分たちの品を決めようと二人は話していた。ところが日が迫っても届かないので、やきもきしていたのである。

常吉は十五日の午後、暗くならないうちに押上村の家に着けるよう出発することにしていた。前日の十四日には届けられると思っていたが、とうとう届かなかった。

常吉に持たせる宮戸屋の手土産を、弟の正吾が持って来たのは押上村に帰る当日の昼前である。大黒柱の鈴の合図で母屋に帰ると、正吾と波乃が話していた。

「いろいろ考えたそうだけど、いかにも浅草土産らしいのがいいだろうと、両国屋清左《せいざ》衛門《えもん》の大仏餅にしたそうです」

言いながら正吾は、波乃のまえに置かれた菓子折の包みを指し示した。

雷門のすぐまえの通りを挟んで東西に茶屋町《ちゃやまち》があるが、そのすぐ南におなじように並《なみ》木町《きちょう》が向きあって並んでいる。両国屋はその並木町にあった。奉公人の家族の病気見舞いやちょっとしたお祝いだけでなく、藪入りにも正右衛門は大仏餅を持たせることが多かった。

大仏餅が人気があるというだけでなく、並木町が正右衛門と繁が営む料理屋「宮戸屋」のある東仲町の、すぐ東に位置していることもあるのだろう。

「両国屋の大仏餅なら、いつもとおなじじゃないか」

「そんなふうにおっしゃっちゃ」

波乃がそう言うと正吾は笑った。

「ご主人がお客さんの招待に、よく宮戸屋を使ってくれるからじゃないですか」

「相身互いってことか。土産になにを持たせるかはこちらで考えておこうって親父さんが言ったもんだから、それを見てから重ならない品にしようと思っていたんだよ。大仏餅だと言ってくれりゃ、こっちもすぐに決められたのに」

「くどいですよ、信吾さん。ねえ」と、波乃が正吾に言った。「義父《おとう》さまに、あたしたちがよろしく言っておりましたとお伝えくださいね」

「ところで、見世は忙しいかい」

「正月だからって訳ではありませんが、連日のように満席です。と言っても、父さんとわたしは暇ですがね」

「そういうときこそ、だれか文人の書いた料理に関する本とか、すこし以前の料理手控なんかに目を通しておくものだよ。なにかの折に必ず役に立つんだから」

「やっていますけどね。それより名の知られた料理屋の料理を食べ歩くほうが、よほど身に付くと思いますけど」

関心を持っていることに開きがあるようなので、信吾は話を打ち切ることにした。

「ありがとう。じゃあ、こちらもなにを持たせるか考えるとしよう」

「みなさんによろしくお伝えくださいね」

波乃がそう言うと、正吾は将棋会所の庭は通らずに、大川沿いの道を帰ることにしたようだ。

「宮戸屋が大仏餅となれば、こっちも決まりだな」

「あら、なににですか」

「虎屋竹翁軒《とらやちくおうけん》の元祖雷おこしに決まっているでしょう。雷おこしは浅草寺の雷門に因《ちな》んで名付けられたそうだから、これぞ浅草名物って訳さ。大仏餅は浅草や下谷《したや》でも人気があるけど、元祖は京都方広寺《ほうこうじ》門前の餅屋だそうだからね」

「だから軍配は大仏餅じゃなくて、雷おこしにあがるって言いたいんですか。ちょっと子供っぽいですね」

「おっと、いけません。常吉を八ツか八ツ半（三時）に発《た》たせるなら、今のうちに買っておかないと」

波乃の生家は阿部川町にある楽器商「春秋堂」だが、阿部川町の北側には寺が並んでいた。一番東にある正行寺《しょうぎょうじ》の門前町、新堀川に架かった菊屋橋《きくやばし》のすぐ近くに虎屋竹翁軒はある。

京御菓子司《つかさ》と銘打っているので、春秋堂が贔屓《ひいき》にしている見世であった。京都の楽器商で修業を積んだ先祖が、江戸に出て開いたのが春秋堂である。奉公人もほとんどが京と近江《おうみ》の出ということもあって、春秋堂では菓子の類は虎屋竹翁軒で求めることが多かった。

母屋からだと往復でも四半刻も掛からないので、昼ご飯のまえには帰ることができた。信吾は客にはなにも言わず、時刻になると目顔で常吉をさがらせた。母屋では波乃が用意を整えて待っている。

土産を両手に提げるので、大事な物は袋に入れ、首に紐を掛けて懐に仕舞うようにさせた。新しい草鞋《わらじ》を履かせ、帰りが雨になってもいいように、予備を一足分腰帯に挟ませた。


晩ご飯はいつも三人で食べているので、一人欠けるだけで妙に寂しい。

今頃は食事を終え、久し振りに常吉を交えて菓子を食べながら、あれこれ話しているだろうな、などと思いつつ二人は静かに食事をすませた。話すことはいくらでもあるのに、わざわざ話さなくてもいいような気がしたからである。

「波の上の餌を持って行くから、お茶はもどってからにするよ」

信吾は波乃が用意した波の上の餌を入れた皿を持って、将棋会所に向かった。柴折戸を押すと波の上が待っていて、尻尾《しっぽ》を振りながら一声だけ吠えた。

——常吉から聞いただろうけど、藪入りで里帰りさせたから、今晩と明日の晩は、寂しくても波の上は独りで我慢するんだぞ。

——気を遣わなくていいよ、信吾さん。どうせ夜中はいつも独りなんだからさ。

——母屋に来たいだろうが、将棋会所の番をしてもらわなければならないからね。こっちにいておくれ。なにかあったら、吠えて報せるんだぜ。

——おいらがいれば心配ないから、こっちのことなら任せておきな。それより、信吾さんにはやることがあるんだろ。

——えッ、なにをだい。

——隠したってダメだよ。目の色が普段とちがっているもの。

そう言って、波の上は意味ありげな目で信吾を見た。

——おいおい、なにを言うんだよ。

——わかっているくせに惚《とぼ》けなさんな。常吉はいないんだから、多少は羽目を外してもいいんじゃないの、今夜くらい。おいらのことなら気にしなくていいからさ。

——子供のくせに大人をからかうものではないよ。おっと、もう子供とは言ってられないか。

昨年の二月に波乃と仮祝言を挙げた信吾は、空いていた隣家を借りて移った。それを今では母屋と呼んでいる。常吉が将棋会所に残ると言ったので、一人では物騒だから番犬を飼うことにした。

もらってきたときはほんの仔犬《こいぬ》であったが、あれから十一ヶ月がすぎている。とすればおよそ一歳なので、人なら十六、七歳から二十《はたち》見当というところだろうか。人と犬を簡単に較べてはならないが、となると波の上は十四歳になった常吉の兄貴分になる計算だ。色気付くのもむりはない。

これまでも軽い冗談を言いあったことはあるが、ここまでの遣り取りをしたことはなかった。毎日接しているために変化に気付かずにいたのだろうが、もはや仔犬ではないのだ。生意気なのも仕方ないが、であれば攻めようもある。

——生意気なことを言うと、明日の朝ご飯を抜くぞ。

常吉ならその一言でしょげ返るが、波の上は動じない。

——そう、むきになりなさんな。冗談を本気にされちゃ敵《かな》わないなあ。

軽くいなされてしまった。常吉は生意気になったが、それでも遠慮というものがある。ところが波の上は一向に頓着しない。

苦笑しながら母屋にもどると、信吾は波の上との遣り取りをおもしろおかしく話した。すると聞いていた波乃が、次第に頬を染めてもじもじし始めたのである。人でなく犬が言っただけに、却って強い刺激を受けてしまったらしい。

波乃の潤んだ目を見ながら話しているうちに、信吾はどうしようもなくなって、肩に腕を廻すと衿《えり》から手を滑りこませた。指先が触れるなり、乳首が震えるほどの反応を示したため、信吾はたまらず波乃の燃えるような体を、引き寄せてしまったのである。

一度目の羽目を外したあとで、波乃が息を弾ませながら言った。

「信吾さん、忘れ物」

「こういうときに変なこと言わないでおくれ。なにを忘れたって」

「波の上に餌をやってから、お茶を飲むって言っていたでしょ。冷めちゃいましたから、淹れ直しますね」

「お茶なんてどうでもいいよ。こっちのほうがずっと美味しいんだもの。波乃もそう思わないかい」

「やだ、信吾さんたら。……あッ」

あッという吐息が何度も続いて、信吾はつい羽目を外しすぎたのである。いや、波乃といっしょにおおいに外してしまった。

「困ったことになった」

有明行灯の薄明かりの中で、ほんの五寸（約一五センチメートル）ほど下に波乃の瞳を見ながら信吾は言った。

「なにがでしょう」

「藪入りという言葉を聞いたらね」

「はい」

「いや、波の上を見たり」

「波の上を、ですか」

「常吉の顔を見ても、いや名前を聞いただけでも」

言いながら信吾は、強く繫《つな》がったままゆっくりと二人の位置を変え、波乃を自分の上に引きあげた。両掌《りょうて》を小振りだが丸くて柔らかな波乃の尻に当てたまま、さらに強く自分に引き付ける。

「……あッ」

「それだけで、このことを思い出してしまいそうな気がするんだ」

言いながら信吾は動きを早くした。

「あたし、……もう、ダメです」

常吉には十五、六日は泊めてもらって、十七日の晩ご飯までにもどればいいと言ったが、もう二、三日長くしてやってもよかったか、と信吾は思ったのである。

七

「いやあ、浅草寺の境内も広小路もひどい混みようでしたよ。まるで芋を洗うようで、人混みから抜け出すのに汗を掻《か》くほど苦労しました」

北馬道町《きたうまみちちょう》から通っている客が、今日は浅草寺の境内を抜けて来たんだがと、その混雑ぶりを報告した。

「そりゃ、藪入りの当日ですからねえ」と、小間物屋の隠居の平吉《へいきち》がしたり顔で言う。「休みをもらったところで、家に帰れない奉公人は行き場がないんだもの。しょうがないので両国、上野、浅草の広小路なんかに集まることになりますさあ」

「だからどんなもんかと思って、廻り道になるのがわかっていながらね」

北馬道町は浅草寺のすぐ東に接しているので、そのまま南に来れば将棋会所「駒形」に近いのに、つい興味が湧いたのだろう。野次馬根性を出したために、雑踏でもみくちゃになってしまったということだ。

江戸や近郊からの奉公人は家に帰れるが、遠くから働きに来ている者は帰るに帰れない。親類や知りあいがいれば呼んでもらえるとしても、普段から親しくしていないと却って窮屈だろう。となると、江戸の町を歩いてみようということになる。

江戸見物をしようにも、奉公人は普段は休めない。しかも十歳やそこらで奉公に出たので、江戸の町をほとんど知らないのである。そのためどうしてもよく知られた、それでいて狭くない、ちょっとした買い物や買い喰いのできる広小路に集まることになる。

「うんにゃ、ぶったまげたぁ。浅草寺だけんどもね、人々で地面が見えんのですよ」

言いながら入って来たのは、あちこちと渡り歩き、今戸焼《いまどやき》の瓦の窯元《かまもと》に入り婿した夕《ゆう》七《しち》であった。各地の言葉が入り混じったのか、故意に紛らしているのかわからないが、妙な言葉を遣い、しかも聞くたびにちがった印象を与える。

「なんだよ。またも浅草寺かい」

言ったのは髪結の亭主の源八《げんぱち》であった。

「どげんことですか。またも浅草寺かい、と言わはりましたけんど」

「わざわざ浅草寺を抜けて来たのは、夕七さんだけではねえの」

ちぐはぐな遣り取りをする源八と夕七のまえに、信吾が「どうぞ」と言いながら湯呑茶碗を置いた。

「あんれまあ、新しい小僧さんが入ったのかと思いよりましたら、席亭さんではねえか」

夕七が初めて気が付いたように言うと、源八も調子をあわせた。

「急に背が伸びたのはこのまえの雨のせいかと思ったが、常吉じゃなくて席亭さんですかい。そういや、昨日の昼すぎから常吉の顔を見てねえなあ。あッ、そうか。藪入りだな」

「いや、将棋会所はまだ二年だから、藪入りは来年じゃないですか」

そう言ったのは、商売を弟夫婦に譲って隠居手当をもらって生活している素七《そしち》であった。

「そのまえに、席亭さんのご両親がやってらっしゃる宮戸屋さんで奉公していましたよ」

事情通らしく、将棋会所の家主でもある甚兵衛が言った。やはりはっきりしておくべきだと思って、信吾はその場の人たちの全員に話し掛けた。

「常吉は二年と十ヶ月ですので、初めての藪入りはお盆になります」

「席亭さんはお優しいから、大目に見てやったということじゃないですか」

そう言ったのは、第一回の将棋大会で優勝した桝屋良作であった。昨年の第二回は体調を崩したらしく、第四位に甘んじている。

「いや、そういうことがわかると、周りからなにかと言われて本人が辛い思いをしますからね」

「しかし、家に帰してやったんでしょう」

どうやら桝屋は気付いているらしいが、うっかり認めることはできない。

「父親の具合が良くないとのことなので、見舞いがてらようすを見に行かせたのですが」

「そうでしたか。どこを悪くされたので」

「どうやらお腹らしいんですが、詳しいことはよくわかりません」

「それは心配なことだ。常吉は何歳でしたっけね」

横から源八が口を出した。

「十四になったばかりです」

信吾が答えると、すかさず平吉が源八をからかう。

「十四じゃまだ筆おろしも終わっちゃいないだろうから、髪結の亭主になるって訳にもいかんもんなあ」

それは聞き流して源八が言った。

「初めての藪入りはともかく、となると奉公はあと七年」

「それにお礼奉公が一年だから、厳しいですなあ」

甚兵衛がそう言ったとき、格子戸を開けて茂十が入って来た。

「いやあ、両国の広小路はひどいですよ、みなさん」

この男は信吾の将棋会所が気に入って、わざわざ両国から通っていた。

「まるで芋を洗うようで、足の踏み場もなかったでしょうが」

島造がそう言うと何人もが笑ったので、茂十は訳がわからないという顔をしている。

「茂十さん、のんびり将棋なんか指していていいのですか」

おもしろがって島造が言った。

「えッ、どういうことです」

「藪入りの日の両国や浅草の広小路とくりゃひどい混雑で、年に何度かっていう稼ぎどきでしょうが」

ますます訳がわからないという顔になった茂十に、島造は追い討ちを掛けた。

「江戸中の掏摸《すり》が集まって、荒稼ぎしておりますからな」

からかわれたとわかっては、茂十も苦笑するしかない。

「浅草寺の境内や広小路は」と、甚兵衛が茂十に言った。「芋を洗うような人出だと、何人もが話したところなんですよ。おそらく両国や上野の広小路でも、なにかを洗っているでしょうけどね」

笑いが弾《はじ》けて、それからは浅草奥山《おくやま》や両国広小路の珍しい見世物興行に話題が移った。

藪入りや常吉からは逸《そ》れたので、信吾はいくらか安心しながら話の輪に加わった。

将棋客たちが帰ると、信吾は一人で将棋盤と駒を拭き浄め、灰皿や湯呑茶碗を片付けてから母屋にもどった。そして驚かされたのだが、次の日の夕刻にもどるはずだった常吉がいたのである。

「どうした、常吉。なにかあったのか」

意外だったこともあって、信吾はつい乱暴な口調になった。

「周りがみんな、朝帰って夕方には見世にもどるのに、自分だけ二晩も泊まれないって言うのですけどね」

常吉に代わって、波乃が弁護するように言った。

「だって常吉は藪入りではなくて、病気見舞いなんだから気にすることないじゃないか」

「でもてまえは、自分がそうじゃないってことを知っていますから」

去年の暮れに押上村に出掛けるまえは、興奮して常吉は自分を「おいら」と言っていた。それが商人らしく「てまえ」にもどったのは、冷静な状態だということだろう。

「おなじように奉公していて、みんなは朝帰って夕方には見世にもどるのに、てまえだけが二晩も泊めてもらうことはできません。それに家の者とも十分に話せましたので」

どことなく後ろめたいところもあるのだろうが、本人がそう言うのならいいだろう、と信吾は割り切ることにした。

「親父さんが病気だというので将棋会所のお客さんが心配していたが、思ったほど悪くなかったとか、常吉の顔を見たら元気になったと言っておけばいいだろう。あ、それから波の上が寂しがっていたぞ」

　かつての常吉とおなじで、番犬は食べ物の心配しかしていなかったのだが、なにも正直に言うことはない。

「てまえの顔を見たら、尻尾をちぎれるほど振っていました」

「暮れに帰ったときには、大根をたくさんいただきましたけど」と、波乃が言った。「今度は里芋を袋に一杯。重かったでしょう」

「大仏餅と雷おこし、みんなで美味しくいただきました。芋なんかで申し訳ないと、父と母が言っておりました」

「父さんと母さん」が「父と母」になっていた。あれこれと感じることがあったのかもしれない。年ごろなのだ。人に接し、なにかを体験するごとに成長するのだろう。

「よし。薄暗くなりかけたが、棒術で汗を流すか。巌哲和尚に言われたけれど、鍛錬は一日休むだけで鈍《なま》って、取り返すのに三日掛かるそうだから怠ける訳にいかないぞ」

「はい」

　常吉は前夜風呂に入っていないだろうし、押上村から帰ったので埃《ほこり》を被っているはずだ。信吾は鍛錬を早めに切りあげ、町内の「鶴の湯」で汗を流した。

　帰ると波乃が食事の用意をして待っていたが、常吉がもどるのが翌日だと思っていたので、朝は二人分しか炊いていなかったため、余分はないはずである。

「もらったお芋さんを入れて、おじやを作りました。いただきましょう」

波乃は常吉の持ち帰った里芋をたっぷりと入れ、千切ってほぐした干鱈《ひだら》や刻んだ野菜を加えて、なんとか三人分の雑炊にしたらしい。波乃に料理を教えたモトがいたら、合格の判を捺《お》してくれたことだろう。

八

「このまえはちらっと顔を見せただけだけど、今度はたっぷりと話せたんじゃないか」

「ええ」

あとは言葉が迸《ほとばし》るように繰り出されると思ったが、常吉は黙ったままで、ただ黙々と食べるばかりである。

信吾と波乃は思わず顔を見あわせたが、考えてもいなかった常吉の反応に、戸惑いを覚えずにはいられなかった。なにかは見当も付かないが、信吾たちに言えないようなことが起きたのかもしれない。あれほど楽しみにしていた藪入りを一日早く切りあげたのだから、その可能性が高いと考えるべきだろう。

であればむりに訊き出そうとしないで、本人が話すのを待つしかない。波乃と目をあわせたが、おなじことを考えているのがわかったので、時間が掛かってもいいので待つことにした。そして相談されるなり、悩みを打ち明けられるなりすれば、そのときこそ相談屋の本領を発揮すればいい。

「ご馳走さまでした」

常吉は深々と頭をさげると、茶碗と箸を箱膳に置いた。それから湯呑茶碗を取って、ゆっくりと茶を啜《すす》る。

湯呑を箱膳にもどして蓋をした常吉が、信吾と波乃に言った。

「波の上に餌をやって来ますから、待っていていただけますか」

二人は同時にうなずいた。

常吉が姿を消してすぐに、柴折戸の辺りで犬が一声だけ吠えた。

ところが待ってくれるように頼みながら、常吉はもどって来なかった。

「どうしたのでしょう」

波乃はそう言ったが、しばらくするとつぶやくように言った。

「よっぽど話し辛いことなのかもしれませんね」

あまり時間が経っていないのに、またしても洩らした。

「一体どうしたというのかしら」

「波の上が餌を食べるのを見ながら、どんなふうに話そうかと考えを纏《まと》めているのではないのかな。板の間じゃ冷えて体に悪いから、あちらで待つとしよう」

八畳間の表座敷に移ると同時に柴折戸を押す音がして、ほどなく常吉がやって来た。

「皿は土間に置いておきました」

「そう。ありがとう」

常吉は硬い表情のまま、二人のまえに正座した。むりはしなくていいからと言おうとしたとき、常吉が切り出した。

「父と母にはすごく褒められました。まず、ちゃんと挨拶できたこと。押上にいたころはだらしない着方をしていたのに、着物も帯もきっちりしているとか、顔色が良くて艶があるのは、ちゃんと食事をさせてもらっているからにちがいないとか、いろいろ言われました。あとは兄と弟と妹に、次々と訊かれたんです」

正月になれば藪入りをさせてもらえると、暮れに報告に言った帰りには「兄ちゃん」と言っていたが、「兄」に代わっていた。

兄弟に訊かれたのはおもに奉公のことで、常吉は宮戸屋時代と今の将棋会所「駒形」での仕事について、根掘り葉掘り訊かれたとのことだ。おなじ奉公でも、宮戸屋と将棋会所では天と地ほどのちがいがある。

仕事が異なっていることもあるが、なにしろ老舗料理屋の宮戸屋は、大旦那に若旦那、料理人は長の喜作の下に何人もいて、さらに見習いがいるし、番頭、手代、小僧だけでなく、下足番だけが仕事の爺《じい》さんまでいた。女のほうは大女将に女将に仲居、女中に下女がいる。

それに比べて将棋会所は信吾と常吉だけであった。料理、洗濯、掃除は通い女中の峰がやってくれた。信吾は相談屋もやっているが、常吉はそちらには関係がない。

一年と少しして信吾は波乃と祝言を挙げた。波乃は料理がほとんどできなかったので、半年の間はモトが料理を教えながら世話をしたのである。今は信吾と波乃、そして常吉の三人だが、二人は母屋、常吉は将棋会所で寝起きしていた。

常吉は訊かれるままに、一日の仕事について事細かに話したらしい。だが将棋会所に関しては、実際よりやることが多く相当忙しいふうに話したようだ。

それだけでなく、読み書き算盤や護身術を教えてもらっていることまで話した。兄弟たちはひどく驚いたらしいが、なぜなら押上村からも奉公に出ている者は多い。その連中から聞かされた話と、あまりにもちがっていたからである。

兄弟が聞いていたのは、かなり悲惨で惨めな奉公の実態であった。上の者の言うことには黙って従わねばならず、少しでも文句を言えば殴られる。先輩に教えてもらおうと思っても、ちゃんと教えてくれぬどころか、嘘を吐かれることさえあるのだ。

そしてまちがえたと言っては、番頭や手代に呶鳴《どな》り付けられる。客がなにかをくれたとしても、どんなに少しであっても全員に分配しないと、仲間外れにされるのであった。

兄弟はそういうことを、これまでに厭《いや》というほど聞かされていたので、常吉に事細かにたしかめたらしかった。

両親に油代がもったいないから寝るように命じられたが、蒲団に這入《はい》っても常吉は質問攻めから逃れられなかったのである。しかし朝早く起きて仕事をすませてから、押上村まで来たこともあって、いつの間にか眠ってしまったらしかった。

翌朝、朝ご飯を掻っこむと、両親と兄は土間に筵《むしろ》を敷いて草鞋作りを始めた。野良仕事のないときの内職である。道具が手作りな上に、材料は米を収穫したあとに残った藁《わら》なので、元手が掛からず手っ取り早い。一足は安価であっても、数を作ればそれなりに金になるのでありがたかった。

まず筵の上に草鞋作り台を置く。幅三寸（約九センチメートル）の薄板の先に、芯縄《しんなわ》を掛ける五寸ほどの棒を三本立てた板を、やや先に向けて倒し気味に取り付ける。ごく細く密に綯《な》った芯縄を、立てた棒に掛けて手前に引く。藁打ち木槌《きづち》で念入りに叩いて十分柔らかくした藁を、芯縄を軸にして編みこんでゆくのである。

両親と兄が仕事する近くの筵に、常吉と二人の弟、そして妹が坐りこんだ。

兄と弟がしきりと問うのに常吉が答えるのを聞きながら、両親の両手と指は休むことなく動き続けた。兄は父母ほど早くはないが、それでも動きを止めることはない。弟妹は藁を打って柔らかくする手伝いはさせられるが、まだ草鞋は作らせてもらえないようだ。

それが朝のうちはずっと続いた。

昼めし後も三人は草鞋作りに精を出したが、弟二人が両親に、自分も早く奉公に出してくれと頼み始めた。

「奉公は辛《つれ》えもんだし、それに奉公するにはまだ幼すぎる」

父親はそう言って反対した。弟は十歳と九歳の年子である。しかし常吉が十一歳で奉公に出たのなら、自分は十歳だから奉公できるはずだと主張した。

奉公の十年はただ働きで、しかも一年のお礼奉公をしなければならない。どうせ奉公しなければならないなら、早く始めたほうが早く終えられるではないか。それに読み書き算盤を教えてくれるなら、少しでも早くすませたほうが得だ、と言うのである。

「だが、おいらのとこは特別で、朝早く教えてくれるところなどありはしない」と、弟がすっかりその気なので常吉は水を差した。「大抵は仕事を終えて疲れ切った夜、飯を喰ったあとになる。くたくたなので居眠りすれば番頭に叱られるが、疲れがひどければまるで頭に入らないのだぞ」

自分は大丈夫だと弟は言い張った。すると下の弟も自分も奉公に出たいと言う。体格はいいし、兄と相撲を取っても勝ったり負けたりだから体には自信がある。どうせなら早いほうが得だ、というのである。

「親や兄弟の手前もあったので、自分が恵まれていると自慢したかった訳ではありませんけど、ちょっとずつ良く言ったのかもしれません」

弟たちは常吉が話したことを根拠に、それを自分が早く奉公に出たい理由にするのであった。

「弟たちが早く奉公に出してくれ、と言うだけではないのです。兄が『おれも奉公に出してもらいたかった』と、羨ましそうに言ったのです。てまえはようわかりました。それだけ押上村での日々の暮らしは、辛くて惨めなんだと。それがわかると兄や弟、それに妹、それだけではありません。父や母といっしょにいるのが申し訳ないような気がして、みんなといるのが辛《つろ》うて辛ろうて、我慢できんようになって逃げ出したんです。おいら、逃げ出さんとはおれんかったんです。だからほかの奉公人のことや藪入りを理由に、逃げてしまいました。押上のみんなといるのが辛かったんです」と、常吉は俯《うつむ》いてしまった。「弟たちは奉公に出ても、おいらのように楽しくは働けんと思います。いえ、ひどく辛い思いをするはずです。兄ちゃんの嘘吐きと、弟たちに恨まれると思うと、おいらどうしようもなくなって」

本人は気付きもしないで、自分のことを「おいら」と言ったり「てまえ」と言ったりする。それがそのまま、本音と建前になっているのがわかるのであった。

信吾と波乃は顔を見あわせたが、しばらくそっとしておくしかない、というのが共通の思いであった。明日からこれまでの日々にもどることで、常吉は次第に冷静に考えられるようになるだろう。そうすれば家族のことをちゃんと理解できるし、距離も置けて自分についても冷静に考えられるはずである。

自分たちは常吉を静かに見守ってやるべきなのだ。三年振りの家族との接触はあまりにも強烈で、普通では感じられぬ強い刺激も受けたはずである。それがどういうものであるかを理解し、均衡を保てるようになるには、ある程度の時間が掛かるはずであった。

信吾と波乃は適切な距離を保って、常吉とちゃんと接触しなければならないのである。心の深い部分にまで踏みこんではいけないし、距離を置きすぎてもいけない。わかってはいても、いざとなると困難な問題であった。だが曲折はあったが、常吉は二人に本心を打ち明けた。となればそれにちゃんと応えねばならぬではないか。

「よくわかりました。では、疲れただろうから、今日はもう休みなさい」

信吾がそう言うと常吉はうなずいた。ところがうなずきはしたものの、その場から動こうとしない。しかも俯いたままである。

さて、どうしたものだろうかと、信吾と波乃が顔を見あわせたときであった。常吉がその場に両手を突いて、額を畳に擦《こす》り付けたのである。

「旦那さま。おいらを席亭さんの番頭、でなければ手代、ともかく席亭さんの手伝いをする役に付けてください。甚兵衛さんに伺ったら、助手《すけて》とも言うそうですね。おいら、なんとしてもそれをやりたいんです、やらせてもらいたんです。それをお願いしたくて、一日早くもどりました」

まさかそこまで思い詰めているとは考えてもいなかったが、信吾と波乃はまたしても顔を見あわせずにはいられなかった。

「常吉の言いたいことはわかったから、ともかく顔をあげなさい。それじゃ話もできないではないか」

「助手の役をやらせてもらえるんですね」

常吉はさらに強く額を畳に擦り付けた。

「急に言われても答えられるものではありません。それにわたし一人では決められないのだから」

「なぜですか」

「常吉は将棋会所ではなくて、何度か言ったように宮戸屋の奉公人です。わたしが相談屋と将棋会所をやると決めたとき、一人ではたいへんだろうからと、大旦那さまが常吉を付けてくれたんだからね」

「だけどおいらは、宮戸屋さんより将棋会所のほうがずっと長く、倍以上もこちらで奉公しています」

必死の気持なのがわかるだけに、慎重にならねばならない。ともかく順を追って話し、わかってもらうしかないのである。

「常吉が会所で働き出して一年が経ったとき、おまえの仕事振りを見て、大旦那さまが宮戸屋にもどしてもらいたいと言って来たんだ」

一瞬顔をあげて信吾を見たが、すぐに常吉は平伏した。

「代わりにべつの小僧を付けるからと」

「で、旦那さまはなんと」

「今は困ると断りました」

「今は、……ですか」

言葉の微妙さがわかったからだろう、常吉があげた顔を強張らせるのがわかった。

「ようやく仕事のことが呑みこめ、多少は将棋や将棋客のこともわかるようになりました。ここで変えられると仕事が滞って、お客さまに迷惑を掛けてしまいます。ですからもう少し形になるまで待ってもらえませんか、と言いました。だからいつ、常吉をもどせと言ってくるかわからない」

顔をあげた常吉は、フーッとおおきな溜息を吐いた。

「それに番頭だの助手だのと言っても、今の常吉の力で務まりますか」

きっぱりと言って、信吾は常吉の目を喰い入るように見た。見続けると、堪《たま》らぬというふうに常吉は目を逸らした。

「どんなお客さんが対局を挑んで来るか、まるでわからないのです。わたしがいないときや都合の悪いときには、甚兵衛さんに代理を頼んでいます。甚兵衛さんは第一回の将棋大会で、優勝した桝屋さんに本番では勝ちながら、規定で準優勝になりました。第二回大会も準優勝でしたが、優勝した猩写さんより力は上だとわたしは思っています。今の常吉に代理は務まらんだろう」

常吉は口惜《くや》しそうに唇を嚙《か》んだ。

「旦那さま、いや席亭さん」

「なんだか喰い付かれそうだ。おだやかに行きましょう」

「三年待ってください」

「待てばどうなりますか」

「死に物狂いで将棋を学びます。席亭さんの代理はむりでも、せめて手伝い、助手はできるようになります」

「よーし、わかりました」

「助手にしてくれるんですね」

「そうじゃありません。常吉の気持はよくわかりました、と言ったのです」

見ていて哀れになるほど常吉は肩を落とした。

「常吉が席亭の助手をやりたいこと、そのために死に物狂いで頑張りたいということもわかりました。ただ常吉は、なんとしても将棋を仕事にしたいと思い詰めて、頭に血がのぼっています。だから、取《と》り敢《あ》えずここで止めておきましょう。いくら常吉がその気になったって、力が付かなきゃどうしようもないからね。だから今のままでしばらくやってもらって、ようすを見ることにしましょう。二年、三年ようすを見て、考えさせてもらいます。大旦那さまが宮戸屋に戻してほしいと言って来ても、常吉に代われる者を寄越してくださいと言えるようになってもらいたいものだね」

「常吉、よかったね。だって、頑張ればなんとかなるという道が見えて来たんだもの。それだけ厳しいって、旦那さまはおっしゃっているのよ。でもあたしは、常吉ならできると思います。このごろは、お客さまから対局を持ち掛けられるのでしょう。中級の上や上級の下の人と勝ち負けできる。もう一息なんだからと旦那さまがおっしゃっていましたよ」

「そんな内輪の話をするもんじゃない。常吉がいい気になるじゃないか」

「あたしは、常吉はいい気になったほうが伸びると思うの」

「ともかく、常吉」

「はい」

「なんだって時間が掛かるんだ。だから、頑張っていればなんとかならんことはない」

「はい。わかりました。旦那さまと奥さまに聞いていただいて、気持がすっきりしました。では、お休みなさい」

「はい、お休み」

助手にしてほしいと訴えたときの思い詰めた顔とはちがって、常吉の顔はすっかり明るくなっていた。お辞儀をしてさがる常吉を見送った波乃が、姿が見えなくなってもいつまでもそちらを見続けている。

「どうしました。やはりだれかと入れ替わっていましたか、常吉は」

「まさか。あれは常吉ですよ。まちがいなく常吉ですけど」

「けど」

「たった二日で、人ってあれほどまでに変わるのですね」

波乃が感嘆したように言ったが、信吾にしても思いはおなじであった。たった二日で、常吉は少年から若者に成長したのである。

「青春だものなあ」

「セイシュン、……ですか」

波乃が首を傾《かし》げたのは、すぐには言葉が浮かばなかったからだろう。

「青い春と書く。古い唐土《もろこし》の陰陽五行の説では、春夏秋冬の四つの季節を色分けしていて、春は青だから青春」

「すると、夏は何色ですか」

「朱夏と言って、夏は朱色。赤だね。秋は白秋で白、冬は玄冬と言って黒とされている。人の一生にも当て嵌《は》めて、解釈で多少のちがいはあるけれど、十五歳から三十歳まえが青春で青い春。三十歳から五十歳くらいが朱夏で、赤い夏だな。五十歳から六十歳くらいが」

「白秋、白い秋ですね」

「そう。そのあとが玄冬で黒い冬となる。人生で言うと、青春は若々しく元気で力に溢《あふ》れた時代。朱夏が二十年と一番長いのは、人がいろんなことに力を発揮するし、子供を産んで育てる時期と重なるからだろうね。白秋は積み重ねた経験を次の世代に伝えていく年代だ。人の寿命は五十年とも六十年とも言われているから、となると無事に玄冬を迎えられるのは、ほんの一握りということになる」

「常吉は十四歳ですから、これから青春になるのですね」

「人によって差があるだろうけど、常吉は足を踏み入れたんじゃないかな。藪入りで一変したもの」

「今までは大人になるまえなので、色が付いていなかった。だけど春が来て、無色から青色に変わったんだわ」

「春が向こうから来たんじゃなくて、常吉は自分から春に飛びこんだのさ。だから変わるよ、常吉は」

「信吾さん、楽しくて、うれしくてならないのでしょう。顔が壊れていますよ、まるで別人みたいに」

目くらまし

一

昼食を終えた信吾が会所側の庭に入ると、風があるからだろう、表座敷は八畳間も六畳間も障子が閉《た》てられていた。笑いはおろか話し声さえ聞こえない。その分、群れてさえずる雀《すずめ》がやたらと騒々しく感じられた。

格子戸に向かい掛けたとき、信吾はどことなく重苦しい雰囲気を感じた。その理由はすぐにわかった。出入口の格子を透かして、無精髯《ぶしょうひげ》を生やした顔がちらりと見えたからだ。町奉行所の同心崩れと言われている、瓦版書きの天眼《てんがん》であった。

実は天眼は、知られたくない商家の秘密を文にして、けっこうな値で買い取らせたりしているらしい。同心時代に手懐《てなず》けた岡っ引や下っ引を使って、効率よく情報を集められるのだろう。連中は弱みを握られて脅されているからか、顎で使われても従うしかないようだ。

たとえ事実無根であっても婿養子と義母、つまり嫁の母親が不義を働いているなどと書かれては、つい金を払って買い取らざるを得ないのだろう。巧みに事実を織りこむことで、すべてが真実だと思わせてしまうのだから質《たち》が悪い。喰《く》い付いて血を吸い取る蛭《ひる》よりも厄介である。

天眼にすればそのほうが、瓦版を書くより遥《はる》かに実入りがいいはずだ。この男が一面に白い粉が吹いたような生気のない顔をしているのは、心の荒《すさ》みのせいかもしれなかった。

そんな天眼が近くにいては、客たちの話が弾む訳がない。いや、会話を楽しもうという気にもならないだろう。

信吾は厭《いや》な思いをさせられた訳ではないし、害を被ったこともなかった。むしろ天眼の書いた瓦版が事実を明らかにしたことによって、両親の営む料理屋「宮戸屋」は廃業を免れることができた。そして料理の味の良さに加え、商売敵《がたき》に嵌《は》められたことへの同情もあって、それまでに増して繁盛していた。

その意味では大の恩人なのだが、信吾は天眼に対すると、気分が沈んでしまうのをどうにもできなかった。とはいっても商人の端くれなので、そんなことは噯気《おくび》にも出さない。

「いらっしゃいませ、天眼さん。しばらくお見えにならなかったということは、お忙しかったのですね」

「貧乏暇なしでな」

答えると同時に湯呑茶碗《ゆのみぢゃわん》の酒を飲み干し、すぐに手酌で注《つ》ぎ足す。あがり框《がまち》には、提げ紐《ひも》が付いた一升徳利《いっしょうどつくり》を置いていた。

この男、ひょろりと痩せている見掛けからは考えられないほど酒が強い。信吾は天眼が四半刻《しはんとき》（約三〇分）もせぬうちに、一升（一・八リットル）を飲み干したのを見たことがあった。

「半月ほどまえになりますかね。神田花房町《かんだはなぶさちょう》の金貸しとお妾《めかけ》さんが斬り刻まれたという、酸鼻を極めた」

「おっと、庶民泣かせの極悪金貸しの妾に、おなんぞ付けることはねえぜ」

「あれを書かれたのは天眼さんでしょう」

「なぜにそう思う」

「出だしで一気に読み手を引きこんで、あとは緩急自在に事件の経過を明らかにしてゆく手法は、ほかの人にはとても真似《まね》ができません。天眼さんの瓦版は文の簡潔さ、書かれたことの明確さでは群を抜いていますから。一本でほかの書き手の十本分の値打ちがあると思います」

「だからとゆうて、四十文で買う客は一人もいねえ」

瓦版は一枚四文であった。

常連客は天眼のことを知っているが、新しい客やたまにしか来ない客の中には、初めて知った者もいたようだ。大小を差していながら袴《はかま》も穿《は》いていない天眼が、瓦版書きだと知って目を見開いて見ていた。

「見え透いた世辞はよせ」

吐き捨てるように言うと天眼が湯呑を干したので、信吾はすぐに注ぎ足した。

「それはそうと、盛況でなによりだ」と、天眼は客たちを舐《な》めるように見た。「ここに来りゃなにかあるかと思うたが、特に変わったことはねえようだな」

「お蔭《かげ》さまで、日々を平安にすごしております」

「それは重畳。鬼瓦がこまめに顔を出してりゃ、妙なやつは顔を出すめえ。鬼瓦とはうまくいっておるか」

鬼瓦はマムシが渾名《あだな》の権六の異名である。

「はい。とても気にかけていただいておりますので、大助かりです」

「さもあらん。随分とめえになるが、信吾と知りおうてから、ふしぎと歯車の回転がようなったと言うておったな」

不遇だった権六が、信吾と話したことがきっかけで大手柄を立てたことがあった。信吾は雑談しただけだと思っているが、本人はたしかな閃《ひらめ》きを得たらしい。そのときのことだろう。

「親分さんはお忙しいようで、近頃はお見えになってもすぐに帰られます」

「なんぼ忙しゅうても、十日や半月に一度は顔を見せておろう」

「席亭さん」と、思わずというふうに甚兵衛が声を掛けた。「空家の風鈴のことを、天眼さんならご存じかもしれませんよ」

「なんでえ、空家の風鈴たあ」

言い方からして、その件で顔を出したのではないようだ。とは言っても素知らぬ顔をして探りを入れることがあるので、簡単には決め付けられない。なにもかも知っていながら一部始終を喋《しゃべ》らせて、わずかな喰いちがいから真相を抉《えぐ》りだしたこともあったからだ。元は切れ者として知られた同心だけに、一筋縄ではいかぬところがある。

信吾は言うべきかどうかと迷っていたのだが、甚兵衛が口を切ったからにはそのままにしておけなかった。冬から春になったばかりだというのに風鈴が、それも諏訪町の空家の二階で鳴ったので、だれもがふしぎに思ったことを伝えた。

「ふうん。夏でもねえのに風鈴が、それも空家の二階で鳴ったのか」

「だけじゃありませんで、風のない日に鳴って、風の強い日には鳴らなかったのですよ」

「そりゃ妙だが、どうせ狐《きつね》や狸《たぬき》の悪戯《いたずら》だろうよ」

と言いながら、退屈のためか故意かはわからないが、天眼は長々と欠伸《あくび》をした。まともに相手をしていられないということだろうが、あまりにも芝居掛かっていた。であれば、それなりに応じるべきだろう。

「わたしの親しくしている狸はなにも言っていませんでしたから、おそらく関わっていないと思いますけれど」

含むような笑いが洩《も》れた。信吾が生き物と話せることを知らないので、惚《とぼ》けた冗談だと思ったのだろう。怪我《けが》をした母狸が快復するまで、仔狸《こだぬき》に頼まれて餌をやり続けて助けたことなど、知りもしないのだからむりもない。

客たちは川獺《かわうそ》に教えられて、幼馴染《おさななじみ》の家が強盗一味に襲われるのを阻止したなどと知ったら、どんな顔をするだろうか。やはり信吾のことだから、冗談にちがいないと思うのではないだろうか。だれだって、そんなことを信じられる訳がないからだ。

「鬼瓦はそれについちゃ、なにも言ってねえのか」

「そう言えば親分さんは、空家の風鈴が話題になった日に来られました。気にするほどのことではないと言っておられましたが、あれからお見えではないですね」

「あれはあれであれなりに忙しいのだろう」

言うなり天眼は、酒を飲み干して立ちあがった。こうまで「あれ」を並べられては、権六はまるで人ではなくて物か動物のようである。

天眼が空になった徳利の紐を左手で持って、肩に掛けたのはさすがに元同心であった。右手はなにがあっても使えるように、常に空けている。それが武芸者たる者の心得だと、信吾は護身術と剣術を教わっている巌哲和尚から教わったことがあった。

もっとも酔った天眼が咄嗟《とつさ》に対応できるかというと、疑問ではあるけれど。

天眼が格子戸を開けて外に出、足音が聞こえなくなってから甚兵衛がつぶやいた。

「天眼さんはなぜ見えられたのでしょうね」

「なぜ、と申されますと」

信吾の問いに、甚兵衛はどことなくすっきりしない顔で言った。

「いらしたのは空家の風鈴に関係があるのではと、ふとそんな気がしたのですが」

「瓦版に書く気なら、権六親分に訊《き》くのではないですか。素人の集まりでしかない将棋会所に来ても、あの人が知りたいことは聞けそうもありませんからね」

二

そのとき、小走りな足音が近付いて来た。

「思ったよりひどい風ですよ」と言いながら格子戸を開けたのは、両国から通っている茂十である。「そこで天眼さんと擦れちがいましたけれど、なんか言っていませんでしたか」

「なにか、とおっしゃると」

信吾がそう訊くと、茂十はどう言えばいいだろうと思ったのか、少し間を置いた。

「いえね、両国辺で妙な噂《うわさ》を耳にしたもんですから、それに絡んであちこちで訊いて廻《まわ》っているのかなと、そんな気がしましてね」

「妙な噂、とおっしゃると」

甚兵衛と信吾がほとんど同時に訊くと、茂十は二人の顔を交互に見てから言った。

「空家の風鈴ですよ」

「空家の風鈴ですって」

信吾や甚兵衛だけでなく、何人もが声をそろえてそう言い、言った同士で顔を見あわせた。一月の半ばには将棋会所「駒形」はその話で持ち切りだったので、だれもが思い出したからだろう。しかも、すぐに収まりはしたものの、天眼とのあいだで話題になったばかりであった。

「ええ、両国でもありましてね。広小路に接して、すぐ西側に米沢町《よねざわちょう》があるでしょう。一丁目から三丁目まで」

「米沢町の空家で、風もないのに風鈴が鳴ったかね」

そそっかしいところのある楽隠居の三五郎《さんごろう》が、畳みこむように問い掛けた。

「ではありませんで、米沢町の二丁目と三丁目の西は薬研堀《やげんぼり》埋立地ですが」

「埋立地の空家で風鈴が鳴ったんだね」

「落ち着いてくださいよ」

「三五郎さんが落ち着いた日にゃ、三五郎さんじゃなくなる」

島造が皮肉ったが、早く先を知りたいからだろう、だれもが笑わずに茂十を見ている。

「薬研堀埋立地の西には、石高の多くない御旗本の御屋敷が並んでいますが」

「そこではなくて、ずっと離れた矢来町《やらいちょう》とか、ちょっと離れた小網町《こあみちょう》、なんて肩透かしじゃないだろうな」

まぜっ返した髪結の亭主の源八は、全員に冷ややかな目で見られた。

「改易になったとかで、あとの住み手が決まっていない御旗本の御屋敷がありまして」

「てことは空家ということだ」と、源八は懲りない。「で、風鈴が鳴ったのかい。二階の窓際で」

「源八さんには気の毒ですが、平屋ですので残念ながら二階はございません」

「わかり切ったことを言わないでくださいませんか」と、源八は調子を変えて歌うように続けた。「平屋に二階があったなら、尼さんが簪《かんざし》を買うでしょうよ」

言った内容よりも、口惜《くや》しそうな源八の口調がおもしろかったので苦笑が起きた。

自分が話題の中心だとの思いからだろう、茂十はおおきくうなずいてから源八に言った。

「二階はなくても屋根はありますので、当然ですが軒端もあります」

「軒端で鳴ったんだな、ちりりちりりと」

「それが」

「軒端じゃねえってのかい。だったら早く言いなよ、焦《じ》らさないで」

「焦らしている訳ではありません。軒端で鳴りました」

「それ見ろ、軒端で鳴ったんじゃねえか」

「鳴りましたけれど、軒端だけではありませんでね」

「屋根の上でかい。鬼瓦んとこで鳴った、なんて言わんでくれよ。権六親分じゃねえんだから」

茂十と源八の、ちぐはぐでありながら妙に馬鹿馬鹿しい遣《や》り取《と》りをおもしろがって、客たちはだれも口を挟もうとせずに、薄く笑いながら聞いている。

「軒端だけではなくて、庭木の枝とか門、と言っても冠木門《かぶきもん》ですが。門の内側や、物干し場などで鳴っていたそうです」

「そうですって、とすると茂十さんは見た訳ではないんだな」

「はい。見てはいません。初めに言ったでしょう、妙な噂を耳にしたって。耳にしたってことは、見ちゃいないことですから」

「源八さん、一本取られましたね」と言ってから、甚兵衛が茂十に訊いた。「茂十さんの話し振りからしますと、御旗本の空き屋敷だけではなさそうですが」

「さすが甚兵衛さんは察しがいい。ここに来るまえに、浅草御門に近い飯屋で昼飯を喰ったのですがね。知っている人が何人かいたので、喰いながら喋っているうちに、薬研堀埋立地の話になりまして」

「埋立地の空家で、風鈴が鳴ったという話にですか」

そう言ったのは三五郎である。

「ですからその西側にある、空家になった御旗本の御屋敷でって、言ったばかりじゃありませんか」

「そうでした。つい、うっかり」

「風がないのに鳴って、風の強い日に鳴らないのは、一体どういうことなんだろうと、諏訪町の空家の話をしたんですが」

「ほかにもあったということですね、おなじようなことが」

「そうなんですよ。何人かいた人たちが、だったら八ツ小路の近くでも、とか、向こう両国の回向院《えこういん》に近い横網町《よこあみちょう》でもあったらしい、と」

茂十がそう言うと、甚兵衛は少し考えてからうなずいた。

「人が集まるところか、その近くばかりですね。そう言えば、諏訪町の空家も浅草寺や広小路に近いですから」

「今のところは両国と向こう両国、諏訪町、それに八ツ小路近くの四箇所ですが、ほかにもありそうな気がします」

「諏訪町だけでも変だと思いましたが、四箇所となると事情がありそうですね。人が集まるところで話題になれば、噂が広がりやすいですから」

桝屋良作がつぶやいたが、だれの思いもおなじだったようだ。

「やはり、風が吹かないのに鳴って、風が強い日に鳴らなかったのですね」

「諏訪町では風が吹かないのに鳴って、風が強い日に鳴りませんでした。両国の御旗本屋敷では空家なのに風鈴が鳴っただけで、風の強い日に鳴らなかったかどうかはわかりません。横網町と八ツ小路のことは、どうだか知りません」と、茂十は思い出しながら言った。「ただ、どこも空家だと言っていましたが、鳴ったのでしょうね、噂になったくらいだから」

「鳴ったに決まってるじゃないか」と、源八が言った。「だからだれもが妙だと思ったんだろ。風も吹かぬのに鳴って風が吹いても鳴らないなんて」

「鳴らなかったのは諏訪町だけでしょう、源八さん」

「それにしても、こんなふしぎなことが何箇所もで、たまたま起きるなんてことがある訳ないもの」

なるほどと思ったのだろう、何人もがうなずいた。

「権六親分なら、なにか知っているかもしれませんが」と、甚兵衛が言った。「席亭さんは、親分さんのお住まいをご存じでしょう」

「ですが、伺っても話してくれないと思います。ここしばらくお見えにならないのは、その件に関わっているからかもしれないでしょう」

信吾がそう言うと甚兵衛は納得したようだ。

「だとすれば、なおさらのこと話してくれませんわな」

「待ちましょう。親分さんのことです、その気があればここにいらして話してくれるはずですから」

「わたしも、席亭さんのおっしゃるとおりだと思いますね」

桝屋がそう言ったことで、話は中途半端であったものの立ち消えになった。あとはいくら話しても繰り返しになるだけだと、だれもが気付いたからだろう。

だが信吾の中では燻《くすぶ》り続けていた。

どう考えても偶然とは思えないが、諏訪町だけならともかく両国に向こう両国、そして八ツ小路と、わかっただけでも四箇所であった。どうやらもっと増えそうである。これが偶然でないとしたら相当に大掛かりだが、だれが一体、なぜ始めたのかとなると見当も付かなかった。

会所の客のほとんどが強い興味を示しているし、時間に余裕がある者も多い。話しあって探ってみようかとも思ったが、「下手の考え休むに似たり」だと思い直した。それに何者かが意図しているとしたら、素人があれこれ調べても歯が立つ訳がないし、もし権六など町方が動いておれば、足手纏《まと》いになってしまう。

なるべく注意しながら、少しでも多く情報を集めるくらいで、取《と》り敢《あ》えずは静観するしかないようだ。客のご隠居さんたちならともかく、信吾には相談屋と将棋会所の仕事があるのだから。

三

「それにしましても、相談屋さんのお仕事は波がおおきいですね」

あるとき甚兵衛が、いささか呆《あき》れ気味にそう言ったことがあった。相談屋の仕事として打ちあわせや調べ事が入ると、信吾は将棋会所のあれこれの用を甚兵衛に頼む。客の対局の組みあわせや指導対局などだが、それが重なることがあるので、実感として波がおおきいと感じるのだろう。

「というか極端すぎるのですよ。閑古鳥の啼《な》く日が続くかと思うと、立て続けに相談客が見えることもありますから」

「暇だと持て余し、かと思うと猫の手も借りたいこともあるのでしょうね」

「悩みに悩んだ人、訳がわからなくなって自分では判断できなくなった人たちが、困り抜いた末に相談にやって来ますからね。お客さんが来て初めて仕事として成り立ちますが、こちらの都合などは考えてくれませんもの」

「そりゃそうでしょう。それに、余裕のある人は相談になんか来ませんよ」

「相手次第という意味から言えば、水商売となんら変わるところがないですからね」

「ひとたび仕事となると、苦労が付き纏うものです」

「忙しいのは仕方がないとして、暇が続くと相談料が入りませんから、焦らずにいられません。だからと言って、悩み事はありませんかなんて、御用聞きのように訊いて廻る訳にもいかないでしょう。暇なときによく波乃に冗談を言うのですが、雷門のまえや両国橋の袂《たもと》などで客引きできれば、どれほど楽だろうかと思いますよ」

ところで空家の風鈴だが、何日か経《た》つうちに四箇所だけでないとわかった。

常連客と言っても、会所に詰めているばかりではない。家に帰れば家族がいるし、商家であれば奉公人が働いており得意先もやって来る。いろいろな集まりに顔を出すし、友人知人と飲み喰いすることもあった。自分で訊いて廻らなくても、自然と耳に入って来るのである。

すぐにわかったことだが、上野《うえの》の下谷《したや》広小路、永代橋《えいたいばし》東の富岡八幡宮《とみおかはちまんぐう》近く、内藤《ないとう》新宿の追分、高輪《たかなわ》の車町《くるままち》近辺でも、空家の風鈴騒ぎはあった。諏訪町、両国と向こう両国、八ツ小路と併せて八箇所となる。

ただし空家で風鈴が鳴ったというだけで、風の強い日に鳴らなかったかどうかまではわからない。

「こうして並べてみますと、そのどこもが判で捺《お》したように人の集まる繁華な地ですね」

まさに桝屋良作の言うとおりであった。

諏訪町が金龍山浅草寺や浅草広小路に近いことはすでに触れたが、浅草寺の奥山ではさまざまな見世物が繰り広げられていて、多くの見物人が集まる。

武蔵国《むさしのくに》と下総国《しもうさのくに》を繋《つな》ぐために架けられた大橋は、やがて両国橋と呼ばれるようになった。橋の西詰は火除《ひよ》けの両国広小路となり、ここも店が並び、見世物で知られて人を呼ぶ。

向こう両国には明暦《めいれき》の大火の死者を葬った回向院がある。諸宗山《しょしゅうざん》(国豊山《こくぶさん》)無縁寺《むえんじ》と呼ばれているが、江戸でも屈指の参拝者で知られる寺だ。江戸勧進相撲の常打ち場でもあった。

八ツ小路は、筋違見附《すじかいみつけ》内の広小路でここも火除御用地《ひよけごようち》だが、道が四通八通しているので八ツ小路とか八口《やつくち》の呼び名で知られていた。昌平橋《しょうへいばし》、一口《いもあらい》(淡路)坂、駿河台《するがだい》、三河町《みかわちょう》筋、連雀町《れんじやくちょう》、須田町《すだちょう》、柳原《やなぎはら》、筋違御門と、八方に通じているのが名の由来である。

徳川将軍家の菩提寺《ぼだいじ》であるとともに江戸城の鬼門除けでもある東叡山寛永寺《とうえいざんかんえいじ》は、京都の比叡山延暦寺《ひえいざんえんりやくじ》に倣《なら》って名付けられた。そこに至る下谷広小路は上野広小路とも呼ばれ、江戸見物の人が必ず訪れる名所の一つだ。

深川《ふかがわ》八幡こと富岡八幡宮の祭礼は、日枝《ひえ》神社、神田明神とともに江戸三大祭りとして知られていた。寛永元（一六二四）年に京都から勧請《かんじょう》され、同四（一六二七）年には永代寺が開基されている。

半蔵門《はんぞうもん》が起点の甲州《こうしゅう》街道は、内藤新宿の追分で青梅《おうめ》街道と分岐する。追分には子育て稲荷《いなり》や高札場《こうさつば》があることもあって、自然と人が集まって賑《にぎ》わう。

高輪の車町は東海道《とうかいどう》の出入口で、江戸を発《た》つ人や江戸入りの人々の別れや再会の場であった。茶店が立ち並んでいて、悲喜こもごもの人間模様が繰り返される。

常連客たちがこんな会話を交わしていた。

「なぜ四宿の一つである千住では、空家の風鈴騒ぎが起きなかったのでしょうね」

「てまえもふしぎでならないのですが、おおきな通りが上野の下谷広小路と浅草広小路に繋がっているためではないでしょうか」

「なるほど。千住で起きなくても、自然と騒ぎが伝わるからかもしれませんね」

そして八箇所で空家の風鈴騒ぎがあったことを信吾たちが知ったころには、早くも騒動は下火になっていた。変でも、妙でも、ふしぎでもなくなっていたのである。

やがてわかってきたが、どこも諏訪町とおなじであった。風のない日に鳴って風の強い日に沈黙しているかと思うと、風がなければ静かで、風が吹けば派手に鳴り響く。しかもそれにはなんの規則性もない。そんなことが続いているうちに、ほとんどの人が関心を抱かなくなってしまったのだ。

今回の騒動の第一報は、将棋会所の客条作がもたらした諏訪町の空家に関するものであった。諏訪明神社の裏手にあるその空家のことも、追い追いわかってきた。木彫細工、根付《ねつけ》緒〆《おじめ》、煙管筒《キセルづつ》を扱っていた島藤竹五郎《しまとうたけごろう》商店が、空家の元の住人であった。地道な商いで知られた島藤竹五郎商店に、翳《かげ》りが見え始めたのは二年ほどまえである。

家族や奉公人から立て続けに病人や怪我人が出て、なんたる不運だと嘆いているうちはまだそうでもなかった。ほどなく番頭の一人が集金した売上金をそっくり持ち逃げしてしまう災難に遭い、これが致命傷となったらしい。番頭はともかく切れる男で、それまでは独特の勘の良さで、見世に多大な収益をもたらしてくれたのである。

皮肉にもその勘の良さが、持ち逃げに走らせることになったらしい。奉公人仲間と酒を飲んだとき、番頭は「沈む船には鼠《ねずみ》は乗らないそうだ」と漏らしたことがあった。見世が沈む船だと、勘の良い番頭は鼠にも似た敏感さで感じ取ったらしい。その瞬間に、白鼠が黒鼠に変貌したのであった。

若旦那の病死が堪《こた》えたのか、ほどなく旦那があとを追い、十七歳の娘の気が触れて行方不明になってしまった。いくらなんでも尋常ではないと、親類の一人がよく的中させると評判の占い師を連れて来た。

早速占ってもらったところ、とんでもない卦《け》が出た。

この家は呪われているので、このままでは途絶えるしかない。一刻も早く江戸から申《さる》の方（西南西）に百里（三九二・七キロメートル）以上離れた地に移る以外に、災厄から逃れる方法はないと出たとのことだ。

この家は呪われていると言われたが、問題は「家」である。それだけでは今住んでいる建物のことなのか、それとも一家、つまり島藤竹五郎商店やその家族のことなのかがわからない。

そこでさらに金を積んで占ってもらうと、なんと一家も建物も、とのことであった。

怯《おび》えた女房と残された家族は、一切合切を金に換えると姿を消した。江戸から申の方百里以上の地に移ったことだけは、たしかだと言われている。

それが半年ほどまえのことであった。

敷地が広くて錦鯉《にしきごい》や緋鯉《ひごい》真鯉の泳ぐ池もあり、陽当《ひあ》たりも風の通りもよい一等地なのになぜか借り手が付かない。住んでいた島藤一家だけならともかく、建物にも呪いが掛かっているとのことであればむりもないだろう。

家の持ち主はひたすら隠し、隠しきれないとなると懸命に打ち消したそうだが、そういうことはなぜか知れてしまう。となるといくら安くしても、買い手や借り手の付こうはずがなかった。

人が住まなければ家は急激に朽ちる。劣化を防ぐために、天気の良い日には大家が来て雨戸をすべて開け放ち、風を通しているとのことだ。もちろん戸締りは確認しているが、風鈴など見たこともないそうである。

家主は山伏に頼んで邪気を払ってもらったが、それでも気味悪がって借りようという者はいなかった。徳川将軍家の治世となって間もなくであれば、まだ戦国の気風《きっぷ》も残っていたかもしれない。「それはおもしろい。しかもタダのように安く借りられるなら」と移り住む豪傑もいただろうが、泰平の世の中ゆえそんな猛者《もさ》はいないようだ。

一方、薬研堀埋立地西側の旗本屋敷のほうは、すでに四、五年にわたって人が住んでいなかった。人が住まねば家は短期でこれほどまでに荒れ果てるのか、という見本のようになっていた。雨戸は破れ、黄ばんでいた障子紙も剝げ落ちて桟ばかりという有様である。

瓦はかなり欠けており、屋根に穴が開いているため降りこむ雨で床板も腐り、手の付けられぬ廃屋となっている。初めのころは浮浪人が雨露をしのいでいたそうだが、今では乞食でさえ住もうとしないひどさだ。

ことの発端は、その家《や》のあるじが上役を招いて料理と酒でもてなし、泥酔に近い状態にして斬り殺したのである。絶命したあとも何度も斬り付けたそうだから、よほど恨みが強かったのだろう。

覚悟の上の刃傷であったらしく、あるじは自分も腹を十文字に切り裂いて果てている。唯一の救いと言っていいかどうか、旗本は直前に妻子を離縁していた。

血をたっぷりと吸った畳は赤黒く色変わりして、倍ほどにも重くなっていた。武家屋敷となれば、畳を入れ替えたくらいではすまない。惨劇があったのがわかっているのに、新しい住人を送りこむ訳にはいかないのだろう。そのため放置されたままとのことだ。

先ほどの常連客たちの会話が続いている。

「それにしても、程度の差はあるとは言え、よくこれだけ揃《そろ》いましたね」

「ええ。どこもかしこも、とても住めない、住みたくない、勘弁してほしいと言うしかない住まいばかりですもの」

「曰《いわ》く付きで、人が住む気になれない家ばかりが八箇所ですからね。よくも見つけたものだと呆れるというか、感心しましたよ」

常吉が初めての藪入《やぶい》りから帰り、そろそろ一月の中旬から下旬に移ろうというころ、空家の風鈴騒ぎはそのような状態であった。しかしその後しばらくのあいだ、おおきな変化は起きていない。

四

如月《きさらぎ》（二月）六日のことだが、昼すぎに会所にやって来た両国の住人茂十を見て、甚兵衛が怪訝《けげん》そうに訊いた。

「どうなさいました、茂十さん。それに今日は、随分と遅いではありませんか」

甚兵衛がそう訊いたのは、相手が何度も首を傾《かし》げていたのと、いつもなら九ツ半（一時）ごろ顔を見せるのに、ほどなく八ツ（二時）になろうかという時刻だったからである。その問いに、部屋中の客たちが茂十に目を向けた。すると、またしても首を傾げながら茂十は答えた。

「嘘《うそ》か本当かはっきりしないのですがね、空家の風鈴騒ぎを起こした一味が、捕まったらしいのですよ」

「本当かい」

思い掛けないことにだれもが「ええッ」と声をあげたが、真っ先に口を切ったのは源八である。言われて茂十は首を振った。

「本当かどうかはわかりません」

「どういうことだよ。それじゃ話にならんだろうが」

「だから最初に言ったでしょう、嘘か本当かはっきりしないって」

「どう、はっきりしないんだよ」

「落ち着きなさい、源八さん。三五郎さんじゃあるまいし」

うっかり言ってしまったというふうに、甚兵衛は首を竦《すく》めるとあわてて周りを見廻した。そそっかしい隠居の三五郎の姿はなかったが、朝から会所に顔を出している甚兵衛が知らないはずがない。惚けた振りの芝居だとわかったからだろう、桝屋や素七など古顔の何人かが苦笑した。

例の騒動のこととわかったので、もはや将棋を指すどころではなく、だれもが対局を中断して茂十に目を向けている。全員に見られて怯《ひる》んだようだが、仕方ないというふうに茂十は話し始めた。

「浅草御門近くのいつもの飯屋に、昼飯を喰おうと思って入ったのですがね」

茂十の顔馴染みの何人かを含めてだれもが困惑顔で、中にはしきりと首を傾げる者もいた。変に思って聞いてみると、薬研堀埋立地の西側にある旗本屋敷に関してであった。どうやら、風鈴騒動を起こした一味らしい連中が捕まったという。そればかりか向こう両国の横網町や、八ツ小路の騒ぎに絡んだ一味も捕縛されたらしい。

「もしや、全部がおなじ一味の仕業だったんですかい」

信じられぬとの思いで茂十が訊くと、それがはっきりしないためだれもが頭を捻《ひね》っているとのことで、ますます訳がわからなくなってしまった。

「一体、どういうことですか」

「どうもこうも、まるで訳がわからない」

詳しいことを知りたいと思って聞いてみたが、噂の出所がはっきりとしないのである。確かめようとしても、湯屋、床屋、飯屋などでだれかが話していたのを耳にしたとのことで、だれだれから聞いたとはっきり答えられる者はいなかった。

豪商がねらわれたらしいとその屋号が出たので当たってみると、なんの根拠もないことだとわかった。しかもねらわれた商家は、話す人によって職種や屋号がちがうのである。襲われそうになった商家が、なにかの事情があってひた隠しにしているふうでもない。

一味を捕らえたのであれば、南北どちらかの町奉行所で、手柄を立てた与力や同心の名が挙げられるはずだ。それなのにお役人の名前どころか、南北どちらの奉行所かさえわからない。でありながら、一味を捕らえたと噂になっているのである。しかも両国と向こう両国、それに八ツ小路でもおなじようなことが言われていた。

どこもかしこもで、そんな曖昧な噂がささやかれていた。

つまり茂十が会所に顔を出すのがいつもより遅かったのは、不確かな話を聞いていたためだったのである。

「実はてまえと桝屋さんは、昼は食事に帰らずいっしょに蕎麦屋《そばや》に入ったのですがね。諏訪町の空家についても、よく似た噂を耳にしたのですよ」

甚兵衛がそう言うと、桝屋良作がおだやかにうなずいた。

「えッ、諏訪町ですかい」

またしても源八で、他人がなにか言い掛けるのを両手で抑えるようにしながら、おおきく身を乗り出した。

「で、どういうことに」

問われて甚兵衛は慎重に答えた。

「茂十さんの話とおなじでした。だれが言ったかわからなければ、一味のことも、ねらわれた見世の屋号も、捕らえた人の名もはっきりしないのですよ。それなのに噂になっている。ですから桝屋さんと相談して、なにからなにまで曖昧では話しても仕方がないと思い、黙っているつもりでした。だけど茂十さんがあちらの空家のことを話されたので、なにかが明らかになる糸口にでもなればと思って話したのですが」

「なにもわかりそうにないですね」と、桝屋が言った。「なにか一つ、どこか一箇所でも手掛かりがあれば、なんとかならぬこともないでしょうが」

「闇夜に黒犬を探すより難しいですよ」

信吾は溜息《ためいき》を吐《つ》くように、思わず声を出してしまった。

「席亭さんはうまいことを言われる」と、島造が感心したように言った。「いくら闇夜で黒犬だろうと、足音もすれば息遣いも聞こえますからね。それさえなくては、探しようがありません」

「島造さんも席亭さんに劣らず、うまい言い回しをされるじゃないですか」

甚兵衛がそう言ったので、ほっとしたような笑いが起きた。茂十が来てからは曖昧でじれったくなるような話が続いていたせいで、苦笑は起きても笑いらしい笑いはなかったからである。

とはいうものの、具体的なことはなにもわからない。すっきりしないまま、空家の風鈴の一件は宙に浮いてしまった。

二日、三日と経つうちに、会所で話題になった四箇所以外でもおなじことが起きていた。曖昧模糊《あいまいもこ》としたままで、手掛かりがないという点では、先の四箇所と変わるところがなかったのだ。

こんな状態では真剣に考えることもできない。暖簾《のれん》に腕押しというか、手応えも摑《つか》みどころもないため、思考が少しもまえに進もうとしないのである。

ところが十一日に、風向きが変わるかもしれないことが起きた。と言っても、相変わらず「かもしれない」との条件付きでしかない。

その日も昼すぎであり、それをもたらしたのはまたしても茂十である。

「みなさん、もしかしたらですが」と、格子戸を開けて入って来るなり茂十が言った。

「まさかまさかの驚きになるか、期待外れになるかの二つに一つなんですが」

「おう、もったいぶってないで話さねえと、引っこみがつかなくなるぞ」

受けたのは例によって源八だが、茂十はさらりと流した。

「話半分として聞いてもらえればいいですが、空家の風鈴の一味を捕らえたらしい人がわかったのですよ」

「まさか権六親分では」

うっかり言ってしまい、信吾はあわてて手で口を塞いだ。

「えッ」と、驚いたのは茂十である。「席亭さん、どうして権六親分だと」

「まさか。もしかしたらと思ったのですが、そんなはずはないですよね」

あわてて打ち消した信吾に、茂十は首を横に振った。

「まさか」

信じられぬ思いで言った信吾に、茂十は今度は首を縦に振った。

「まさか、なんですよ」

「しかし権六親分じゃないかという噂であって、ほかに何人か、手柄を立てたらしいって人がいるんでしょう。らしい人が」

「いません。親分さんだけです。ねらわれたらしい見世は、言う人によってちがっていました。見世の名もちがえば、商売もちがっていたんです。ところが手柄を立てたらしい人は、権六親分さんただ一人」

「らしい人、と言われましたよね」

「でも、このまえのらしいとはちがって、かなり本当に近い、らしいです」

「と言われても、らしいではねえ」

「席亭さん」と、声を掛けたのは甚兵衛であった。「親分さんのお家《うち》に、ひとっ走りすべきではないですか。そうすればすぐにたしかめられます」

信吾は首を振った。

「もし親分さんが手柄を立てられたのなら、今時分は家にはいません。調べ番屋とも言われていますが、大番屋とか、それに類したところでご多忙を極めておられるでしょう。家にいらしたとしても、ケリが付くまではわたしなんかには話してくれる訳がありませんから、行くだけむだですよ。それより、茂十さんの話をもっと伺うべきだと思いますが」

「たしかに、席亭さんのおっしゃるとおりですね」

そう言った甚兵衛が茂十を見ると、全員が倣って茂十に顔を向けた。茂十は気圧《けお》されたか、たじたじとなった。

「ですから、手柄を立てたらしい人は権六親分だけで、両国でも向こう両国でも八ツ小路でも、そう噂されているそうです。諏訪町のことは聞いていませんが」

「だれに聞いたか、だれが言ったかはわかっているのですね」

信吾がそう訊くと、茂十は急に自信なさそうな顔になった。

「そこまでは」

「とすると湯屋なんかで、だれかが話しているのを聞いたという、今までの噂とおなじことになりますが」

信吾は事実を知りたいだけだったが、茂十は追及されていると思ったのか、まるで弁明するような口調になった。

「ですが、その三箇所では、権六親分の名しかあがっていないのですよ。だからかなりたしかだとは思いますけど」

「ええ。わたしも茂十さんのおっしゃるとおりだと思いますが、これだけの騒ぎになりましたから、あやふやなままではまずいと思いましてね」

「としますと」と、甚兵衛が言った。「権六親分さんがお見えになるまで、待つしかないということになりますかね」

「ですが、いつお見えになるかわかりませんよ」と、桝屋が思慮深げな顔で言った。

「これまでは五日に一度くらい、間が空いても十日に一度は顔をお見せでした。ところが、珍しくここ二十日ばかり、姿を見せていませんからね」

「瓦版書きの天眼さんでもいいから、来ればなにかわかるでしょうけど」

陰気な天眼は人気がなく、まるで期待されていない。

「あの人は気紛《きまぐ》れだから当てになりません。それにこの騒ぎはおおきくなりましたから、瓦版が出たなら飛ぶように売れるはずです」

「とすりゃ、今ごろはあれこれ調べてんだろうな。であれば、来たとしてもあの人が話す訳がないか」

「そういうことですよ」と、甚兵衛が客たちを見廻して言った。「ここは我慢して、権六親分がおいでになるか、瓦版が出るかわかりませんが、それを待つとしようではありませんか」

「ほかに方法はないようですね」

桝屋の言ったことが、全員の意見であったようだ。その後、会所で空家の風鈴はあまり話題にならなくなった。

ただ、ほどなく上野の下谷広小路、富岡八幡宮、内藤新宿の追分、高輪の車町でも、手柄を立てたのは権六親分らしいとの噂が流れていることがわかった。そしてほかの人物の名前は、あがっていなかったのである。

五

「瓦版は出ていませんでしたね」

浅草広小路の周辺やもっと北から来る将棋客、そして両国からの茂十は、格子戸を開けて入って来るなり、挨拶代わりにそう言うようになった。

手柄を立てたのが権六らしいとの噂だと茂十は告げたが、当の権六は沙汰なしだし、事情通の天眼は姿を見せない。しかし手柄を立てたのであれば、それについて書かれた瓦版が出るはずだとだれもが期待していた。

瓦版売りの出る、浅草と両国の広小路を通ってやって来る客は、それをたしかめてから会所に来ることになった。上野の広小路にも瓦版売りは出るが、遠すぎるためもあってか、あちらから通う将棋客はいない。

そのため格子戸が開けられるたびに、客たちはついそちらを見るようになっていた。ところが翌日もその翌日も、さらに次の日も、風鈴絡みの瓦版が出たとの声は聞けぬままだ。

そして十五日になった。

一日、五日、十五日、二十五日は手習所が休みなので、朝早くから子供たちがやって来る。朝は常吉が直太《なおた》と、昼すぎはハツが紋《もん》と対局し、子供たちが盤を囲んでそれを見るのが通例であった。留吉《とめきち》や正太《しょうた》など力が上の者は自分たちで、ときには大人と対局することになる。

以前に較《くら》べると、子供たちは随分と静かになっていた。しかしそれは対局のあいだだけで、検討に入るとだれもが自分の考えを言い張るので急に騒々しくなる。

常吉が直太を教えるに際し信吾の指導方法を採るようになって、以前にも増して騒がしくなった。それまでは対局を終えてから検討に入っていたのである。最初から並べ直し、直太が指した甘い手や、気付かなかった良い手を指摘するようにしていたのだ。

だがやっているうちに、常吉は信吾の指導対局のほうが効果的だと気付いたらしい。勝負していて重要な局面になると、一時的に中断する。そして何手かを示し、その中から一手を直太に選ばせた。それが最適だと思われる場合は勝負を再開し、そうでない場合はそれぞれの長所と短所を明らかにして、最善手を示すのである。それから勝負を続けた。

この方法の良さは、対局中に何度か訪れる勝負所がわかるようになる点だろう。勝負の流れの緩急が、次第に読めるようになるのが良さの第一。

そして常吉が何手かを示して直太に選ばせ、その是非を説明した。多くの可能性があることと、最善手がどれかということに自然と気付くようになるのが、第二の利点であった。

どの手を選ぶかは直太に決めさせるが、常吉は観戦している子供たちにも、自由に考えを述べさせるようにしていた。そのため銘々が主張して譲らず、結構な騒ぎになってしまうこともあった。

子供客の対局は板間の六畳でおこなっている。表座敷との境の襖《ふすま》を閉めておけば騒音はかなり緩和されるが、それでもうるさがる客はいた。

相手は子供であっても客であり、常吉は会所の奉公人ゆえ遠慮もあるのだろう。しかし信吾は子供たちに注意しないことにした。

最初のころは八畳間、六畳間、六畳の板間を仕切る襖は開放していた。そうすれば常吉が板間にいても、ほかの部屋で指す客の用に応じられるし、客の出入りも確認できるからだ。

常吉が直太に、ハツが紋に教える手習所が休みの日は、板間との仕切りの襖を閉め切っておく。お茶を出したり灰皿の灰を捨てるといった雑用は、信吾が受け持つことにしていた。

この遣り方は、常吉とハツにもいい結果をもたらしたようである。教える以上はちゃんとわかっていなければならないし、指し手の良し悪《よあ》しの理由を説明する必要があるからだ。

新しい指導方法を採るようになってハツは着実に力を付け、常吉は急激に腕をあげた。常に冷静に盤全体に目を配り、無数にある可能性の中から一手を選べるようになったからだろう。

ハツは常吉の方法の良さにすぐに気付いたらしく、自分もそれを採用した。そしてハツなりの工夫を加えようとしているようだ。

勝負が決すると雑談になるが、どうしても終わったばかりの勝負のことになってしまう。ああだこうだと言っているうちに、駒を並べ直すことも多い。

ところがその日は空家の風鈴、いや手柄を立てたらしい権六親分に話題が集中した。しかし、らしいらしいらしいと不確かな情報が並ぶだけで埒《らち》が明かない。噂は大人を通じてもたらされたのだが、それ自体が曖昧となれば仕方がなかった。

権六親分はときどき顔を見せるので、子供たちは当然のように見知っている。ときには冗談や駄洒落《だじゃれ》を言うからだろう、怖い顔をしているが悪い人ではないらしい、というのが子供たちの印象のようだ。

それだけに話は盛りあがったようである。

先に常吉に食べさせて交替で食事し、波乃と茶を飲んだ信吾は将棋会所にもどった。対局や指導がないときは、担ぎの貸本屋の啓文さんが薦めてくれた本を読むことが多い。また客たちの対局を観戦することもあった。

だがその日は、座蒲団《ざぶとん》に坐《すわ》るとぼんやりしていた。いや、なんとなく空家の風鈴に絡むあれこれについて、取り留めもなく思いを巡らせた。といってもたしかなことはなに一つわからないので、堂々巡りとなる。

八ツをすぎてほどなく大黒柱の鈴が二度鳴り、少し間を置いて二度鳴った。母屋に来客ありの合図である。だれだろうとも思わず、鈴が鳴ったというだけで、信吾の足は自然と母屋に向かった。

生垣の柴折戸《しおりど》を押して母屋側の庭に入ると、陽射《ひざ》しが暖かくて風もないのに、八畳間も六畳間も障子は閉てられたままであった。沓脱石《くつぬぎいし》に信吾と波乃の履物が置かれているのは、客が玄関から訪れたということである。

信吾には予感があった。だから沓脱石からあがって障子を開けながら、右手の人差し指を唇のまえに立てて見せた。それを見て客も口に指を立て、にやりと笑った。

思ったとおり権六親分である。

将棋客は対局相手がいないと、あるいは考えすぎて頭が疲れたときには、庭に出ることがあった。障子を開けてあると生垣越しに座敷が見えるので、人がいたら丸見えとなる。

噂の渦中の権六が母屋の座敷にいれば、会所の客に教えぬ訳がないため大騒ぎとなるのは自明で、見られぬよう閉めてあったのだ。ということは大声も出してはならないので、信吾はわかっておりますよと、唇に指をあてて権六に示したのである。

すぐに湯吞茶碗を盆に載せた波乃がやって来て、黙ってお辞儀をすると、権六と信吾のまえに置いた。波乃も事情はわかっているようで、やはり黙ったまま頭をさげて辞そうとすると、権六が呼び止めた。

「用がないなら波乃さんも坐んなせえ。なにを話しておるかわからんことがあれば、あとで信吾に教えてもらいな」

波乃は信吾を一瞥《いちべつ》してから、横手の少しうしろに坐った。それをたしかめてから、信吾は権六に頭をさげた。

「権六親分さん。此度《こたび》の大手柄、まことにおめでとうございます」

権六は訳がわからぬというふうを装ったが、信吾をしばらく見てから、ようやく気付いたという顔になった。

「ああ、例のあれか。根も葉もない噂を立てられて往生しとるよ。とんでもねえ迷惑だ」

「噂、……噂でございますか」

「根も葉もないと言うただろうが。だれが、なにを企《たくら》んで、なぜ、なんの根拠もない噂を流したのか、訳がわからねえ」

「ですが、さすが権六親分だと、たいへんな評判でございますよ」

「お蔭でえらい迷惑よ。どこへこの面《つら》を出しても、親分さん大手柄だそうでおめでとうございます。是非詳しくお話しくださいよ、とせがまれるのだ。これじゃ、うっかり道も歩けねえ。まるでお尋ね者だぜ」

「それにしてもふしぎな出来事でございますね。てまえはお客さまから、諏訪町の空家の二階で風もないのに風鈴が鳴った。ところが風が強い次の日には、ちりんとも鳴らないと言われ、妙だなあと思いました。数日して両国から通うお客さまから、両国と向こう両国、それればかりか八ツ小路でもおなじことが起きていると聞かされましてね」

「それだけじゃねえ。高輪の車町、内藤新宿の追分、深川の八幡まえ、上野の広小路。全部で八箇所だぜ」

「それも示しあわせたように空家で、しかも夏でもないのに風鈴が鳴るというのですから」

「まったく、だれがなにを企んでのことやら訳がわからねえ」

「それより妙なのは、人によって言うことがまるでちがうことですよ」

　ねらわれたと噂の商家の屋号がわかっているのに、問いあわせるとまるでそんなことは起きていない。ちがう屋号の商家を教えられて訪ねても、やはりなぜ噂になったのかわからないと困惑し、気味悪がっている。そのくせどの商家も、事情があってひた隠しにしているというふうでもない。

それが八箇所のすべてで起きているのである。そしてどこでも、ねらわれたという商家は特定できていない。まるで雲を摑むような話であった。

「噂を流すたって八箇所もあって、どこもお店《たな》は一軒じゃねえし、一人が流している訳ではない。しかもだ、いつ、どこで、だれが喋ったか尻尾《しっぽ》を摑まれちゃおらん。それだけ大掛かりとなると、よほどの大金をねらってるってことだろうが、でありゃあ絶対に人に知られぬように事を運ぶはずだからな。そんな噂を流すなどということは考えもできん。大店はどこだって警戒し、戸締りに念を入れ、場合によっては用心のために浪人者を雇いもするだろう」

「いいことは一つもありませんね」

「それなのに、人も金も相当に遣うってんだからな。金をドブに捨てるようなもんだ」

「ですよね。仮に一箇所で大店三軒を取りあげ、一軒の噂を流すのに三人を配したとして一箇所で九人、八箇所で七十二人となりますからね。仮に出した人数なので、なんの根拠もある訳ではありませんが」

「まったく、なにを考えとるのか訳がわからん。もっとも噂を撒《ま》き散らして、町の連中が、あるいは町方かもしれんが、そいつらがあたふたするのを見て楽しもうってならべつだがな」

「見て楽しむといっても、本人は右往左往する人のごく一部しか見ることができないでしょうからね。それを思い描いて楽しむのかもしれませんが、思い描くだけなら金を遣わなくてもできるでしょう」

「見えようが見えまいが、金を掛けりゃ掛けるほど、楽しみや喜びがおおきいのかもしれん。そういう連中がなにを考えとるか、わしには思いも及ばんよ」

「それにしても手間暇掛けていますよね。江戸のあちこちに離れ離れに八箇所、人の集まるところばかりです。しかも大店を何軒も選び抜いてですから、念が入っています」

「よくやるぜ、としか言いようがねえな」

「どういう訳かぜんぶバラバラ。ところが、おなじものがあるのに気付きました」

「おなじものだって。……なんでえ、それは」

そう言って権六は正面から信吾を見据えた。初めに波乃に断っておいたこともあるのだろうが、以後も権六は信吾だけを相手にしたのである。

六

「離れ離れになった八箇所で、よくもあれだけ似通った空家を見付けたと思いますよ。なぜ空家になったかの理由はそれぞれちがっていますし、ねらわれたと噂されている商家にも特に似通ったところはありません。金目当てなのか、見世やあるじに対するひどい恨みを持つものがいるのかと思うと、どうやらそうでもないようなのです。あるいはわたしたちが思いもしないような、理由があるのかもしれませんがね」

　権六はなにか言い掛けたが、ここは取り敢えず信吾の言うことを聞くとしようと思い直したらしい。目顔で先をうながした。

「ところで空家なんですが、両国の御旗本屋敷は廃墟《はいきょ》同然で、まるで住めません。諏訪町は呪われた家という占いが出たからでしょうか、それ以後は空いたままです。建物にも住人にも呪いが掛けられているというので、一家が姿を晦《くら》ませましたからね。呪いの掛かった家にはだれだって住もうとは思いませんよ。ほかの家もそれぞれあって、空家になった事情は全部ちがうのに、どの家も住もうと思っても住めないか、とても住む気になれない家ばかりです」

「似通ったものがあると言ったのは、そのことか」

　そう言った権六の表情に、信吾はほんの微《かす》かにだが、安堵《あんど》と落胆が混在して浮き出たように感じた。

「ええ」

「だから空家騒ぎを起こす家として、手ごろだと言いたいのだな」

「そうなんですよ。そんな家ばかりよくも探し出したものだと」

「感心したか、呆れたか」

権六に問われ、信吾は笑みを浮かべながらうなずいた。

「両方でしょうね。ですが、それは些細《ささい》なことでしかありません」

左右に開き気味のちいさな目を、権六は閉じたのかと思うほど細めた。その奥で目が強い光を放っている。

「これまで並べたいろいろな理由でおわかりでしょうが、八箇所のどこも、住めない空家だというほかには似通ったところはありません」

「聞いたばかりだ。念を押すことはねえ」

「ところが一つだけですが、おなじことがあるのです」

「おなじことだと。それも一つだけと言ったな。なんでえ、それは」

「手柄を立てた人の名前です」

「…………」

「その名が権六親分ただ一人ということです。これまでのように人によって言うことが全部ちがう、バラバラだということに意味があるのなら、手柄を立てたのが親分さんのほかに何人かいるはずです」

「それがおれしかいないのは、手柄を立てたのがほかならぬおれだからだ」

「当然そうなりますね」

「とすりゃ変だ」

「なにがでしょう」

「いくら頭の悪いおれさまであろうと、少しは憶《おぼ》えておるはずだ。というより自慢して廻るだろうよ。手柄を立てりゃ、ちょいと顔を出しただけで、お店で包んでくれるお金《あし》が一気に跳ねあがるからな。それがまるで憶えちゃおらんのだ。と、冗談はそこまでにしておこうぜ」

そう言って権六は指を折っていった。

手柄を立てたならやっつけた相手がいなくてはならない。賊がどういう一味であって、親玉の名はなんというか。これまでに、どのような犯行を重ねてきたのか。なにを企み、なんという商家や御屋敷をねらい、いかにして捕らえられたのか。

「そういうことがまるでわからねえのに、手柄を立てた者の名だけがわかっとるというのは、どう考えたって変だと言いたいのだな」

「そうなんです。となると考えられるのは、なにか途方もなくおおきな力が働いていて、明らかにできない事情があるからではないでしょうかね」

「明らかにできない事情だと」

「わたしは女房喰い殺しのことを、思い出さずにいられないのです」

権六は思わずというふうに上体を仰《の》け反《ぞ》らせ、ちいさな目を見開いて信吾を見ると、かなり間を置いてから言った。

「女房喰い殺しの一件か」

江戸の住人を震撼《しんかん》させた出来事である。

離婚は原則として亭主の側からしかできないだけでなく、正当な理由がなくても去り状を渡せば成立した。そのため花嫁の親は、むりをして多額の持参金を持たせたのである。

離縁に際して夫側は、持参金のほか、通常その一割を仲人への謝礼として返さなければならない。持参金が百両なら謝礼十両とあわせて百十両を、耳を揃えて返す必要があった。ただし妻側から申し出た場合は返さなくてもよい。

奉公先を斡旋《あっせん》する業者を慶庵《けいあん》または口入屋と言うが、その一部に仲人業を専らとする者が現れた。仲人料が持参金の一割なら、多数の奉公人を周旋するより手間暇が掛からず、実入りも遥かにいいからだ。

仲人専門の慶庵が金に困っている旗本と結託して、持参金をせしめるために商家の娘を世話することを始めた。同格の旗本の養女としてから嫁がせれば、問題にならないとの抜け道をうまく利用したのである。そして多額の持参金を手にしてから新妻を追い出す。

嫁のほうから「どうかご離縁願います」と言うまで、家族でいびり抜いて追い出してしまうのである。嫁から申し出るしかないように仕向けて、持参金をふんだくろうというのだから、堪《たま》ったものでない。

実家に身を寄せても、出戻りとうしろ指を差されて再嫁は相当に難しくなる。商家ならまだしも、武家に嫁いで離縁されたからだ。不縁となった果て、世を儚《はかな》んで入水《じゅすい》したり縊《くび》れ死にしたりする若い女が何人も出た。

そのような悪徳仲人を女房喰いと呼んだが、中でも悪質な又兵衛《またべえ》が、見るも無惨な殺され方をしたのである。町方は総出で犯人を追ったが、とうとう捕縛できなかった。

信吾は又兵衛を惨殺したのは町方の者、つまり町奉行所の与力か同心、場合によってはその手の者、つまり権六のような岡っ引ではないかと見ている。質の悪い女房喰いに対する見せしめであれば、犯人が捕まらなくて当然だ。どうやら身内の者がやったらしいと気付いた町方がいたとしても、おなじ思いでいるだろうから口にする訳がなかった。

もっともこれに関しては、町奉行やもっと上からの圧力は掛からず、黙認という形でそのままになったのではないだろうか。権六の受け答えから信吾は空家の風鈴騒ぎが、どことなく女房喰い殺しの一件と似通っていると思わずにいられなかった。

「今回の空家の風鈴事件は、どういう賊が、いかなる理由で、どこをねらったか、などということは関係ないという気がするのですよ。大事なのは、そういう連中が捕まったということですからね。その手柄を立てたのが権六という名の親分さんだった、それがわかっただけでいいのです。妙な噂が流れたり不可思議なことがいろいろと起こったようだが、問題はすべて片付いたゆえ、以後は気にせず安心して暮らすがよい。ということで、幕を引くつもりではないですか。ですから手柄を立てたのは親分さんだという噂が、江戸でも人の集まる八箇所を中心として流れているのです。それにしても、一体だれが流したんでしょうね」

破顔一笑し、権六はすぐ真顔になった。

「信吾よ。いくらなんでも強引すぎるんじゃねえのか、そのこじつけは」

「でも、どう考えたって、女房喰い殺し一件とおなじではないですか」

「むッ」と詰まってから、権六は信吾を睨《にら》み付けた。「どういうことでえ」

「極悪人の女房喰いだから、無惨な殺され方をした。いわば天誅《てんちゅう》である。それをわからせるための、女房喰い殺しだったのです」

「そんなことはわかっとるよ」

「空家の風鈴の場合は、手柄を立てた人がいて一味が捕らえられた、という事実だけが大事なんだと思います。だからほかのことはなにもかも曖昧ですが、手柄を立てたのが権六親分だということだけは、はっきりしているのです。なぜなら事実ですからね」

「はっきり言いやがったが、なにを根拠にそう言い切れる」

「だって考えてご覧なさいよ、親分さん。たくさんの人とお金を遣ったでしょうけど、流された噂はどれもたしかなものではありませんでした。少し調べただけで、根も葉もないとわかることばかりですよ。ところが手柄を立てたのがだれかということだけは、権六親分さんだとはっきりしています。離れ離れの八箇所で、まったくおなじ名前がささやかれているのです。親分さんのお蔭で悪人どもは牢《ろう》入りしたのだから、なにも心配しなくていいと安心させたいのですよ。上のほうのだれか、おそらく相当に偉いお人がね。だから事実を明らかにした、ということではありませんか」

「そんなことで、世間が納得する訳がなかろうが」

「女房喰い殺しの犯人は、捕らえられましたでしょうか。町方が総掛かりで懸命に追いながら、尻尾も摑めなかったではありませんか。でも世間の人は不満に思ってはおりません。なぜなら悪辣な女房喰いの又兵衛が始末されることこそ、人々が望んでいたことだったからです。犯人が捕まることなど考えもせず、むしろほとんどの人は、捕まらないでくれと願っていると思いますよ」

「だとしても、そんなことはあっちゃあなんねえ」

「それは、町方としての権六親分さんの建前です。だが人として又兵衛を許せる訳がないじゃないか、というのが親分さんの本音だと見ましたが」

「ああ言えばこう言う。口だけは達者だから信吾には勝てんよ」

「と言うことは、手柄を立てたのが親分さんだということを、認めたということですね」

「ちょっと待てよ、信吾」

「待てません。なぜなら親分さんは相談というか、頼みごとがあって、将棋会所ではなく母屋にわたしを訪ねて見えたからです」

「頼みごとだと。このおれが信吾にか」

「そうなんです。ですがご安心ください。わたしはちゃんと聞いてさしあげようと思って、待っていましたから」

「待っていただと。……呆れて物が言えん」

「将棋会所に顔をお出しになれば、お客さんたちは親分さんに手柄話をしてほしいとせがみます、だれもかれもが矢継ぎ早にね。だからといって応じていたら、どうしても自慢話になってしまいます。だけどそんな野暮なことは、親分さんとしては耐えられないことです。そこで登場するのが、ほかならぬわたくし信吾ということでございます」

「まるで千両役者ではないか。おおきく出やがったが、尻すぼみにゃならんだろうな」

「わたしはこのあと将棋会所にもどり、親分さんの苦境をお客さんたちに話します」

権六は言葉を挟まず、喰い入るように信吾を見た。

「なんの根拠もないのに妙な噂を流されて、権六親分さんはことのほか難儀している、とわたしはお客さんたちに打ち明けます」

「ふんふん」

鼻を鳴らしながら権六は身を乗り出した。

「会所に出れば親分さんが関わっていないというか、知りもしないことについてあれこれと訊かれるにちがいありません。だがそれについて親分さんは、まともに答えることはできないのです。親分さんは将棋会所に出てみんなと世間話がしたい。だがそうはならず、ほとんど全員から次々と質問攻めに遭うことは目に見えていますが、親分さんはそれには耐えられません。だから噂となった手柄について、あれこれ訊かれないのであれば会所に出たい。だけどそうなるとはとても思えないので、出るに出られないと親分さんはおっしゃいました。と、そこで念を押しておきます」

「どういうことでえ」

「おれの顔を見たくないから追い出そうと思って、手柄について訊く者がきっといるだろうな、とおっしゃっておられましたと。将棋を指すほどの人は人情の機微を弁《わきま》えているから、よもやそのようなことはおっしゃらないでしょうね、とわたしがおだやかに言えば、だれも根掘り葉掘り訊きたくても訊けないと思います。ですから親分さんは今までのように会所に顔を出して、これまでどおり振る舞えるのです」

「よくそれだけのことを考えたものだな」

「それもこれも親分さんに、今度の騒動のあれこれをわたしだけに」と言ってから、信吾は波乃を振り返った。「波乃はわたしと二人で一人ですので、そのわたしらだけに内緒で話してもらいたいからですよ」

「そこまで言われりゃ、おれさまとしては話さぬ訳にはいかんわな」

今度は信吾が身を乗り出した。

七

「と言いはしたものの、話すことはなにもねえのだ」

思いもしない肩透かしにまさかと思ったが、権六の表情からは冗談やからかいでないのは明らかだ。

「信吾がほとんど話してしまうたからな。てことで話は終わりなんだが、いくらなんでもそれじゃ身も蓋もねえ」

信吾が感じていたことにおおきな狂いがなかったことがわかり、しかも権六がきちんと話してくれそうなので一安心だった。

「悪足掻《わるあが》きは止《よ》しましょう。親分さんらしくありませんから」

「信吾は巧みに、人の弱みを衝《つ》いてくるようになったなあ」

それにはなにも言わず、信吾はにこやかな笑いを浮かべて権六が話し始めるのを待った。

「相談屋をやってきたお蔭で習得したか、客に鍛えられたか」と言ってから、権六は苦笑した。「どうやらおれの負け、それも完敗らしい。じたばたするのは止《や》めにしよう」

権六はしばし間を置いてから語り始めた。


一月の半ばに、権六が会所に顔を出したときのことである。

権六が壁に貼り出された第二回将棋大会の成績表や、寄付してくれた商家や個人の名を書き出した「花の御礼」を見ているとき、彖作が駆けこんで空家の風鈴の話をした。

信吾や将棋会所の客たちは初耳だったが、権六はすでに前日に聞き知っていた。風がないのに風鈴が鳴ったのは珍妙であり、しかも夏場でなく正月の半ばである。

仕事柄ということもあってとてもそのままにしておけず、権六は手下を空家に張り付かせた。風鈴が鳴った二階の見える正面に一人、そして裏口に一人。もう一人は、二人から連絡を受けた場合に権六に報《しら》せる役とした。

権六はそれとなくようすを探るためと、顔見知りからの情報提供を期待して、界隈《かいわい》を歩くことにした。すると会所に信吾を訪ねて雑談していたときに、彖作が駆けこんで来たのだ。

「おれも信吾が考えたように、良くない連中の連絡法だろうと考えたが、であればそんな意味のない方法を採る訳がねえ。信吾が言ったとおりだが、やつらは確実でわかりやすくむだのない手を使う。風がなければ鳴らないし、鳴れば仲間以外にも聞かれてしまうような間抜けなことはやらない」

でありながらなぜにそんなことをしたか、問題は何者がなにを企んでそんなことをやったかである。そのためには企んだ者を突き止める必要があったので、権六は三人の手下を空家に張り付かせたのだ。

しかし連中は姿を見せないし、見せたとしても未熟な手下は撒かれてしまったことだろう。

権六には浅吉《あさきち》という手下がいたが、転機となった大手柄を立てて間もなく、二人が新たに加わっていた。浅吉はあまりにもこの仕事に不向きなので、下駄《げた》の職人に頼んで弟子にしてもらい、替わりに安吉《やすきち》を手下に加えた。二人は一年半ほどで、安吉はまだ一年にもならない。

三人にあれこれと教えながら、尾行や見張りをさせている段階であった。相手が一枚も二枚も上と言うより、手下が未熟すぎたのである。

「わたしが諏訪明神社裏手の空家を見に出掛けたことは、親分さんに筒抜けでした。それなりに注意しながら歩いていたのですが、まったく親分さんには気付きませんでしたよ。どこにいらしたのですか」

「信吾が気付くはずねえよ、空《くう》にとけこんでいたのだからな」

仕事絡みの秘密は、打ち明けられないということだろう。

そうこうしているうちに、諏訪町以外でもおなじようなことが起きていることがわかったのである。

「だが持ち駒は、手下の三人におれを入れても四人しかない。やがて諏訪町のほかにも両国と向こう両国、八ツ小路の四箇所、その後にも段々わかって八箇所となったのだ。当然だが、すべてを押さえることなどできる訳がねえ」

だが可能な範囲で、最大の効果をあげねばならない。

あれこれと人から聞いた話を突きあわせると、細部をべつにすれば、どれも驚くほど似通っていることに権六は気付いた。であれば諏訪町をきっちりと押さえておけば、解決に繋げられるはずだと判断した。

「手を替え品を替えして粘ったお蔭で、少しずつわかり始めたのだがな、お蔭でおれはこんぐらがってしもうたのよ」

「親分さんが混乱してしまったって、一体どういうことですか」

「どうにもこうにも、訳がわからなくなってな」

まるで答になっていないが、そう言ったまま権六は口を緘《かん》し、畳の一点に目を遣ったまま身動きもしなかった。あとになってわかったのだが、権六はどのように話せばいいかというより、どこまで話すべきかを迷っていたらしい。

「となりゃ話すとするか。ほかならぬ信吾でもあるし」と、言葉を切ってから権六は続けた。「空家に出入りする者が密《ひそ》かに向かう先が、思いもしないところだったからだ。信吾ならわかるかもしれんが」

「まさか」

そう言ってから信吾は冗談っぽく口にした。

「北町《きたまち》や南町《みなみまち》の、お奉行さまじゃないでしょうね」

「いくらなんでも、それはなかろうよ」

わかってはいたものの、打ち消されて信吾は思わず溜息を吐いた。

「がっかりすることはなかろう」

「ホッとしたのですよ」

だがそれも束の間でしかなかった。権六から驚愕《きょうがく》の事実を打ち明けられたからである。

なんと空家の風鈴を軒端に吊《つ》るしたり外したりしていた連中は、与力や同心の組屋敷のある八丁堀《はっちょうぼり》に消えたのであった。

「どういうことですか」

「信吾」

「はい」

「それに波乃さん」

「は、はい」

「おれはなにからなにまで知っている訳ではないし、知っていることに関しても、話せることと話せないことがある。それを承知の上で、これから話すことを絶対に口外せんと約束できるなら、話せるギリギリのところまで話してもよい」

信吾と波乃は思わずというふうに顔を見あわせたが、互いの気持は確認するまでもなかった。どうであろうと聞きたい。それ以外には考えられなかった。満足げにうなずくと話し始めた。

思いが顔に出ただろうし、権六もそう思っていたはずである。満足げにうなずくと話し始めた。

「考えられることは、自分の立場を利用して悪事を企んでいる与力や同心が、町奉行所内におるということだな。でなきゃ今回の一連の妙ちくりんな出来事に町奉行所の一部、いやかなり、場合によってはほぼ全部が関わってるってことだろう」

「ないとは言えないとお考えですか、親分さんは」

言うと同時に、つまらないことを訊いたと信吾は後悔した。町方の者が深く考えもせずに、そんなことを言うはずがないからだ。

「ないとは言えんのだ。だが、そうじゃねえだろうよ」

「背後にいて、命じた者がいるということですね」

「そうとでも考えねば、江戸の町で起きた騒動を説明できんだろうが。離れ離れの八箇所で、ほぼ一斉におなじようなことが起きたのだぞ。調べたらすぐに嘘だとわかるような噂を、何十人という下っ端に命じて流させたのだからな。それも出所がわからぬよう、尻尾を摑まれぬことに徹底しているのだ。洩らしてはならぬということは、それだけの金が動いたということでもあるからな」

「だれかに命じられて空家の風鈴騒動を起こした連中が、八丁堀に消えたとおっしゃいましたが、与力か同心の屋敷に入ったということですか」

だが権六は信吾の問いには答えなかった。

「手下から聞いたときには信じられなんだが、騒動自体の奇妙さからすると、事実と思うしかねえ。考えてもみろよ、あれだけ大掛かりなことをその辺にいるお役人にできると思うか。たとえおぶ、おっと危ねえ」

権六はわざとらしく両手で口を塞いだが、「おぶ」が「お奉行さま」だということは子供にもわかるだろう。権六は町奉行であろうと、今度の規模の騒動は起こせなかったと読んでいるのだ。

その上か背後にいて操る者となると、信吾には想像もできない。庶民に幕府の職制などわかる訳がないので当然のことだろう。

「どうなさるおつもりですか。いえ、どのようになさったのですか、親分さんは」

「迂闊《うかつ》なことは言えんが」

権六が首筋を手刀で叩《たた》いたのは、場合によっては首が飛ぶとの意味だ。

「かと言うて、こういう重大事を放ってもおけまい」

どうすればいいと自問自答を繰り返しても、簡単に答が出るはずがない。問題がいくつもあるからだ。

第一に、明かすべきかそうでないか。

第二に、明らかにするとしても、どこからどこまで、つまり明かす範囲をどうするか。

第三に、だれに伝え、あるいは訴えるか。

第四に、訴える際、自分の名を出すべきかどうか。また、出さずに伝えられるのか。

ほかにもあれこれとあるのだが、おおきな問題だけでもそれだけあった。

第一が大前提だが、権六としては明かすことに心は決まっていた。

第二については実に悩ましいが、これは実例を挙げて事実を淡々と明かすべきで、自分の考えや判断を挟むべきではない。

第三は特に重要で、一つまちがえば命取りになる。

第四に関しては、第一とおなじくすでに答は出ている。

権六は箱への投書も考えた。毎月二日、十一日、二十一日に、和田倉《わだくら》御門に近い評定所まえに箱が設置される。庶民の願いや訴えを受け付けるための目安箱と呼ばれるものだ。だが投書には住所と氏名を明記しなければならず、それがない訴状は破棄される。

権六としてそれはできない。陰で木端《こっぱ》役人と呼ばれている同心の、その手先の岡っ引なのだ。身分を明かせば、なにかあった折にはたちまちにして処分されてしまう。

「だが、あらゆることを考えた揚句に、話すことに心を決めたのだ」

その相手に選んだのは、北町奉行所の定町廻り同心の若木完九郎《わかきかんくろう》であった。その手下の岡っ引の玉吉《たまきち》を知っていることもあって、頼まれ仕事で協力したことがある。物静かで常に冷静であり、物事を見極める力があるし、軽挙妄動しない人物だと権六は見ていた。

悩んだ末に、権六は若木に打ち明けた。今回の騒動がなぜ起きたかを知るため、諏訪町の島藤竹五郎商店あとの空家に出入りして風鈴を扱う者を調べたこと。ところがその者が、八丁堀の屋敷に入った、との事実だけを話したのだ。

「そうか。心に留めておこう」

若木の反応はそれだけで、それきりなんの音沙汰もなかった。

八

「一日二日もすれば連絡があると思うておったのだ。ところが梨《なし》の礫《つぶて》よ。拍子抜けしたぜ。諦めるしかないと腹を括《くく》ったころになって、ようやく使いの者が来た。夕刻七ツ半(五時)に、京橋《きょうばし》に近い鈴木町《すずきちょう》の稲荷まで来るようにとのことだった」

だれにも明かさず、ただ一人《いちにん》にてまいれ。羽織着用で、とだけ言われた。八丁堀の旦那と呼ばれている同心に会うのだから、羽織は当然だろう、くらいに権六は思っていたのである。

早めに稲荷の鳥居を潜《くぐ》ったが、若木完九郎はすぐに姿を見せた。定町廻りの用ではないので、御用箱を背負った供や木刀一本差しの中間はおらず、三ツ紋付の黒羽織に袴の若木一人であった。

連れて行かれたのは、南伝馬町《みなみてんまちょう》三丁目の料理屋である。鍛冶橋《かじばし》のすぐ東で、呉服橋《ごふくばし》と数寄屋橋《すきやばし》からはほぼ等距離にある見世だ。呼び出したのは、まさかお奉行やそれに準じる人ではと権六は思った。呉服橋を渡れば北町奉行所が、数寄屋橋の堀の内側には南町奉行所があるからだ。

「通常なら話すことはおろかお目に掛かることも叶《かな》わぬお方であるが、事情が事情だけに本人に会っておきたいと、あちらさまが仰せなのでな」

どういう事情なのか、権六には訳がわからない。ともかく、若木の言うとおりにするしかないということだろう。

「今回は特別な許しを得ておる。わかっておろうがお顔を見てはならん。眼前の畳か膝先までで、なにがあろうと胸から上は見ぬように。問われたことには臆することなく答えねばならぬが、礼を失することのなきように。言うておきたいのはそれだけだ」

権六には生涯にわたり縁のなさそうな、高級な料理屋に連れて行かれた。案内された部屋に控えていると、ほどなくそのお方がお見えで、若木と権六は平伏《ひれふ》した。

「北町奉行所定町廻り同心若木完九郎にござります。控えておりますのが権六めにございます」

そのお方が上座に坐るなり若木が言上した。

「おお、そのほうが権六か。此度《こたび》の手柄大儀であった」

「はッ」と若木が答えたのは、お方がなにごとか合図をしたからだろう。膝行《しっこう》に近いくらいで擦り寄ると、ふたたび「はッ」と言って退《ひ》きさがった。若木は権六の膝まえに紙の包みを置いたが、金の擦れあう音がした。小判が数枚包まれているということだ。

「権六とやら、賊の一味を捕縛に至った経緯を述べよ」

手柄とか一味の捕縛とか、権六には訳がわからない。

「みどもに報せるに至ったまでを、遠慮せずに申しあげるのだ」

戸惑う権六に若木が小声で指示した。権六としては、まず自分を呼び付けたのがだれか知りたかった。ところが名前を出すことさえ憚《はばか》られるのか、若木はそれに触れようともしない。

であればと、取り敢えず空家の風鈴騒動を、簡略に話すことにしたのである。

「浅草の諏訪町で、風がないのに空家の二階で風鈴が鳴り、風の強い日には鳴らないということがありました。町内の者が不安がっておりますので、手下に命じて調べさせたところ賊の動きが次第にわかりましてございます。賊の一味が向かった先が」

八丁堀のと言おうとした直前に、若木が割りこんだ。

「権六からてまえに報告がありまして、一味の結集場所がわかりましたものですから、捕り方を配置して一網打尽にすることができました。すべては権六が役目を全うしたことが、大事に至らなかったことに繋がりましてございます」

「さようであるか。であれば若木」

「ははッ」

「権六の手柄により賊の一味を捕縛したゆえ安堵するよう、下々《しもじも》の者に知らせねばならぬな」

「心得てございます」

「せっかくの料理が冷めてしまうゆえ、遠慮せずに箸を伸ばせ。酒《ささ》も飲め。権六とやら、飲めるのであろう」

「不調法でございまして」

「遠慮することはない。そのほうは猩々《しょうじょう》に似ておるぞ。飲めぬ訳があるまい」

食べているあいだは口を慎むのが礼儀とのことだが、そのお方はあれこれ、意外と些細なことまで聞いてきた。ところが権六の答が微妙なところに差し掛かりそうになると、すぐに若木が割りこんで口を挟むのであった。

結局、権六の知りたい新しい情報は、ほとんど得られなかったのである。

料理屋を出ると、漆塗りで蒔絵《まきえ》を施された乗物《のりもの》と呼ばれる上等の駕籠《かご》が待ち構え、十人を超える供侍が直立不動で並び、四人の陸尺《ろくしやく》が駕籠脇に控えていた。若木と権六は、くどいほど頭をさげてからその場を辞した。

権六は身分の高いお方について、若木に訊《たず》ねることはしなかった。どうせ答えてもらえる訳がないのがわかっているので、訊くだけ無駄だと思ったからだ。

「いくら包んであった」

渡された包みの中身について訊いたようだが、自分の取り次ぎによって得られたのだから、いくらか寄越《よこ》せとの催促だとわかった。

権六が懐から紙包みを出してそのまま渡すと、若木は怪訝そうな顔をした。

「若木さまのお蔭でいただくことができましたので」

若木は素早く改めると言った。

「五枚入っておる。では、半分だけもろうておくか」

そう言って包みを権六に返したが、あとで調べると二両しか入っていなかった。半分と言いながら若木が三両取ったのは、三両対二両が二人にとっては半々と言いたいのだろう。

「今回のことにつきましては、どうにも合点がゆきません。なぜてまえの手柄で賊の一味が捕縛されたことになり、これといった働きをしていないのに、褒美として五両もの大金が下賜されたのでしょう」

権六が訊いても若木は答えず、ただ黙々と歩く。

大通りを日本橋に向かって二人は北に進んだが、南伝馬町一丁目と中橋《なかはし》広小路町の境で若木は立ち止まった。右に折れてまっすぐ進み、堀を渡るとその先に町奉行所の与力や同心の組屋敷がある。

「ご褒美とやらの半分をもらった以上、黙っておる訳にもゆくまい」と言ってからも、若木は逡巡《しゅんじゅん》したようだ。「上におられる方はとんでもないことを思い付かれるようでな、しかも思い付くなり、試してみたくなるらしい」

若木の語ったことを信吾と波乃に伝えた権六は、そこで話を中断した。

「将棋会所に粂作が駆けこんで空家の風鈴の話をしたが、あのあと信吾は諏訪町の空家を見に行ったな」

「はい。その夜、親分さんがお見えになりました」

「あのとき信吾は桝屋の考えを話した。粂作は空家で風がないのに風鈴が鳴り、次の日強い風なのに鳴らなんだことに気付いたから気になった。しかし大抵の人は、風鈴のことなどを気にして生きている訳ではない、と。そのあとで言ったことを、信吾は憶えておるか」

「ひと月ほどまえになりますが、大体のことは憶えております。空家の風鈴騒動は、だれがなぜやったかはわかりませんが、なにかを試しているのではないでしょうかと言いました。いつもとちがう方法で、なにかを見せたり聞かせたりすると、どの程度の人がいつ気付くか、どの程度でだれもが関心を抱かなくなるか」

「それを試していたのなら考えられないこともない、と信吾は言った」

「はい。でも、だれがどういう目的とか理由で試したのかとなると、見当も付きません」

「ここで、先ほどの若木の旦那の言ったことにもどる。繰り返しになるが、上にいる方はとんでもないことを思い付き、しかも試してみたくなると旦那は言った」

「としますと今回の騒動は、そのどなたか、おそらく南伝馬町の料理屋でお会いになった方が」

「江戸の盛り場八箇所で空家の風鈴騒動を起こし、それに乗じてさまざまな噂を垂れ流した。その顚末《てんまつ》、庶民の反応、いつ、どの段階でどのくらいの者が気付き、いかなる騒ぎとなり、どの程度で関心が薄れてしまうかを克明に記録させたのだ」

「すると噂は」

「目くらましということだな。ところが記録を執るまではうまく行ったが、そこでハタと困った。垂れ流した噂をどうするかまでは、考えておらなんだので収拾が付かん。さて困ったことになったと頭を抱えていると、そこに救い主が登場した。権六から同心若木完九郎の旦那に、一味を突き止めたとの報告があったのだ。それってんで、町方総出で賊を一網打尽にしたって訳だ。つまりそういうことにした。居もしない賊を一網打尽にできるはずがねえからな。その口止め料がたったの五両で、しかも三両は町方の同心にかっさらわれたってことだから、笑うに笑えないではないか」

「それも三両と二両で半々、てんですからひどいですよね」

「権六親分の手柄で賊が一網打尽になったとの噂が、例の八箇所を中心に一斉に江戸の町々に流れたのは、わしが南伝馬町の料理屋に呼び出された、次の日だったったことだよ」

　信吾がなにか言おうとすると、それまでずっと黙って聞いていた波乃が、とても我慢できぬというふうに口を切った。

「たった一人の偉いさんの気紛れで、町の人たちが不安になって大騒ぎをし、町奉行所の人やその下で働く人たちが振り廻されたんですよ。それなのに偉いさんにはなんのお咎《とが》めもないなんて、そんな不公平があっていいのかしら」

「いい訳がねえだろうよ」と、権六が波乃に言った。「いい訳ねえが、咎められない。それどころか、何人もの人に命じて記録させたものを纏め、思いもしなかった出来事に対する民の反応とその変化をもっともらしく書いて、それが偉いさんの実績となるのだから」

「なんか、そういうインチキな人を炙《あぶ》り出す方法ってないものかしら」

「例えば、どんな」

「年に一度、一日だけ、いえ一刻でもいいの、そういう人たちの額に八百という真っ赤な字が浮き出るとか」

「それはいいね。だけど、八百って一体なんだい」

「嘘八百の八百ですよ。ともかく、その人がインチキだとわかればいいの。いい加減なこと、ひどいこと、人を惑わすようなことをすれば、額に真っ赤な八百が浮き出るってことをだれもが知ってしまえば、恥ずかしくなって町を歩けません。犬や猫にまで後ろ指を差されますから、人の道に悖《もと》ることはしなくなるでしょう。逃げも隠れもできませんよ。その日に姿を隠したってことは、身に疚《やま》しいところのある、嘘八百の人だってわかりますから」

「あ、あーあ、あッ」

「ああ、驚いた」と波乃は目を見開き、胸を押さえた。「どうなさいましたの、権六親分さん」

「波乃さんのような人が上にいてくれたら、世の中、こんな妙なことになりゃしないのにと思ったのよ」

そのとき、金龍山浅草寺の弁天山《べんてんやま》で時の鐘が七ツ（四時）を告げた。

「おや、あッという間に七ツになってしまいましたね。会所のみなさんがお帰りになるまえに、わたしは親分さんが苦境に立たされていることを話しておきますよ。明日からは、いままでどおり顔を見せてもらえるようにね。だから今回の手柄について親分さんに訊いてはならないことを、しっかりと伝えておきます」

負けてたまるか

一

朝、時の鐘が四ツ（十時）を告げてほどなくであった。

将棋会所で担ぎの貸本屋啓文さんの薦めてくれた戯作本《げさくぼん》を読んでいた信吾は、ふと視線を感じてそちらを見た。母屋との境の生垣越しにこちらを見ていた若い女が、さり気なく目を逸《そ》らして姿を消した。

相談客かとも思ったが、庭に出るなら波乃がいっしょでなければおかしい。それに相談に訪れたとすれば、波乃は表の八畳座敷で話を聞くはずである。

生垣越しにちらりとしか見ていないが、髷《まげ》に結わずに髪をうしろで纏《まと》めていたところからすると客の供だろう。相談中は、「おまえは庭でも見せてもらいなさい」と言うことはよくあった。見世にもどって、両親や奉公人のだれかに話されてはまずいので、供を遠ざけておくのである。

だから信吾は気にも留めなかった。大黒柱の鈴に合図がないということは、相談客だとしても、波乃だけで対処できるということだからだ。

先に常吉に昼飯を食べさせ、交替して母屋にもどって波乃と食事を始めると、客がだれだったかわかった。

「花江姉さんが、あれほど子供っぽいなんて思いもしなかったわ」

若い女は花江の供だったのだ。

「義姉《ねえ》さんがお見えなら、鈴で報《しら》せてくれたらよかったのに。挨拶しなければ失礼だろう。義理ではあるけれど弟なんだから」

花江は二十一歳だから信吾より一歳下だが、妻の姉だから義姉で信吾は義理の弟となる。

「そう思ったから紐《ひも》を引こうとしたら、姉さんに止められたの」

「どうして」

「恥ずかしいんですって」

「変だなあ」

「変ですか」

「子供っぽいとか恥ずかしいとか波乃は言ったけれど、黒船町まで来たのに義理の弟に会おうとしないなんて、どう考えたって変だ」

「近くまで来たから、ついでにって言っていましたけれど」

そのとき信吾は、波乃の横に置かれた紙包みに気付いた。京菓子司虎屋竹翁軒と店名が摺《す》られ、元祖雷おこしとあった。

「雷おこしだって」

「姉さんのお土産です」

常吉の藪入《やぶい》りは三年に満たないこともあって、父親の病気見舞いの名目でおこなった。そのとき宮戸屋のあるじ正右衛門が持たせた土産が、雷門まえ並木町の両国屋清左衛門の大仏餅である。であればと、信吾と波乃は虎屋の元祖雷おこしにしたのだった。

「となると雷おこしは口実だね」

「あら、どういうことかしら」

「めおと相談屋のあるじの勘からすると、そうとしか考えられない。いくらなんでもおかしいよ。どう考えたって義姉さんらしくないもの」

「元祖雷おこしを口実に、姉さんはなにを言いたかったとおっしゃるの」

「もしかすると義姉さん、おめでたじゃないのか」

波乃は目を真ん丸にした。

「どうして、そう言えるのですか」

「だって、なにからなにまでちぐはぐじゃないか。言いたいことがありながら、それを素直に言えないってことだろ。しかも波乃に打ち明けに来たのに義弟のわたしには会わないとなると、それしか考えられない」

「すっごい。だから信吾さんは、相談屋をやっていけるのですね。だけど、どうしてわかったのでしょう」

「花江姉さんがあれほど子供っぽいなんて思いもしなかったわ、と波乃は言った」

「はい」

「しかもわたしに会わずに、逃げるように帰ってしまった。でも、波乃には伝えたかったんだ。ねーえ、波乃、あたし赤さんができちゃったのよ、って」

喜びも哀《かな》しみも驚きも、波乃は人以上に顔に出る。だがこのときほど、驚きを顔に出したのを信吾は見たことがない。

波乃はおおきな目を、さらにおおきく見開いた。

「信吾さん、聞いてたでしょ」

「まさか。ずっと将棋会所にいたから、盗み聞きできる訳がないじゃないか」

「だって、花江姉さんが言ったままなんだもの。だけど、それだけじゃなくって」

「波乃が笑いたくなるほど、子供っぽいことを言ったんだな」

「そうなの。花江姉さんがどう言ったか、信吾さんおわかりなんでしょう」

「わかる訳ないよ。子供っぽいというのが、義姉さんと結び付かないんだ。いつも澄ましているからね、あのお人は」

人がそこまでうれしさを出せるかというくらい、波乃は顔を綻ばせた。

「妹に先に祝言を挙げられて、姉としてあれほど口惜《くや》しいことはなかったんですって」

「祝言と言ったって、こっちは仮祝言だよ」

花江は前年の三月二十七日に式を挙げたが、信吾と波乃は二月二十三日に武蔵屋彦三郎夫妻の媒酌で、両家の家族だけによる仮の祝言を挙げていた。そして花江の挙式の二ヶ月後に、披露目の宴を設けたのである。

「姉さんには仮なんて関係ないの。ともかく、妹に先を越されたから口惜しい」

「だったら負けてなるものか、子供だけはどんなことがあっても先に作ってやると」

「そう。そのとおりなの。ね、子供っぽいでしょう」

「妹の波乃にだけは伝えたかったたってことは、春秋堂さんから正式な報せがあるまでは、宮戸屋の面々には教えられないってことだな」

父の正右衛門、母の繁、祖母咲江、弟正吾は当然として、奉公人たちには黙っていなくてはならないのである。そして常吉にも。

「初めてだし、三月《みつき》ぐらいだってことは、今が一番大切なときでしょう。もう心配ないですよとお産婆さんに言われるまでは、明らかにできないのでしょうね。ただ、自分より先に祝言を挙げた妹にだけは、なんとしても子供はこっちが早かったんだからって言っておきたかったのだわ」

「とすりゃ、義理の弟に顔を見せられないよな。どんなことがあっても先に作ってやるってことはさ、夜ごと、ひたすら励みに励んだってことだろ」

「やだ」

「こっちも怠けている訳じゃないけど、あればかりは天からの授かりものだから」

真っ赤な顔をした波乃に、信吾は肩の辺りを撲《ぶ》たれた。それも微塵《みじん》の容赦もなく、力任せにである。

「痛いじゃないか。勘弁してくれよ」

「信吾さんらしくないことをおっしゃったから、懲らしめるのです」

「あのぅ、旦那さま」

波乃は握り締めた拳を振りあげ、信吾は曲げた腕で顔を庇《かば》いながら、声のしたほうを見た。

庭に突っ立ったまま、口を開けた常吉が二人を凝視している。

「なんですか、急に」

「急にって。何度も声を掛けたんですけど、気付いてもらえませんでした。だから大声を出したら、やっと」

「なにか用か」

信吾の問いは間が抜けたものだったが、波乃の言ったこともそれに負けていない。

「用があるから呼んだのよね」

「用を言ってもいいですか」

常吉まで変になってしまった。

「いいですかって、そのために呼びに来たんだろう」

「対局をお願いしたいと、お客さまがお待ちです」

「だったらそれを先に言いなさいよ」と言ってから、信吾は噴き出してしまった。「三人とも頓珍漢な、間の抜けたことを言ってるな」

「旦那さまだけです」

「信吾さんだけよ」

常吉と波乃が同時に言ったので、三人は思わず顔を見あわせた。

「常吉」

「へい、旦那さま」

立ちあがった信吾に、波乃が羽織を着せ掛けた。

「今のあれは、だれにも言うんじゃないぞ」

「今のあれって、旦那さまが奥さまに殴られていた、あれですか」

「殴っていたのではありませんよ」と、波乃があわて気味に言った。「そのまねをして、ふざけていただけじゃありませんか」

「勘弁してくれよ、と聞こえましたけど」

「だから、戯れというやつだ。いわばちょっとした芝居だな」

言いながら羽織の紐を結んだ。

「随分と真剣なお芝居なんですね。てまえが何度呼んでも気付かなかったなんて」

痛いところを衝《つ》く。となれば、伝家の宝刀を抜くしかないではないか。

「もしも黙っていられるなら、近いうちに波の上を喰《く》わせてやる」

波の上は鰻重《うなじゅう》の上中並の中である。並の上だから波の上というだけの駄洒落《だじゃれ》だ。

「ありがとうございます。だったら口が裂けたって言いません。ところで、旦那さま」

「なんだ」

「近いうちとなりますと、一番近いのは明日になりますが」

「むッ」

「だけど旦那さまが、対局に勝てなければお預けになるんでしょう。負けたら恥ずかしくて、鰻重の波の上なんて食べられませんからね」

「なるほど、考えんといかんな。主人が食べないのに奉公人だけが食べるって訳にもいかないだろうから、取り消すとするか」

「あッ、それはないですよ。もしかして、お預けと言ったのが聞こえましたか」

「聞こえたから言ったんじゃないか」

「あれは独り言です」

「独り言にしてはおおきかったが」と、信吾は思わず笑ってしまった。「独り言ならしかたがない。だったら、明日の昼は波の上を取っていいぞ。三人前だ。波乃とわたしの分も忘れるなよ」

常吉が忘れる訳がない。

二

如月《きさらぎ》（二月）の半ばで陽射《ひざ》しが暖かくて風もないためか、盛りをすぎた梅の残り香が漂っている。

生垣に設けられた柴折戸《しおりど》を押して、信吾は将棋会所の庭に入った。八畳間の障子は開けてあるので、すっきりとした姿勢のいい客のうしろ姿が見えていた。

沓脱石《くつぬぎいし》からあがると、信吾は背後から客に声を掛けた。

「お待たせして申し訳ありませんでした。席亭の信吾でございます」

驚かされたのは相手の動きであった。体を捩《ね》じって信吾のほうを向いたのではなく、一瞬にして正対したかと思うほど素早かったのである。相手は両手を畳に突いて頭をさげたが、信吾が坐《すわ》ると同時に頭をあげた。顔は引き締まった細面だが、澄み切った目が物静かなので、全体からは知的な印象を受けた。

「柳風さんに教えられてお邪魔しました。志吾郎《しごろう》と申します。シゴは四と五ではなく志《こころざし》と吾《われ》に、一郎二郎の郎を続けます」

初対面の相手には常にそう説明しているのだろうが、わかりやすくてむだがなく、しかも一度聞いたら忘れられない。

うしろ向きであったのに、瞬《まばた》きする間もなく体の正面を向けて両手を突いていたことといい、志吾郎という名前からして、町人の身装《なり》はしているが武家の出だろうと思われる。果たしてどんな人物なのだろうかと、強い興味が湧いた。

それだけではない。

本人から名前の説明を受けた瞬間に、信吾の頭の中では志吾郎は四五六に置き換えられていた。今も若いがもっと若いころ、信吾は竹馬の友ならぬ竹輪の友と、駄洒落や言葉遊びに明け暮れたことがあった。それが習い性となって、少しでもおもしろい言葉に接すると、言い換えてしまうようになっていたのである。

四五六ならぬ志吾郎に信吾は話し掛けた。

「品川の柳風さんのご紹介だとしますと、相当にお強いと」

「いえ、てまえはとても柳風さんには太刀打ちできません」

常吉が志吾郎の湯呑茶碗《ゆのみぢゃわん》を取り換え、信吾のまえにも置いた。

志吾郎は体の左横に頭陀袋《ずだぶくろ》を寄せていた。柳風に紹介されてやって来たと言ったが、柳風は俳名かそれに類した雅号だと思われる。柳風も頭陀袋を提げていたが、すると志吾郎もそういう関係なのかもしれない。

いつの間にか、周りの駒音がしなくなっていた。志吾郎が柳風に教えられてやって来たと聞いただけで、甚兵衛や桝屋良作など常連の動きが止まったのだ。盤面を見ているが、耳は信吾と志吾郎に向けられているのだろう。さすがに、ちらちらと盗み見するような無礼はしない。

柳風は「駒形」に来たその日に、道場破りならぬ将棋会所破りを、趣味というか生き甲斐《がい》にしていると豪語した。打ち負かしたときの席亭の情なさそうな顔を見るのが、楽しみでならないと言った男である。

信吾には勝てなかったが、その後も時折姿を見せ、甚兵衛や桝屋など「駒形」の強豪といい勝負をしていた。常に優勢に進めていた柳風が、「この会所の水準はかなり高い」と言ったことがある。

その柳風の紹介と聞いたので、いかなる人物だろうかと一気に関心が高まったらしい。

「では、お手合わせ願いましょうか」

「てまえは柳風さんとは飛車落ちか角落ちという力ですので、対局するまでもないと思いますが。あれこれとお話を伺えればと」

「でしたら指しながら雑談いたしましょう。勝負事は、おなじ力の相手との対戦が一番楽しめます。お初にお見えのお客さまは、どなたも席亭が相手させていただき、力の似通った方を紹介するようにしておりますので」

それは口実で、一局を指すあいだに腕前だけでなく、相手のことがなにかとわかるからであった。ひと言も喋《しゃべ》らなくても、指しているだけで性格がわかることすらある。

信吾はいつも、初対局は時間を掛けてゆっくりと指した。対局中は話し掛けないのが礼儀だが、今回は雑談しながらと断ったので気が楽だ。

それが当会所の決まりだからと、信吾は恐縮する志吾郎に王将を持たせ、自分は玉将を自陣最後列の中央に据えた。

「ちょっと失礼します」

そう断ると、志吾郎は頭陀袋から矢立と手控帳を出して、何事かを書き入れた。その後も何度かおなじことを繰り返した。

「あれこれと話しておりましたら」と、何手か指したあとで志吾郎は言った。「柳風さんがてまえに、浅草の黒船町に駒形という将棋会所がある。席亭の名は信吾さんだが、腕もいいし将棋に関してなかなかよくご存じなので、一度訪ねるがいいでしょうと」

「そんなことを言われたのですか」

「ええ。それ以外はなにもおっしゃいませんでした。ですので会所の席亭さんなら、そこそこのお齢《とし》だろうとばかり思っていたのですが」

「強《したた》かな中年か初老、頭が半白か禿《は》げあがった老人だろうと。それが二十二歳の青二才だとわかれば、驚かれて当然です」と言ってから、信吾は微笑《ほほえ》んだ。「柳風さんは風流人ですが洒落っ気のある方ですので、志吾郎さんはからかわれたのだと思いますよ」

「かもしれません。というより、まさにそのとおりです。席亭さんがてまえよりお若いなんて、思ってもいませんでしたから」

「中年か初老ならいいが、顔中が老斑《しみ》だらけの年寄りかもしれないと」

「まさか。しかし自分より若いとは。柳風さんがコテンパンにやられたと言われましたから、四十代か五十代で強面《こわもて》の、土地の顔役のようなお人だとばかり。なにしろ、柳風さんが歯も立たなかったとなりますと」

「柳風さんは大袈裟《おおげさ》な言い方をされたようですね。たいへんな接戦で、わたしは何度、投げようと思ったことか」

「本当に強い人は、そう言って弱い者を庇うそうです。柳風さんも、何度もその手を使ったと言っておりましたよ」

応え方が難しいので、信吾は黙って何手かを指した。

「信吾さん。いえ、席亭さん」

「信吾と呼んでください。席亭と言われるとよそよそしくなりますので」

「信吾さんは、将棋を何歳から始められたのですか」

「始めたというより」

そこで口を噤《つぐ》むと、志吾郎がじっと見ている。

「父が近所の人と指しているのを見ていて、いつの間にか憶《おぼ》えました」

「見ていただけで、ですか。何歳くらいでした」

「五歳くらいじゃなかったでしょうか」

「五歳ですか。栴檀《せんだん》は双葉より芳し、ですね。強くなる人は、やはりちがうんだ」

「いえ、そんなのではないのですよ。今となれば笑い話ですが」

ある日、横で見ていて、信吾はつい漏らしてしまった。

「あッ、それだと王さまと角が、お馬さんにねらわれる」

「なんだって」

父の正右衛門があわてるよりも早く、相手が桂馬《けいま》の両掛かりを決めてニヤリと笑った。

「お子さん。盤がよく見えてるようですよ。それにしてもお馬さんはよかったなあ」

それには答えず父が言った。

今度は客が驚いた。

「信吾、おまえ見ていただけで憶えたのか」

「宮戸屋さん。お子さんに、信吾坊ちゃんに教えた訳ではないのですか」

息子が将棋に関心を持ったのがうれしくなり、正右衛門は手ほどきを始めたのだが、たちまち父は信吾に勝てなくなってしまった。すると正右衛門は、知りあいの将棋好きを連れて来た。

宮戸屋の離れ座敷で子供に将棋を教えると、上等の酒と料理が出されるのだから相手はたまらない。将棋好きはだれかに教えるのが楽しくてならないが、老舗料理屋の酒肴《しゅこう》が供されるとなると極楽だろう。

柳風とは飛車落ちか角落ちの力だと志吾郎は言ったが、謙遜ではなかったのである。「駒形」でなら中級の上か、よくて上級の下くらいだろう。常吉といい勝負、いやこのところ力を付けているので、簡単には勝てないかもしれない。

気が付くと、その常吉が信吾の斜めうしろに坐って、真剣な顔で二人の話を聞いていた。

藪入りからもどるなり、常吉は信吾の番頭か手代、つまり席亭の助手《すけて》にしてくれと頼んだ。飛び入りの対局者の相手ができるぐらいの力がなければだめだと、信吾はそれに関しては保留にしておいた。

以前にもまして将棋に励むようになった常吉は、志吾郎と信吾の会話を真剣な顔で聞いている。

志吾郎は指し手をあれこれと考えているのだろうが、話しながらゆっくりと駒を動かした。考えなくても指せる相手だが、信吾もなるべく間を取って駒を手にするようにした。身の熟《こな》しが素早かったこともあるが、相手に対する興味が尽きなかったからだ。

「わたしが力を付けるにつれ、父は常に少しずつ強い相手を探してくれましてね。将棋を教わるなら筋のいい人に、強くなりたいなら常に自分より少し強い相手と指せ、と言われています。父はいわゆるヘボ将棋の指し手でしたが、勝負事がどういうものかは弁《わきま》えていたようです」

「羨ましいかぎりです」と、志吾郎は歩を突いた。「そして腕をあげられた信吾さんは、遂には将棋会所を開くまでの腕になられた」

「ははは、そんなものではありません。子供は大人がおもしろがっていると、なにがそんなにおもしろいのだろう、夢中になれるのだろうとふしぎなのでしょうね。興味を持ったら真剣に取り組み、あれこれ試して、自分にとって楽しいことを見付け出すのだと思います。父は邪魔をせずに、自由にさせてくれました。その点はおおいに感謝しています」

「そうですよね。まさにそういうことですよね。ところで信吾さんは、泣かれたことがあったのではないですか」

「女のことでしょうか」と信吾は志吾郎の訊《き》いた意味がわかっていながら、少し考える振りをした。「泣かれたことも、泣いたこともありませんね。あッ、一度だけ泣かれたというか、泣かせたことがありました」

志吾郎が戸惑いを見せたのは、信吾のはぐらかしに対してだろう。

「女の人に、いや、女の人をですか」

一字のちがいだが、「に」と「を」ではまるでべつの意味になることもある。信吾は澄まし顔で言った。

「はい。女の子ではなくて、女の人に」

「お聞きして、いいのか悪いのか」

餌に喰い付くことをせず、控え目にさらりと流したところが気に入り、信吾は志吾郎に好感を抱いた。そのためか、つい誘い水を向けてしまった。

「聞いてくださいよ。気になっているのでしょう」

「ええ、実は」

「名前を繁と申しまして、随分と泣かれましてね。だけどあれほど泣かれるとは、思いもしませんでしたよ。それにしてもわたしは親不孝な倅《せがれ》です」

信吾の母の名が繁だと知っている何人かが笑いを洩《も》らし、直後に爆笑となった。

自分の盤面を見てはいても、だれもが二人の遣《や》り取《と》りを聞いていたのである。志吾郎は客たちが聞き耳を立てていたことに驚いたようだが、苦笑しながら近くにいた桝屋良作に訊いた。

「席亭さんは、普段も今の遣り取りのような将棋を指されるのでしょうか」

「そういうこともございますが、変幻自在ですね。しかし本来は、正攻法の堂々とした手を指されますよ。だからこそ、たまに見せる意表を衝いた手が活《い》きるのでしょうけど。ですが志吾郎さんのお訊きになった、泣く意味を席亭さんは曲解しましたね」

　わが意を得たりとばかり志吾郎は微笑んだ。

「負けて口惜しいと泣くような子供は、かならずと言っていいほど強くなると言われていますが、信吾さんは負けて口惜し泣きをしたクチでしょうね」

「将棋に負けて、口惜しいと泣いた憶えはありませんね」

「負けたことがなくて、勝ちっ放しだもん」と割りこんだのは、髪結の亭主源八であった。「そう言えば将棋会所荒らしが生き甲斐の」

「源八さん」と、信吾は窘《たしな》めた。「志吾郎さんはその柳風さんに紹介されて、お見えになったんですよ」

「おっと、いけねえ」

　源八は頭を搔《か》いたが、いかにもわざとらしかった。信吾は志吾郎に言った。

「何度も負かされましたよ。だけど負けるのは自分が弱いからで、であれば、泣きたくても泣く訳にはいかないではありませんか」

「さすが席亭さんです。子供時分から悟られていたのですね」

　甚兵衛がそう言ったが、皮肉っているのでないのは口振りでわかった。

「ハツって女の子は、負けたとき口惜しくてならないと泣きましたね」

素七がそう言うと源八がうなずいた。

「あの子は席亭さんに負けて泣いたからね。今でも憶えている、涙をポロポロこぼして。それにしてもハツさんは強くなったよなあ。負けてたまるかって気持が、人一倍強いんだろう。女チビ名人と呼ばれるだけのことはあるよ。泣く子は育つって、言わねえか」

「……女チビ名人」

志吾郎が怪訝《けげん》な顔をしたので、信吾は説明した。

一年半ほどまえに、祖父に連れられて本所表町からやって来たハツは、信吾に負かされて涙を流したのである。のちになって負けて口惜しかっただけでなかったとわかったが、あのときはだれもが驚かされたものだ。

「席亭さんには大の大人だって勝てっこないのに、十歳の女の子が負けて口惜しいって泣いたんだからね」

源八がそう言うと志吾郎は目を丸くして、信じられぬというふうであった。

「じ、十歳ですか。たった十歳の女の子が、泣いたのですか」

来ていたら引きあわせるのだが、いつもいっしょに来る祖父に用があったのか、あるいは体調がよくないのか、平兵衛《へいべえ》もハツも来ていなかった。

三

「ともかく強いです。子供たちが女チビ名人と渾名《あだな》を付けましてね。今年十二歳になりましたが、去年暮れの第二回将棋大会では、一般応募の人に交じって堂々の十一位となりました。十一歳で十一位ですから、これはもう手放しで立派と言うしかありません」

「素質があるから、席亭さんが特別に指導なさったのでしょう」

志吾郎はそう言ったが、ここは明確にしておかねばならないところである。信吾はきっぱりと打ち消した。

「いいえ、絶対にそれはやりません。お客さまにはどなたからも、二十文の席料をいただいていますので、特別扱いをしては不公平になりますからね」

「すると」と、志吾郎は壁の料金一覧に目をやった。「勝負形式で対局を」

「いえ。それもありませんでした。ただ手が空いたときには他人の対局を見るようにと、ハツさんには、いえ、どなたにも言っておりますけれど」

「人の対局を、ですか。黙って見ているだけで強くなれるなんて」

「横から見ていると良い手と悪い手とか、勝負の進め方の是非が意外と見えるものでしてね。囲碁で言う傍目八目《おかめはちもく》と、おなじことなんだと思いますけれど」

志吾郎がどうにも納得がいかぬという顔なので、信吾は常吉をちらりと見て言った。

「小僧の常吉は将棋を憶えて一年半ほどですが、仕事の手が空いたら他人の対局を見るように言ってあります。わたしが驚くほど、あッという間に腕をあげました」

志吾郎に見られ、常吉は顔を赤らめながらお辞儀をした。そして席を立つと、静かに八畳間から出た。

「今では、さっき話に出た女チビ名人のハツさんと二人で、新入りの子供客に教えております」

「本当ですか」

「志吾郎さんも、騙《だま》されたと思って他人の対局を見てご覧なさい。驚かれるほどの成果があると思いますよ」

信吾がそう言うと、志吾郎はわずかではあるが身を乗り出した。

「席亭さんなら、いろいろおわかりなんでしょうね。どんな人が強くなるかとか、いかなる工夫をすれば勝てるようになるかとか、それぞれの短所と長所とか、将棋を巡る諸々の事柄が、ちゃんと整理されているのではないですか、頭の中に」

「であればいいですが、ぐちゃぐちゃになったままです」

それを聞いた志吾郎は思わずというふうに膝を打ったが、輝きが増したのがわかるほど目の色が変わっていた。

「でしたらいかがでしょう。これを機会に将棋に関するあれこれを、わかりやすく整理されたらいいと思うのですが」

そのときポンポンと音がしたが、矢立と紙片を横に置いた常吉が手を叩《たた》いたのであった。

「お昼の店屋物の註文《ちゅうもん》を取ります。なにかございますか」

何人かが蕎麦《そば》とか丼物を頼んで、常吉がそれを反故紙《ほごがみ》の裏に書き留めている。

「話がおもしろくなったところで、残念ながら昼になってしまいました。志吾郎さん、話の続きは昼ご飯を食べてからにしましょうか、話はまだおすみではないでしょうから」

「だったら日を改めさせてください。今日はちょっと抜け出して来たものですから、ゆっくりしていられなくて」

どうやら商家の奉公人のようだが、どのような職種かの見当は付かなかった。

「わかりました。でしたら、いつでもいいですからいらしてください。対局はなしで、話だけでもかまいませんからね、席料はいただきますけれど」

「よろしく願います」

そう言い残して、志吾郎はそそくさと帰って行った。

一体どういう人なんだろうと、そのうしろ姿を見送りながら信吾は奇妙でならなかった。

「それにしてもふしぎな方ですね、志吾郎さんは」

そう言ったのは甚兵衛だが、奇妙に感じたのは信吾だけではなかったのである。

「将棋会所に来るのは、強くなりたいからでしょう。自分の力の限界を知って、楽しみたいからだけでお見えの方もおいでです。ところが志吾郎さんには、そのような気配が感じられない」

「そりゃそうですよ。あの人には強くなりたいとか、ただ楽しめればいいなんて気は、まるでありませんからね」

そう言ったのは源八であった。

「自信たっぷりですが、なにかお聞きになったのですか、源八さんは志吾郎さんに」

「いんや。あっしがあの人と話していないのは、どなたもご存じでしょう。だけどあれこれ話しているのを聞いたら、わかるじゃありませんか」

それを耳にしたからだろう、昼飯を食べに家に帰ろうとしていた桝屋良作と楽隠居の三五郎《さんごろう》が、思わずというふうに立ち止まって振り返り、引き返して来た。信吾と甚兵衛も顔を見あわせた。

「志吾郎さんには強くなりたいとか楽しみたいという気が、まるでないとおっしゃるのですか、源八さんは」

「おっしゃるのですよ、自信をもってね」

源八は戸惑う常連たちを、からかうような笑いを浮かべた。

「では、あの方はなにを」

桝屋がきまじめな顔で訊いた。

「強くなりたいとも楽しみたいとも思っていないとなると、なぜ将棋会所に来たか決まっているじゃありませんか」

癪《しゃく》でならないが、そう言われても信吾には見当も付かなかった。甚兵衛に桝屋、そして三五郎にもわからないようである。

「将棋会所を開くつもりなんですよ、あのお人は」

源八は自信たっぷりに言った。「あッ」とか「うッ」との声が洩れた。常連たちは顔を見あわせたが、それまでのあれこれを思い浮かべて腑《ふ》に落ちたらしい。

「なるほど、たしかに考えられぬことではありませんね」

甚兵衛がそう言うと、桝屋と三五郎も納得したようにうなずいた。

信吾は全面的に賛同した訳ではないが、志吾郎との遣り取りを振り返ると辻褄《つじつま》があうことが多い。

力量を量るつもりで対局を始めたが、志吾郎はなぜか勝負にはあまり関心がないように思えた。しかもあれこれと話題にしても、将棋が強くなりたいとの気持がさほど感じられない。それでいて、将棋を巡る事柄に関してはなにかと知りたがっていた。しかも時折手控帳に書き入れていたのである。

将棋会所を開くつもりでいるなら、志吾郎と話していて感じた奇妙さには説明が付く。指し掛けた勝負が決着していなくても、志吾郎はそんなことにはこだわらなかった。

そう言えば最初に、「あれこれとお話を伺えれば」と言ったのである。あのとき信吾はそれに触れるべきであったのに、指しながら雑談しましょうと軽く受け流してしまったのだ。

源八の将棋会所を開くつもりという意見には説得力があるが、信吾が全面的に賛同できないのには、ある思いがあったからだ。

もしかすると志吾郎は物書きではないだろうか、とそんな考えが頭を過《よぎ》ったのである。将棋会所を舞台にした戯作かそれに類した本を書くつもりで、会所の雰囲気や客、そして席亭のことなどを調べに来たのかもしれない、という気がしてならなかった。あれこれ勘案すると、その考えも将棋会所を開くのとおなじくらいの説得力がある。

信吾がそう思うのは、ある相談客を巡る体験が非常に強烈だったからかもしれない。信吾は以前、おもしろい話を聞くのを楽しみにしているという客の相談を受け、何度か飲み交わしたことがあった。

相談客に関してのおもしろい、あるいは意外な話はいくつもあるが、相談屋としての守秘義務があって一切口にできない。というか口外すれば、その瞬間に相談屋として失格である。

悩みに悩んだ信吾は、その客が好みそうな話を七転八倒して捏《こ》ねあげてしまった。のちになって客が戯作者の寸瑕亭押夢《すんかていおしむ》とわかったのは、信吾の話をもとに書いた戯作書が発刊されたからだ。

押夢は楽しい男で、その後も波乃包《ぐる》みで付きあいが続いている。

ところで志吾郎はどういう経緯《いきさつ》で、将棋会所「駒形」に信吾を訪ねて来たのだろうか。まずは柳風と近付きになって、先刻のような調子であれこれと訊いたのかもしれなかった。将棋会所破りが生き甲斐だと豪語する柳風にすれば、さして力もないのになにかと質問を繰り出す志吾郎は、煩わしい相手だったのではないだろうか。

だから知りあってほどない信吾を訪ねるといい、と言った気がしてならないのである。席亭であれば客の問いには答えるはずだし、志吾郎の知りたいことに関する知識もあるだろう。とすれば自分より遥《はる》かに適任だ、と思ったにちがいない。

「源八さんのおっしゃった、将棋会所を開こうとしているとの考えはおもしろいですね」

「今ふと思ったんだが」と、三五郎が源八に言った。「とすりゃ、ちとおかしい」

「どこがだね」

「喧嘩腰《けんかごし》にならないでください、源八さん。席亭さんと指しているところを見ていまし
たが、志吾郎さんはそれほどの腕じゃありませんでした」
「強くなくても将棋会所はやれますよ。そりゃ、ここの席亭さんのように強いに越した
ことはありませんが、おなじ程度の人同士を対局させるのですからね。お客さんに将棋
を楽しんでもらうだけで、ああいう貼紙を出さなければ将棋会所はやれますから」
甚兵衛はそう言って壁の貼紙に目を遣った。そこには席料や指導料と並んで、「対局
料　五十文」とあり、「席亭がお相手いたします　負けたらいただきません」とちいさ
く二行が付記してある。
「てことなんだよ、三五郎さん」と、源八は鼻の穴を膨らませた。「客に楽しんでもら
うだけなら、ここの信吾大先生のようにお強くなくても、席亭は務まるってことです」
苦笑しながら信吾は常連たちに言った。
「ここでみなさまにご相談なのですが、次に志吾郎さんがお見えになっても、なにも訊
かないようにしていただきたいのですが」
「どういうことだい。だって、奴《やっこ》さんが将棋会所を開こうとしているのは、まずまちが
いねえぜ」
源八がそう断じたのに対し、信吾は一応の同意を示した。
「わたしもその可能性はあると思います。少し意地が悪いとは思いますが、志吾郎さん

がどういうふうにわたしやみなさんに接するか、どんな話をいかに訊き出そうとなさるか、ようすを見てもいいのではないかと思うのです。取《と》り敢《あ》えずは、訊かれたことにのみ答えてはどうでしょう。そしてあの人の目的がわかったら、全面的に協力したいと思うのですが」

「下駄《げた》を預けるということですか」と、言ったのは桝屋だ。「それがいいかもしれませんね。もしかすると志吾郎さんは源八さんや席亭さんが話していたのとは、まるで無関係なことをお考えかもしれませんから。それなのにわたしたちの臆測だけで問い詰めると、そこから先に進めなくなるかもしれません。少し距離を置いて、見守ったほうがいいと思いますね」

「それにしても席亭さんは太っ腹ですよ」と、感心しきったように甚兵衛が言った。「だってそうでしょう。志吾郎さんが会所を開く気でいるなら、商売敵になる訳ですからね。もっとも浅草近辺ではやらないでしょうが、お江戸のどこかで開くはずですよ。なのに、全面的に協力したいなんて奇特なことをおっしゃる」

「敵に塩を送るは武将の心得ですからね」

桝屋は一人で得心している。

「そりゃ、自信があるからでさ」と、源八は貼紙を顎で示した。「あんなふうに書いてはあるけれど、対局料をもらわなかったことは一度もないからね」

「それではみなさま、志吾郎さんがお見えになることを期待しようでありませんか」

信吾がそう言うと、源八はなにが言いたいのだという顔をした。ほかの常連もおなじ思いらしいので、信吾は言った。

「志吾郎さんは、もうお見えにならないかもしれません。今日、知りたいことがほぼわかったとすればですけれど」

「またいらっしゃると、てまえは思いますよ」と、桝屋が言った。「日を改めて、とおっしゃっていましたから」

将棋会所を開いたり舞台にした娯楽本を書くなら、なにも信吾の「駒形」にこだわることはない。むしろ何箇所かを巡ったほうが、ちがいや共通点、それにさまざまな問題が見えていいはずである。

だから信吾は、志吾郎が来る確率は五分五分だと見ていた。

四

昼の九ツ半（一時）ごろであった。

格子戸を開けて入って来た客を見て、常吉が小腰を屈《かが》めて近付くと、相手は握っていた小銭を小盆に置いた。目で数えてから常吉が訊いた。

「席料は二十文ですが、七十文ございます」

「ああ、五十文は対局料」

小銭を用意してくれたのはありがたかった。常吉がなにかを言うまえに、信吾は客に声を掛けた。

「柳風さん、先日はお客さまをご紹介いただき、ありがとうございました」

そちらに向かいながら礼を述べると、柳風は言われた意味がわからないらしく小首を傾《かし》げたが、すぐに笑みを浮かべた。今日も宗匠頭巾をさり気なく被《かぶ》り、頭陀袋を提げているが、趣味人らしい風貌によく似合っている。

「早速やって来ましたか、それにしても気の早いお人だ。ところでいつでした」

「一昨日の朝お見えでした」

「きまじめな志吾郎さんらしいな」

含んだように柳風は笑った。

「とおっしゃいますと」

「黒船町の駒形に、信吾さんという席亭さんがいるので訪ねるがいいですよと言ったのですがね。それが三日まえでした」

「そうしますと、その次の日にいらしたのですね」

「あのう、対局はどなたと」

金をもらったままなので気懸かりでならないのだろう、常吉が柳風に訊いた。

「今日は席亭さんと願いたいのだが、いいですか」

「よろしゅうございます」

そう言って信吾は見廻《みまわ》したが、表座敷の八畳間と六畳間だけでなく、板の間まで満席であった。相手がいないので、他人の対局を見ている客もいる。

「奥の六畳間に茶を頼みます」

信吾が常吉にそう言って先に立つと、八畳間で桝屋良作と指していた甚兵衛が「あの」と声を掛けた。

「席亭さん。よろしかったら、観戦させていただきたいのですが」

甚兵衛がそう言うと、桝屋も同意の色を目に浮かべた。信吾と柳風がちらりと顔を見あわせると、甚兵衛はなにかを察したらしい。

「いえ、今日のところは遠慮しておきましょうかね」

差し支えなかったが、観戦者なしのほうが気楽に話せるだろう。もしかすると、微妙な話になるかもしれないからだ。

そうしてもらえるとありがたいですというふうに、信吾は甚兵衛にうなずいて見せた。すぐに常吉が茶を持って来るので、半分だけ開けた襖《ふすま》はそのままにしておいた。壁際に積んであった座蒲団《ざぶとん》を二枚出して、信吾と柳風は静かに腰をおろす。

「迷惑ではなかったですかね、席亭さんに志吾郎さんを押し付けた格好になってしまいましたから」

「いえ、そんなことはありません。どうであろうと、紹介していただけるのはありがたいことです。お客さんに来てもらいたくても、雷門のまえに立って呼びこみをする訳にもまいりませんから」

「こちらはその必要はないでしょう。いつも盛況で、今日だって満席じゃないですか」

「失礼いたします」

湯呑茶碗を盆に載せてやって来た常吉は、まず二人の間に将棋盤を据え、その上に駒入れを載せた。そして膝まえに湯呑茶碗を置いて頭をさげた。

「旦那さま、襖は閉めておきましょうか」

「ああ、そうしてもらおうか」

甚兵衛との遣り取りはだれもが聞いていたので観戦しに来る者はいないだろうが、襖を開けたままでは話が洩れることもある。助手にしてもらいたいと打ち明けてからというもの、常吉は細かなことにまで気が廻るようになっていた。

二人は左手で湯呑茶碗を持って、ときどき口に含みながら、右手でゆっくりと駒を並べ始めた。

「熱心なのはいいのですがね、あそこまで熱心だと少々閉口させられます」

柳風が志吾郎のことを言っているのはわかるが、なにに対して熱心なのかはまるで不明だ。こうなると黙って話を聞くしかない。

「何人もの席亭さんと知りあいになりましたが、志吾郎さんの思いをちゃんと受け止められそうな人はいませんでした。あの人がやろうとしていることが、簡単にできるとは思えません。まともな人なら考えもしないでしょうが、こと本人に関してとなりますと、志吾郎さんほどまともな男はおりませんでね」

はぐらかそうとの思いは柳風にはないだろうが、信吾にはなにを言いたいのか判断が付かなかった。ただ、志吾郎の思いを受け止められるのは信吾しかいないと言いたいことはわかるが、だからといってそれだけではどうしようもない。

「しかも無私の心で取り組んでいるところは、実に立派です」

なにに対して無私であるかが不明では、考えはそこから先に一歩も進まない。

「あれこれと訊かれましたが、志吾郎さんがなぜわたしのところにいらしたのかは謎です。いえ、柳風さんに紹介されたのでお見えになったのですが、なにをお考えで、なにを知りたいのかが」

「話す内容が取り留めもなくて」

「そうなんですよ。常連さんたちも、なんともふしぎな人だと言うばかりで」

「ですが臆測と言っては悪いですが、あれこれと意見は出たようですね」

そう問われればうなずくしかない。

「例えばどのような」

「将棋会所を開きたいのではないかと」

「ほほう」

柳風の驚きようからは、考えもしていなかったからか、志吾郎がやろうとしていたことだったからかはわからない。しかし将棋会所開きであれば、まともな人が考えもしないことだとは言わないだろう。

「その根拠はこういうことだそうです。会所にお見えの方は、ほとんどの人が強くなりたいとお考えです。でなければ、これまで散々指してこられて自分の力の限界がわかっている。だけど好きな将棋はやめられないので、自分と同程度の人と指して楽しみたい」

「強くなりたいか楽しみたいか、そのどちらかでしょうね」

「ところが志吾郎さんはそのどちらでもなさそうだと、常連さんたちは感じたようでしてね。強くなりたいとの意気込みが感じられないが、かといって将棋を単に楽しみたいふうでもない。それなのに、やたらと将棋絡みのことを訊こうとする」

「それはおかしい。となると、べつのねらいがあるにちがいない、と。なるほど鋭い読みですね」

とすれば源八の読みが正しかったのかと、信吾は軽い落胆を覚えた。柳風は信吾の微妙な心の揺れを見逃さなかった。

「ただ、席亭さんは会所開きの説には納得がいかないのでしょう」

「といって、臆測であることに変わりはないのですが」

「会所を開きたいというよりは、可能性が高いとお考えなんですね、席亭さんのお考えのほうが」

うっかりうなずいてしまった。

相談屋としていつも訊く側にいる自分が、なんと迂闊《うかつ》なことをと信吾は臍《ほぞ》を噬《か》んだ。しかし後の祭りである。正直に打ち明けるしかない。

「式亭三馬《しきていさんば》さんの『浮世風呂』や『浮世床』のような滑稽本を、将棋会所を舞台に書こうとの思いでようすを見に来て、ついでにあれこれと話を訊いたのではないかと」

「うぉっほっほ」と、柳風はなんとも妙な笑い方をした。「いや、これは失敬。しかし愉快だ。会所を開きたいと思ってと、会所を舞台とした滑稽本を書こうとして、ということですか。となると謎の男志吾郎さんが、あれこれ訊いてもふしぎはない」

「ちがっていましたか」

「残念ながら二つとも外れです」と言ってから、柳風は天井を見あげた。「いや、そうとも言い切れないか。待てよ、双方ともまるで関わりがないとは言えませんね。どちらも微妙に絡んでおりますから」

駒を並べ終えたが、柳風はしばらく盤面を見たままである。それから信吾を見て、悪戯《いたずら》っぽい笑いを目に浮かべた。

「席亭さんは口が堅いでしょうね」

「ええ、そりゃもう。背中を鉈《なた》か手斧《ちょうな》で断ち割られ、煮え滾《たぎ》る鉛を流しこまれたって、口を割るもんじゃございません」

決まり文句の啖呵《たんか》には大抵の者が目を丸くして驚いたものだが、柳風は噴き出した。

「そこまで気張ってもらわなくていいですが、でしたら席亭さん、志吾郎さん本人とか常連さんには、わたしの言ったことは黙っていてもらえますね」

「もちろん」

「と言っても、本人が打ち明けるまでの辛抱です。わたしとしては本人の口から伝えてもらいたいのですが、話すかどうかは半々というところでしょうか。志吾郎さんは、このわたしに白羽の矢を立てたのです」と、柳風は宗匠頭巾を指差した。「三十一文字《みそひともじ》の世界で会を主宰し、しかも将棋がそこそこの腕なので、ねらいを定めたらしい」

「柳風さんはお名前からして、連歌を嗜《たしな》まれておられるのですね」

「連歌なら粋ですが狂歌のほうでして」

「狂歌のほうが、ずっと粋で洒落ていると思いますが」

「席亭さんはうれしいことを言ってくれますが、お蔭《かげ》で志吾郎さんに目を付けられてしまいました。狂歌をやっているなら筆は立つだろうし、少なくとも書くことは苦にしないにちがいないとは乱暴な判断です。その上、将棋会所破りを生き甲斐にしているとなると、鬼に金棒だと思ったのでしょうね」

そこまで言われたら、信吾だって気付かない訳がない。

「将棋上達の秘訣《ひけつ》のような、あるいはそれに類した本を書いてもらえないかとの打診、いや、依頼をされたのですね」

となると志吾郎は書肆《しょし》の奉公人ということだが、本屋に勤めているのであればそれまでの遣り取りも納得できる。

将棋に関する知識が頭の中で整理されているのだろうと問われ、信吾は混乱したままだと答えた。すると志吾郎は「でしたらいいかがでしょう。これを機会に将棋に関するあれこれを、わかりやすく整理されたらいいと思うのですが」と言ったのだ。

「ということですが、わたしのところに話を持って来るなんて、お門違いもいいとこじゃありませんか」

柳風は言下に打ち消したが、憤慨しているというほどではなさそうだ。

「わかるでしょう、席亭さん」

と言われても、信吾としては迂闊なことは言えない。

「ええ、なんとなくではありますが」

言った途端に、信吾はなにを言っているのだと自分の頭を殴りたくなった。ところが柳風は信吾の曖昧な言葉よりも、自分の思いをいかに伝えるかに心を砕いていたようだ。

「言語道断でしょう。この柳風のところに、ありきたりでまともな本を書けと言って来るなんて。おなじ三十一文字でも、こちらがやっているのはまるっきり別個のものですからね。『歌よみは下手こそよけれ天地《あめつち》の動き出《いだ》してたまるものかは』と、居直ってやっているのが志吾郎さんにはわからないのだろうな」

なぜ柳風が宿屋飯盛《やどやのめしもり》の狂歌を引用したのかが、信吾には理解できなかった。それに気付いたらしく、柳風は説明を繰り拡《ひろ》げた。

「将棋上達の秘訣なんて本は、ありきたりの連中に、ありきたりのことをわかりやすく述べるということでしょう。狂歌はその逆のところに、おもしろみを見出しているのですからね。当たりまえの連中の当たりまえを皮肉り、それにぴったりの言葉を選び抜いて徹底的にからかう。それを飯の種にしている柳風に、将棋上達の秘訣のような本を書けと言った志吾郎さんは、まるでわたしがわかっていないということではないですか」

「だから柳風さんはその話を、つまり志吾郎さんをわたしのほうに差し向けたという訳ですね」

「席亭さん、こっちに刃《やいば》を向けないでくださいよ。酔狂をよしとするわたしに、まじめな話を持って来ないでほしいというだけのことです。そういう話なら、まじめとしか言いようのない信吾席亭のところに持って行くように。やつなら、おっと失礼、あのお方、信吾さんならちゃんと受け止めてくれるはずです、ということでしてね」

「ですがわたしには、受けることができそうにありませんね」

「なぜです。いい話だと思いますけど」

「いい話だとおっしゃるなら、柳風さんがお受けになればいいではありませんか。わたしなんぞに廻さないで」

「とんだ藪蛇。痛いところを衝かれました」

「正直なところ、興味がない訳ではありません。いえ、とてもおもしろいと思いますよ」

「であれば、首を横に振ることはないでしょう」

「わたしは将棋会所を細々と営んでおりますが、それだけではないのです」

「どういうことですか。まさか昼夜で、表裏の顔を使い分けているのではないでしょうね。丑《うし》三つどきになると、なんとか小僧と呼ばれる夜盗に姿を変え、などということが」

「それこそ、まさか、ですよ」と笑ってから、信吾は真顔になった。「こちらにお見えのときに、柳風さんはもう一つの看板に気付かれませんでしたか」

「もう一つの看板、ですって」

「めおと相談屋の看板が、目に入ったと思ったのですが」

「めおと相談屋の看板、ですか」

鸚鵡返《おうむがえ》しのような柳風の乱れは、とても三十一文字の世界で生きている男とは思えなかった。

「実はわたしは世の中の困った人、迷っている人のお役に立ちたいと、よろず相談屋の看板を掲げました。ですが若造ですのでお客さんが来ないだろうから、とてもやっていけそうにない。そこで日銭を稼ぐために将棋会所を併設したのです。女房といっしょになってからは、めおと相談屋に改めましたけれど、やはり喰えないので将棋会所は続けています。ですから相談屋の仕事が入ると、調べごとや事実の確認に忙殺されましてね。とてもではないですが、将棋上達の秘訣のような本を書く時間は取れそうにありません」

「なるほど、事情はわかりました。だが人とはふしぎな生き物でしてね。むりだ、とてもできないと思うと本当にできないのですよ。ところが、やれる、なんとかなると思ってやりますと、ふしぎとできるものでしてね」

信吾は思わず笑ってしまった。

「さすが三十一字を操って生きて来られた宗匠さんです。言葉の選び方と並べ方が、わたしなどにはとても真似《まね》できません」

「皮肉は席亭さんらしくないから、およしなさい」と、柳風も笑った。「今ここで決めることはありません。頭の片隅に入れておいて、なんとかなりそうだと思えばやってみればいいではありませんか。ということで、志吾郎さんが来れば話を聞いてやってください。と、話せばきりがない。さて、勝負に掛かるとしましょうか」

五

「いらっしゃい」

四五六さん、とうっかり続けそうになり、辛うじて信吾は言葉を呑《の》みこんだ。柳風に言われたこともあって、つい志吾郎のことを考えてしまうのだが、信吾の中で志吾郎は、最初から四五六に置き換わっていたのである。

甚兵衛、桝屋良作、源八、三五郎たちが、零《こぼ》れんばかりの笑みを浮かべて目礼した。先日は謎だらけだった志吾郎のことが、今日はかなり明らかになるにちがいないとの期待のためだと思われた。

「奥に六畳間があるそうですね」

八畳間にも六畳間にも空席はなくはなかったが、どうやら志吾郎は奥の間があることを柳風に聞いて来たらしい。となると、できれば信吾のほかには訊かれたくない話ということだろう。

ハツが来ていたので引きあわせようと思ったが、志吾郎が奥の六畳間のことを訊いたので、そちらを優先しなければならない。

「でしたら志吾郎さん」

信吾は目顔で甚兵衛と常吉にあとを頼むと、先に立って土間に降りた。期待していただろう常連たちを裏切ることになるが、それは止《や》むを得なかった。

日和下駄を突っ掛け、信吾は格子戸を開けて外に出た。雪駄を履いた志吾郎が続く。鯉《こい》や小鮒《こぶな》の泳ぐちいさな池のある庭を横切って、母屋との仕切りの生垣に設けられた柴折戸を押した。

表の八畳間で縫物をしていた波乃が、急いで布や糸と針などを片付けた。

「将棋会所のお客さまで、志と吾に一郎二郎の郎を続けて志吾郎さんとおっしゃる」

最初に志吾郎が自己紹介したとおりに言ったが、「ココロザシにワレ」で波乃は「志と吾」だとわかっただろうかと、少しだが信吾は気になった。

「志吾郎です。どうかよろしく」

「波乃と申します。いつも主人がお世話になっております。すぐお茶をお持ちしますね」

「あッ、お構いなく」

波乃が部屋を出ると、志吾郎はわずかに戸惑いを見せた。信吾と波乃が「めおと相談屋」をやっていることを、いや信吾が妻帯していることすら、柳風は話していないようだ。

柳風は志吾郎を、ほとんど白紙の状態で差し向けたというふうに言っていた。信吾のことも、黒船町で将棋会所「駒形」をやっているということしか教えていないらしい。柳風は志吾郎と信吾が意気投合しそうだと感じたので、予備知識を持たぬ状態で会わせたかったのだとわかった。ということは、信吾は常連たちと志吾郎について、あれこれ穿鑿《せんさく》すべきではなかったのである。

しかしそれを言っても始まらない。できるかぎり自然な気持で接しようと、信吾は自分に言い聞かせた。

「将棋会所のほうはよろしいのですか」

事情がよくわからぬ志吾郎は、信吾が母屋に誘ったことを、どのように判断していいかわからぬようだ。

「大黒柱に取り付けてある鈴に気付かれませんでしたか。といってこのまえも今日も、志吾郎さんのおられたときには鳴りませんでしたから、気付かれるはずがありませんよね。ここを母屋あちらを仕事場と呼んでいますが、なにかあれば大黒柱の鈴を鳴らして報せるようにしているのです」

「そうでしたか」

「ですので今日はゆっくりと話せます。志吾郎さんもそのつもりでいらしたのでしょう」

志吾郎が奥の六畳間について訊いたのは、落ち着いて話したければこそであったはずだ。

「実はそうなのです。今日は帰りを気にしなくても大丈夫ですので」

ということは、あるじの許可をもらっているということだ。

「こちらに移るとき声を掛けた人は、甚兵衛さんといって古顔の常連さんですが、実は将棋会所の家主でもあるのです。甚兵衛さんと小僧の常吉に声を掛けておきましたから、よほどのことがなければ大黒柱の鈴は鳴りませんし、呼びにも来ません」

そのとき、金龍山浅草寺弁天山の時の鐘が八ツ（二時）を告げた。

「将棋会所のお客さまが帰られるのが七ツ（四時）ごろからですので、一刻（約二時間）は話せます」

波乃が茶を出してさがった。

「先日は志吾郎という名前しか申しませんでしたが、てまえは日本橋本町三丁目の『耕《こう》人堂《じんどう》』という書肆、本屋ですね、そこの駆け出しの番頭でございます」

信吾は耕人堂の名は、担ぎの貸本屋啓文さんから聞いた記憶があった。人を、あるいは人の心を掘り耕したいとの思いで命名したらしいが、実用の書などを出している板元だ。

志吾郎は番頭と言っても一番下の三番番頭で、それも昨年冬の初めに手代から昇格したばかりとのことであった。あるじは本格的に志吾郎に仕事を手伝わせることにしたらしいが、手代では書き手や紙問屋、板下の彫師や刷師などとの遣り取りもあるので、対等に話せるよう番頭にしたとのことである。

あとでわかったがそれは志吾郎の謙遜であった。二十三歳の若さで番頭になったのは、耕人堂では志吾郎が初めてだそうだから、有能なればこそであろう。

「冷めぬうちにどうぞ」

そう言って信吾が湯呑茶碗を手に取ると、志吾郎も右手で摑《つか》んで左手を添えた。飲もうとして志吾郎は茶碗の中に目をやったが、その顔にじわーッと笑みが拡がった。

一口含むと、志五郎は静かに茶碗を下に置いた。

相手が自分のことを話したので、信吾も先だって柳風に語ったこと、「よろず相談屋」だけではやっていけないので将棋会所「駒形」を併設し、波乃を娶《めと》ってから「めおと相談屋」に改めたことなどを話した。

話は先日柳風と話した将棋上達に関する本の執筆に関してになるだろう。志吾郎の話を聞かないかぎりなんとも言えないが、相談屋と将棋会所をやっている信吾にとって、執筆がかなり厳しくなることは感じてもらえたにちがいない。

　双方の自己紹介が終わると、志吾郎は庭に目を向けた。

「見事な枝ぶりですね」

　志吾郎の視線を追うと梅の古木を見ている。

「枝ぶりの良さはわかるようでして、福太郎《ふくたろう》はやって来ると、長い時間、黙って見ていましてね」

「フクタロウ、と申されますと」

「梟《ふくろう》に名前を付けたのです。ときどき姿を見せますのでね。フクロウに夕を加えて、福太郎というだけのことですが」

「梟に名前を、ですか」

「梟だけではありません。椋鳥《むくどり》の一羽には純真《じゅんしん》と名付けました」

「それはおもしろい」

　書肆の奉公人なので、純真無垢《むく》の駄洒落に気付いたらしい。

「梟が梅の横枝にとまるのは、安定しているから落ち着けるのか、梅の花や枝ぶりを愛《め》でるためなのか。どちらなのでしょう」

「えッ、そんなことを考えておられるのですか、普段から」

まだ二人の間合いを量りかねているらしく、志吾郎は慎重な言い方をした。

「まさか。今、ふと思っただけです」

「それを聞いて安心しました。梅はいいですね。てまえはどちらかと言うと、桜より梅が好みでして」

「わたしもです。桜は華やかすぎる反面寂しいですが、梅は控え目ですので心を安らかにしてくれます」と言ってから、信吾は梅から志吾郎に視線を移した。「桜切る馬鹿、梅切らぬ馬鹿、という諺《ことわざ》があります。志吾郎さんは意味をご存じでしょうね」

志吾郎が目を少し細めて信吾を見たのは、急に話題が変わったので、問いの真意を量りかねたからだろうか。それとも自分は試されているのかもしれないと、警戒した可能性もある。

少し間を置いてから志吾郎は口を切った。

「桜は枝が細かくわかれたさらにその先に花が咲き、一度剪定《せんてい》した枝の途中には咲かないそうです。ですから古い枝を大切にしないと花が咲きません。梅は伸びた枝の全体に直接花が咲くため、小枝を刈りこんで新しい枝を伸ばしたほうが、花が多く咲くそうです」

信吾が驚いたのは、志吾郎から庭師のような言葉が返って来るとは、思ってもいなかったからである。

「桜は古い枝を大切にしないと花が咲きません。つまりやたらと剪定しては、きれいな花を見ることができないので、桜切る馬鹿となります」

「梅切らぬ馬鹿は」

「梅の古い枝は、そのままにしておくと枯れることがあります。こまめに剪定して新しい枝を伸ばしたほうが、きれいに咲き誇った花が見られるのです。ですから桜切る馬鹿、梅切らぬ馬鹿と言われます」

「なにも知らぬわたしは、ただの馬鹿となりますね。それにしても志吾郎さんが物識《ものし》りなのには、驚かされましたよ」

「いえ付け焼き刃で、てまえはなにも知りません。耕人堂が出している、居心地のいい庭を保つにはいかにすればいいかについて書かれた本からの、受け売りでして」

「と言いながら、桜と梅のちがいから諺を解くのだからすごいですよ、志吾郎さん」

「てまえがすごいのではなくて、それを著した本がすごいと思いますが」

自分の書肆《しょし》から出している本の宣伝を、さり気なく挟んだのはさすがである。書名を出すほど厚かましくないのが好ましい。

信吾は志吾郎に向き直った。

「桜切る馬鹿、梅切らぬ馬鹿。この諺は桜と梅はまるでちがうものだから、その特性を知ってちゃんと扱わないと、持ち味を活かせないどころか殺してしまう。これは人を教え育てることで、なにが重要かをわからなければならないということだと、檀那寺《だんなでら》の和尚さんに教えられました」

「人を教え育てることと、おなじということですね」

「桜と梅は、それにあった手入れをすれば、初春から春にかけて美しい花を咲かせます。人もおなじだと和尚に言われました。桜のように思いのままに枝を伸ばしてあげることで美しい花を咲かせる人と、梅のように手を掛ければ掛けるほど見事な花を咲かせる人がいるそうです。その逆をしては、花を咲かせるどころか、木を、人をダメにして、場合によっては枯らせてしまいます」

「つまり、物事の本質を見極め、その人にふさわしい育て方をしなければならないということですね」

「だと思います。簡単ではないでしょうけれども」

「そこまでわかってらっしゃるなら、信吾さん、てまえといっしょにそれをやろうではありませんか」

「ちょっと待ってください、唐突に言われても」

「信吾さんには、これまでの遣り取りでわかってらっしゃるはずですが」

「どういうことでしょう」

「てまえは本を出すのを商売にしている耕人堂の、番頭でございます」

志吾郎がそこで言葉を切ったのは、念を押すつもりだったのかもしれないが、信吾は思わずというふうにうなずいてしまった。話の流れで、「わかり切ったことを言わないでください」とは言えなかったのである。

「信吾さんは将棋を楽しんでもらい、また教えもしている将棋会所の席亭、あるじさんです。てまえは会所に伺って、いろいろと将棋に関する話を聞かせてもらいました」

事実なのでうなずく。

「そして今、たった今ですが、それぞれの人にふさわしい育て方をしなければならないということで、考えが一致しました」

「ええ。概《おおむ》ねのところは」

「とんとん拍子で話が進んだということは、てまえの考えている案がうまく結実するということにほかなりません。茶柱二本ですからね。これはもう、まちがいないですよ」

「茶柱二本ですって」

「昼ご飯を食べて耕人堂を出るまえに茶を飲むと、茶柱が立っていたのです。今回の話が順調に進む兆しだと思って気をよくしたのですが、先ほど波乃さんが淹《い》れてくださったお茶にも茶柱が立っていました。茶柱が立つこと自体が滅多にないのに、それが二本ですからね。こうなればあとはやるのみです。将棋を強くなりたい人向けの本を書いてください。耕人堂から出しましょう」

それまでどちらかと言えば、おだやかで控え目であった志吾郎の、まるで人が変わったような迫力に、信吾はいささかたじたじとなった。

「ちょっと待ってください。それは志吾郎さんの考えといいますかご都合で、わたしの事情もわかっていただかなければ」

「相談屋と将棋会所をやっているので、書く時間が取れないということですね」

信吾は柳風にも話したが、相談が入ると調べごとや事実確認などのために、多大な時間が取られると訴えた。

「それはわかっていますから、三月や半年で書きあげてください、などという無茶は申しません」

「と言われても限度があるでしょう」

「一年は掛かると思っております。それでも厳しいのでしたら、二年、三年、場合によっては五年だって待ちますよ」

「そりゃ無茶だ」と、信吾は思わずおおきな声を出してしまった。「本の世界は、早い者勝ちだと聞いたことがあります。わずかでも遅れると二番煎じとなって、売れ行きががぐんと落ちると」

「そうです」

「だったら」

「普通の本、ありきたりの内容なら早い者勝ちとなりますが、群を抜いて内容が優れていれば、負けるものではありません。むしろ類書が多いほどいいのです。類書が多ければ話題となりますから、本物が光り輝いて定番となるのです」

六

信吾はすっかり気圧《けお》されてしまった。それに二年三年、場合によっては五年でも待つと言われれば、いくら条件付きであろうと、気持がぐらつくのをどうしようもない。

「しかし、具体的な内容はなに一つ決まっていないのですよ」

「決めましょう。いえ、今ここでという訳ではありません。しばらく日にちを置いて、信吾さんとてまえ、双方からさまざまな案を出します。それを突きあわせ、じっくりと詰めてゆけば、書くべき内容が次第に明らかになりますから。今はなにも決まっていない状態なので漠然として、捉えどころがないように感じられると思います。最初はなんだってそうなんですよ。でもたった一行の手控が、一度動き出すと驚くほど短時間でおおきく膨れあがり、形を成すことがありますからね」

「だからといって、内容が群を抜いて優れたものを書ける保証はどこにもないでしょう」

「信吾さんにはできます。それを見極めるために先日の昼まえ、信吾さんに付きあっていただき、いろいろと話してもらったのです」

信吾は思わず溜息《ためいき》を吐《つ》いた。

それがいかに困難であるかの理由を並べ、どの一つであったとしても障害になって、発刊に漕《こ》ぎ着《つ》けるのが困難だろうと思っていたのに、次々に説破されてしまったのである。なんだか追い詰められているようで、息苦しくなってきた。

志吾郎の変貌にも信じられぬ思いがした。どちらかと言えば控え目で、相手の言うことをよく聞き、自分の考えを押し通すことをしない。まるで商人らしくないが、書籍の世界だからそれでも通じるのだろうか、ぐらいに思っていたのである。

しかし信吾としては、押し切られる訳にはいかない。

「待ってください。志吾郎さんはそのように思われるのですね」

「はい。自信を持って」

「ですがこのお話は、志吾郎さん止まりだと思います」

「どういうことでしょう」

「志吾郎さんの熱意は素晴らしい。ですがあるじさんが、耕人堂のご主人が首を横に振れば、それまでじゃありませんか」

「なんだ、そんなことですか。信吾さんのことだから、よほどの切り札をお持ちだと思っておりましたよ」

信吾は最大の切り札だと思っていたのに、いとも簡単に切り返されてしまった。

「このまえ信吾さんにお会いしたてまえは、耕人堂にもどってそれまでのことをあるじ富三郎《とみさぶろう》に報告したのです。腕組みをして目を閉じたあるじは、ひと言も挟まずに、てまえの申すことを聞いておりました」

「ちょっとお待ちください。これまでのことと申されますと」

「そうでした。つい先走りしてしまいましたね」

そう言って志吾郎は、ここに至った経緯を話した。

昨年、冬になったばかりの神無月《かんなづき》（十月）の上旬、志吾郎は富三郎に呼ばれた。そして年が明ければ二十四歳になるので番頭にと思っていたが、二十三歳と十ヶ月となった今、番頭に格上げすると言われた。

「二十四歳を待たずに番頭にするのは、早速動いてもらいたいからです。手代では、相手に軽く見られるので番頭にしましょう」

まるで、仕方ないからそうするのですと言われた気がした。

富三郎は体の横に置いた重ねた紙束を、向きあった二人の膝のあいだに押し出した。見れば志吾郎の字で書かれた何枚もの紙片である。手代になった十八歳から、志吾郎は本にしたい案を月に最低三本出すように命じられていた。そのごく一部ということだ。

「十六本あります。箸にも棒にもかからぬものばかりだったから、五年ほどで残ったのはそれだけでね」

最低でも二百、おそらく二百二、三十は案を出したはずである。その中で本になったのは四本で、年に一本に満たない。しかも実際に担当して本に仕上げたのはあるじの富三郎か番頭で、志吾郎はその一部を手伝っただけであった。

「その十六本は志吾郎の案の中ではいくらかましなものですが、だからといって本にできるというのではありません。志吾郎もわたしや番頭の下で働きながら、仕事を覚えてきたので、今の目で洗い直せば本にできる案になるかもしれない、ということです。これからも毎月三本出してもらいますが、それとはべつにこの十五本は練り直してもらいたい」

「十六本ではないのですか」

「志吾郎は将棋が、そこそこの腕だそうですね」

「いえ、いわゆるへボ将棋でして」

「下手でも好きなのでしょう」

「はい。ですが、ただ好きなだけでは」

「好きこそ物の上手なれと言いますからね。要するに大事なのは、熱意があるかどうかということです。十六本の中で将棋の本だけはその熱が、熱気が感じられました。だから作り方次第では、ちょっとしたものになるかもしれません。番頭になった初仕事としてそれをやってみなさい。書名はあとで決めるとして、絶対に強くなりたい者のための将棋上達法、とか、負けず嫌いのための将棋上達法、などの線で考えてみるように。書き手の候補も探さねばなりません。将棋が強いのが第一ですが、それだけではだめです」

「と申されますと」

「物事を冷静に系統立てて考えられ、実際に強くなるための具体例を熟知しておらねばならないからね」

まるで雲を摑むような話で、志吾郎は呆然《ぼうぜん》としてしまった。

「どうしました。ぼんやりして。どこから手を付ければいいのか、わからぬらしいね」

答えられないでいると富三郎は苦笑した。

「近頃は将棋を趣味とする者が増えたので、各地に将棋会所が林立は大袈裟としても、急増しているそうです。となればピンからキリまであるでしょうが、ふらりと訪れて、見ているだけでも良し悪《よあ》しはわかると思いますよ。強い将棋指し同士は、好き嫌いはあるでしょうがそれぞれのことをよく知っているはずです。一人強い人を見付ければ、芋《いも》蔓式《づるしき》に摑めるものです。あまり深刻にならずに、まずは将棋会所を覗《のぞ》いてみることだね」

あるじの富三郎に発破を掛けられ、志吾郎は動き出したのである。趣味の連歌の会の関係で柳風を知り、柳風を通じて信吾とも知りあえた。

何人もにあれこれと話を聞いて、富三郎の言ったことを成せるのは信吾以外にいないと確信したことなどを、洗い浚《ざら》い打ち明けたのであった。

志吾郎が話し終えても、富三郎は腕を組んで目を閉じたままで身動《みじろ》ぎもしなかった。

それにしても長い。

相手はあれこれと考えているのかもしれないが、ただ無言でいられると、まえに坐っている身は、針の筵《むしろ》に坐らされたと思うほどの苦痛を味わわねばならなくなる。

もしかすれば志吾郎の報告が、期待外れだったのではないだろうか。取り敢えずは好きなようにやってみなさいと言われ、自分なりに考え動いたが、それが甘いと言うか、あまりにも未熟すぎたのかもしれない。

まさか解雇《くび》にしようと考えているのでは、そう思った瞬間に、その思いが頭の全領域を占めて、ほかのことが考えられなくなってしまった。富三郎の沈黙の意味が、一気に倍にも三倍にも感じられた。

「その信吾さんとやらは、まだ若いと言いましたね」

富三郎が声を発したので志吾郎は生き返った思いがしたが、それも束《つか》の間《ま》で、次の瞬間には地獄に突き落とされた。信吾は若いというより、若すぎるのだ。となれば経験や知識の面で、長くやっている人にはとても太刀打ちできるとは思えなかった。

だが答えない訳にはいかない。

「はい。若いです。二十二歳だと聞きました」

「二十二歳ですか」

そして再びの沈黙。さらなる地獄かと覚悟したが、無言は長くは続かなかった。

「この際だから、二十二歳の若さに賭けてみようではないですか」

「なんですって」

志吾郎にすれば信じられぬ思いであった。

「信吾さんとやらの、二十二歳の若さに賭けてみましょう」

「そうはおっしゃっても」

志吾郎は先刻、信吾がとてもむりだと羅列した理由を展開した。ところが富三郎にことごとく説破されてしまった。

「先ほどてまえは、信吾さんを打ち負かしたのではありません。あるじに言い負かされたその手を、すっかり裏返しにして信吾さんに返しただけなのですよ」

ギャフン、してやられた！

まさにそう言うしかなかった。

「あるじの富三郎さんが策士なら、志吾郎さんも負けず劣らずの策士ですね。物静かで控え目、ほとんど自分を通さぬおだやかな人だと思っていたので、すっかり騙されてしまいました。まさに君子豹変《くんしひょうへん》す、ですよ」

「攻めるときは攻め、守るときは守る」

「なんですって」

「攻めるときは攻め、守るときは守る。それが商売の要諦《ようたい》だと、耳に胼胝《たこ》ができるくらい叩きこまれました」

「なるほど、それが商売の要諦ですか」

顔にこそ出さなかったが、信吾の心は興奮で激しく震えていた。まさにそっくりおなじことを、常吉に教えていたからだ。

将棋は攻めるときには攻め、守るときには守らなければならない。守るべきときに攻めても、相手が受け損ねないかぎり、攻め切れずに手ひどい目に遭わされる。攻めるべきときに勘ちがいして守ったりすると、相手は嵩《かさ》に掛かって攻めて来る。大抵は押し切られるし、なんとか守り抜いたとしても、以後の攻める切っ掛けを失って、まず立ち直れない。攻めるときには攻め、守るときには守らねばならない、と。

それればかりではない。将棋客が帰ったあとで信吾と常吉は将棋盤と駒を拭き浄め、常吉は棒術の鍛錬に、信吾は木刀の素振りや鎖双棍《くさりそうこん》の型を繰り返し習練した。棒術の基本は、打つ、振る、突くの三動作だが、その組みあわせで相手の攻撃から自分を護《まも》る。

棒術でも一番大事なのはやはり、「攻めるときには攻め、守るときには守る」であった。

　信吾が常吉にそのことを話していると、相談屋の仕事にも通じますねと波乃が言った。そう言われて信吾は膝を打ったが、相談屋は相手が話しやすいようにことを運び、説き伏せるときには攻め切らなくてはならない。

　ということは、すべてに通じるのだと信吾は思ったのであった。そして今、志吾郎に「攻めるときは攻め、守るときは守る」が商売の要諦だと言われたのである。

　信吾は心を決め、志吾郎に対しきっぱりと言った。

「わかりました。やらせていただきます。ですが、この男にはとても書けないと思われたら、その時点で打ち切っていただいてけっこうです」

「大丈夫ですとも。信吾さんなら絶対に書けます。なぜなら、一番大事な熱意をお持ちですから」

「志吾郎さんに完全に嵌《は》められた格好になりましたが、ここまで来ればやるしかないですね」

「嵌められたとは、いくらなんでもおだやかじゃありませんね。でしたら申し訳ありませんが、奥さま、波乃さんをお呼びいただけますか」

　えッ、どういうことだと思ったが、こうなれば四の五の言っても仕方がない。

　信吾が名を呼ぶと、波乃は「はーい」と底抜けに明るい返辞とともに、襖を開けて入って来た。まるで隣室で待っていたように、である。

「先ほどご主人の信吾さんに、将棋会所の客で志吾郎だと紹介していただきました」

「はい」

「実はてまえは日本橋本町三丁目の本屋、耕人堂の番頭でございます」

「まあ、さようでございましたか」

波乃はそれでなくてもおおきな目を、さらにおおきく見開いて信吾と志吾郎を交互に見た。

「ご主人は、信吾さんはたった今、てまえども耕人堂から将棋の本を出すことを、引き受けてくださいました。題名は決まっておりませんが、本当に将棋が好きで強くなりたい人のための本です。『負けてたまるか』を、もう少しもっともらしくした題になると思います。信吾さんは相談屋と将棋会所をやってらっしゃるので、さらに本を書くとなると、考えている以上にたいへんでしょう。そこは波乃さんのお力添えでよろしくお願いいします」

「こちらこそよろしくお願いいいたします、志吾郎さま」

「では」

わずかな間も与えず、信吾をうながして志吾郎は沓脱石の雪駄を履いた。境の柴折戸を押して会所側の庭に入り、鯉と小鮒の泳ぐ池を横目で見ながら、格子戸を開けた。

母屋側からもどる二人の気配を感じたからだろう、八畳と六畳の表座敷、板間の六畳の客たちが、一斉に二人に目を向けた。志吾郎はそれらの人たちに莞爾《かんじ》として笑い掛けた。

そして母屋で波乃に言ったこと、つまり自分が日本橋本町の本屋「耕人堂」の番頭で、信吾に将棋上達に関する本を書いてもらうことになったと明かした。

八畳の座敷と六畳の板間の二箇所で、ちいさく明るい拍手が起きた。ハツと常吉であった。それに釣られるように、客たちも拍手し、たちまちにして喧騒《けんそう》の坩堝《るつぼ》と化した。

志吾郎は信吾を見てにやりと笑った。

「席亭さん、信吾さん、奥さまにも会所の常連さんにも、それからハツ、あッ、ハツさんですよね」

「え、ええ」

「そのハツさんと常吉さんでしたか、子供たち二人にまで、打ち明けてしまいました。信吾さん、ここまで来れば腹を括《くく》るしかないですね。男として、もう逃げられませんから」

笑いがこみあげて来た。志吾郎の言うように、まさに腹を括るしかない。

志吾郎に嵌められたとか乗せられたと言っている場合ではなく、これぞ新しい風だと心得て、それに乗るべきなのだ。常吉が藪入りによって一変したように、信吾も志吾郎という風によっておおきく変わらねばならない。

思えば花江のおめでたが、春を運んで来たのである。

常吉は藪入りによって、自力で青き春の門を開いた。であれば青春のど真ん中にいる信吾は、この追い風に乗って一気に天翔《あまが》けるべきではないか。春が来たのだから。

解説

齋藤孝

普段、学生相手に講義をしている大学教員の私は、ちょうど教え子と同世代の信吾と波乃の物語を、親が子を見守るような気持ちで読みました。この作品は主人公の二人が若いこともあり、いわゆる時代小説好きはもちろん、若い人も共感できるだろうと思います。

信吾二十二歳、波乃十九歳。青春を生きる二人の若さが、作品全体を明るくしています。「相談屋」と「将棋会所」という、一風変わった商売を営む二人を応援しながら読むうちに気づくのは、青春を謳歌《おうか》しながらも、彼らが老成していることです。

すでに夫婦としての形が「仕上がっている」二人は、夫婦で協力し、相談し、世間の常識を踏まえながら、相談屋として複雑な判断を下していきます。これは「仕上がりを遅らせようとする」現代人とは対照的です。今は、五十歳になっても六十歳になってもジジ臭さが出ないように、アンチエイジングに次ぐアンチエイジングを皆が考えている時代です。対して信吾と波乃は、人間としてプロとしてむしろ成熟しようと奮闘する。

現代とは異なる価値観が描かれており、時代小説ならではの楽しさと発見があります。

信吾の老成は、成熟と言い換えることもできると思いますが、具体的には読みの深さに表れます。「お袋さんの腹にいるうちから、指していたのではないでしょうね」と驚嘆されるほどの信吾の将棋の腕を支えているのが、読みの深さです。

また、その能力は、相談屋としても大いに発揮されます。信吾は人間関係や人情の機微を読むのが深く、だからこそ、様々な人や事件の相談に乗ることができるのです。老成は信吾にとって、武器といっていいでしょう。

第一話の「御破算で願いましては」は、信吾のそうした読みの深さを存分に味わえる一篇《ぺん》です。薬屋の番頭を名乗る人物（龍造）がやってきたものの、相談したいのは自分の悩みではないと言う。では何を頼みたいのだろう、この人は何者なのだろうということを、信吾は少しずつ、相手の顔に現れる些細《ささい》な変化をはじめ、いろんな角度から推察していく。

このとき、「雑談」が重要な役割を果たすことがあるという信吾の言葉に、大いにうなずきました。私は雑談の効用についての本を書いたことがあるほど、雑談を大切だと思っているからです。

予定調和ではない、ふと生まれる雑談の中に、その人の本心が出ることはよくあります。コロナ禍で雑談の機会は減ってしまいましたが、この本を読んでいると、そろそろ雑談をしたいな、という気持ちになってきます。

信吾は、言葉の使い方や比喩も巧みです。たとえば、相談屋ですから人の悩みや愚痴を日々、聞いている。それをずっと体の中に溜《た》めておくと、体がぱんぱんになって張り裂けかねない。どう処理しているのかと問われて、「頭か胸か、それとも耳かもしれませんが、そこに篩《ふるい》があるような気がしてならないのですよ」と答えます。つまり必要のない情報は聞き流しているわけですが、「篩」という言葉を使って表現してくれることで、読み手はわかりやすいイメージを思い浮かべることができるのです。

自分の体の中に篩を持つ。これは私たちも真似《まね》できる知恵でしょう。今は情報が氾濫している時代です。もしSNSにイヤなことが書かれていたとしても、自分の体の中の篩にかけて、流していけばいいのだと、信吾に教えられる気がします。

信吾が相談に乗る姿を読むうちに、私は、学生時代の合宿授業を思い出しました。アメリカの臨床心理学者、カール・ロジャーズの理論を踏まえた自己理解のための合宿授業で、八人くらいの学生が畳の部屋に集まって、三日間、いろんな悩みごとを話すのです。その中に、二人、プロのカウンセラーが入っている。その二人がなかなかの手練《てだ》れでして、一人はやや年配で、なかなか相談に乗ってくれない。ほうほうと聞いていて、時折居眠りをしたりもする。そんな緩い雰囲気なのに、たまに学生の話に入ってくる間《ま》や、コメントする一言が絶妙なんです。

もう一人は若くてキレッキレで、一言一言がシャープで無駄がない。コメントの内容自体は忘れてしまったのですが、彼の言葉が場を動かしていく力を持っていたことをよく覚えています。

信吾は、この二人の良さを兼ね備えたような相談屋だと思いました。江戸時代に職業カウンセラーがいたとしたら、彼のような人だったのではないでしょうか。

信吾の話芸からは、落語（落《お》とし噺《ばなし》）の影響も感じました。私も落語が好きで、空き時間があると、五代目古今亭志《ここんていし》ん生《しょう》さんの落語（CD全集）を聞きながら歩いています。そうすると、ちょっと江戸の気分を味わえる。そして楽しくなってくる。江戸を舞台にしたこの作品は、信吾の語り口や間の取り方のみならず、作品全体がひとつの落語のように感じられ、読んでいると、やはり明るく楽しい気分になってくるのです。

落語の世界の心地よさに浸りながら、謎解きも楽しめる仕掛けになっているのもこの巻の面白さです。ミステリーも好きな私にとって、謎解きは言ってみれば、脳内の一つの逃げ場所です。何でこんなことが起こったのだろう、この先どうなるのだろうというそわそわ感は、日常からいい感じに気をそらしてくれます。

第二話の「空家の風鈴」で信吾のもとに持ち込まれるのは、空家の二階の窓辺で、しかも風が吹いていないのに風鈴が鳴ったという妙な噂《うわさばなし》話です。さらに不思議なことに、風の強い日には風鈴が鳴らなかったという。これはいったいどうしたことか、と、信吾が動き始めるわけです。

この話は、猿廻《さるまわ》しの誠が自分の芸に新たな発見や喜びを見出《みいだ》すという結末で幕を閉じます。意外な方向に話が転がっていく面白さや、動物と話ができるという信吾の特別な能力が発揮される楽しさもある。けれど風鈴の謎について根本的な解決は見ずに終わるため、あれっ？　という気持ちが残っていたら、第四話の「目くらまし」で再び同じ謎が登場します。

この構成は、アメリカのテレビドラマに似ていると思いました。一話ごとに完結しながらも、各回を貫くテーマも用意されていて、物語全体を引っ張っていくという構成がアメリカのテレビドラマではよく見られます。この作品も同様に、一話ごとに独立しても楽しめますし、全体を通すとなお楽しめる趣向になっています。

風鈴事件を読みながら、「噂話」とは何だろうと、社会調査的な側面からも考えさせられました。「悪事千里を走る」という一方で、「人の噂も七十五日」といいます。噂話はどのように、どのくらいの速さで広まり、そして忘れられていくのか。これは現代的な問題にも通ずる視点です。

そして信吾は、風鈴がなぜ鳴ったかではなく、この問題を誰が解決したか、という点に着目して謎を解いていくわけですが、ここにも、信吾ならではの深い読みがあります。

視点をずらすことで、他の人が気づかなかったような真実に辿《たど》りつく。この信吾の読みの深さに、読者は安心して身を任せられるのです。これは『鬼平《おにへい》犯科帳』の鬼平（長谷《はせ》川平蔵《がわへいぞう》）や、『ゴルゴ13』のゴルゴ（デューク東郷《とうごう》）を思い出させる安心感だと私は思いました。

明るく落語的な楽しさに満ちた本作ですが、江戸時代にはやはり現代とは異なる厳しいしきたりがあります。

たとえば、奉公を始めて三年間は、小僧を宿入り（藪入《やぶい》り）させてはならない。三年経《た》つと、正月と盆の年二回だけ、主人の許可を得て親元に帰ることが許される、というものです。第三話の「初めての藪入り」は、この藪入りをめぐってひと騒動起きる物語です。

何も「三年」にこだわることはないのではないか、と現代の感覚からは思うのですが、しきたりはしきたり。決まりごとが一つ崩れると社会全体が崩れる、というのが江戸時代でした。しかし、確固たるしきたりがあるから、「情」が活《い》きるのです。奉公して三年に満たない小僧の常吉を、どうにかして藪入りさせてやろうと信吾と波乃が策を練る。二人の情がじんわりと胸に迫ります。

小学生くらいの年齢から他人の家に寝泊まりして働くわけですから、丁稚奉公《でっちぼうこう》はつらいものです。奉公先の主人が信吾や波乃のようにいい人ばかりとも限りません。これはそれほど遠い昔の制度ではなく、松下幸之助《まつしたこうのすけ》も丁稚奉公から身を立てた人ですし、私の祖父も丁稚奉公に行ったと聞いています。

常吉はそういう境遇だから、子供と大人の間を行ったりきたりしています。それが自分のことを「おいら」と言ったり、「てまえ」と言ったりする言葉遣いで繊細に表現されます。常吉は藪入りでまた一つ大人の階段を上りますが、彼を見守る信吾と波乃夫婦も、常吉の成長によって成長していく。三人を見守るような気持ちで読みました。

将棋会所には、それぞれのペースではあるけれど、「上達」を軸に生きる人々が集まってきます。常吉もそうですが、何かを学ぼうと思っている人々の前向きのエネルギーが、この作品を明るくしています。そして、その中心にいるのが信吾と波乃です。

私は、教育の原理は「憧れに憧れる」ことだと思っています。先生が何かに憧れていると、その憧れのベクトルに生徒である子供たちが反応するのです。だから先生は子供のほうばかり見ていてはダメで、自分自身も理想や目的を追いかけていなければいけない。その勢いが求心力となり、子供をぐっとひきつけるのです。教科が得意なだけではなく、その教科をすごく好きな先生に教わると、生徒はやる気が出るということです。

将棋会所は相談屋の経営を助けるためにやっているわけですが、その二つをやっていこうという若い夫婦の気概と行動力に、皆が引き寄せられ、その輪を広げていきます。私は本作を読み終えたとき、相談屋と将棋会所が、信吾と波乃を中心とした、ある種の広い教室のように感じられました。

といっても、信吾は、まだまだ周囲の人たちや読者である私たちに、伝えきれていないことがあるでしょう。第五話の「負けてたまるか」で、信吾は将棋の上達法の執筆を依頼されました。教育学者の私としてもぜひ読んでみたい。「めおと相談屋奮闘記」シリーズの今後を楽しみにしています。

（さいとう・たかし　教育学者、明治大学文学部教授）

（構成・砂田明子）

本書は、集英社文庫のために書き下ろされた作品です。

本文デザイン／亀谷哲也［PRESTO］

イラストレーション／中川 学

集英社文庫　目録（日本文学）

西村京太郎　上海特急殺人事件
西村京太郎　十津川警部 特急「雷鳥」蘇る殺意
西村京太郎　十津川警部「スーパー隠岐《おき》」殺人特急
西村京太郎　十津川警部 幻想の天橋立
西村京太郎　殺人列車への招待
西村京太郎　十津川警部 四国お遍路殺人ゲーム
西村京太郎　祝日に殺人《ころし》の列車が走る
西村京太郎　十津川警部 修善寺わが愛と死
西村京太郎　夜の探偵
西村京太郎　十津川警部 愛と祈りのJR身延線
西村京太郎　幻想と死の信越本線
西村京太郎　十津川警部 飯田線・愛と死の旋律《メロディ》
西村京太郎　明日香・幻想の殺人
西村京太郎　十津川警部 秩父SL・三月二十七日の証言《アリバイ》
西村京太郎　九州新幹線「つばめ」誘拐事件
西村京太郎　十津川警部 小浜線に椿咲く頃、貴女は死んだ
西村京太郎　門司・下関 逃亡海峡
西村京太郎　十津川警部 三陸鉄道 北の愛傷歌
西村京太郎　鎌倉江ノ電殺人事件
西村京太郎　十津川警部 特急「しまかぜ」で行く十五歳の伊勢神宮
西村京太郎　外房線 60秒の罠
西村京太郎　十津川警部 北陸新幹線「かがやき《ルート》」の客たち
西村京太郎　伊勢路殺人事件
西村京太郎　十津川警部 雪とタンチョウと釧網本線
西村京太郎　けものたちの祝宴
西村京太郎　十津川警部 九州観光列車の罠
西村京太郎　東京上空500メートルの罠
西村京太郎　十津川警部 坂本龍馬と十津川郷士中井庄五郎
西村京太郎　会津 友の墓標
西村京太郎　十津川警部 鳴門の愛と死
西村京太郎　私を愛して下さい
西村　健　仁俠スタッフサービス
西村　健　マネー・ロワイヤル
西村　健　ギャップGAP
日経ヴェリタス編集部　定年ですよ 退職前に読んでおきたいマネー教本
日本推理作家協会編　夢《ゆめ》現《うつつ》 日本推理作家協会70周年アンソロジー
日本文藝家協会編　時代小説 ザ・ベスト2016
日本文藝家協会編　時代小説 ザ・ベスト2017
日本文藝家協会編　時代小説 ザ・ベスト2018
日本文藝家協会編　時代小説 ザ・ベスト2019
日本文藝家協会編　時代小説 ザ・ベスト2020
日本文藝家協会編　時代小説 ザ・ベスト2021
楡　周平　砂の王宮
ねじめ正一　商人《あきんど》
野口　健　落ちこぼれてエベレスト
野口　健　100万回のコンチクショー
野口　健　確かに生きる 落ちこぼれたら這い上がればいい
野口　卓　なんてやつだ よろず相談屋繁盛記